云上光辉

Glory on the Cloud

山陵既固,中夏小康

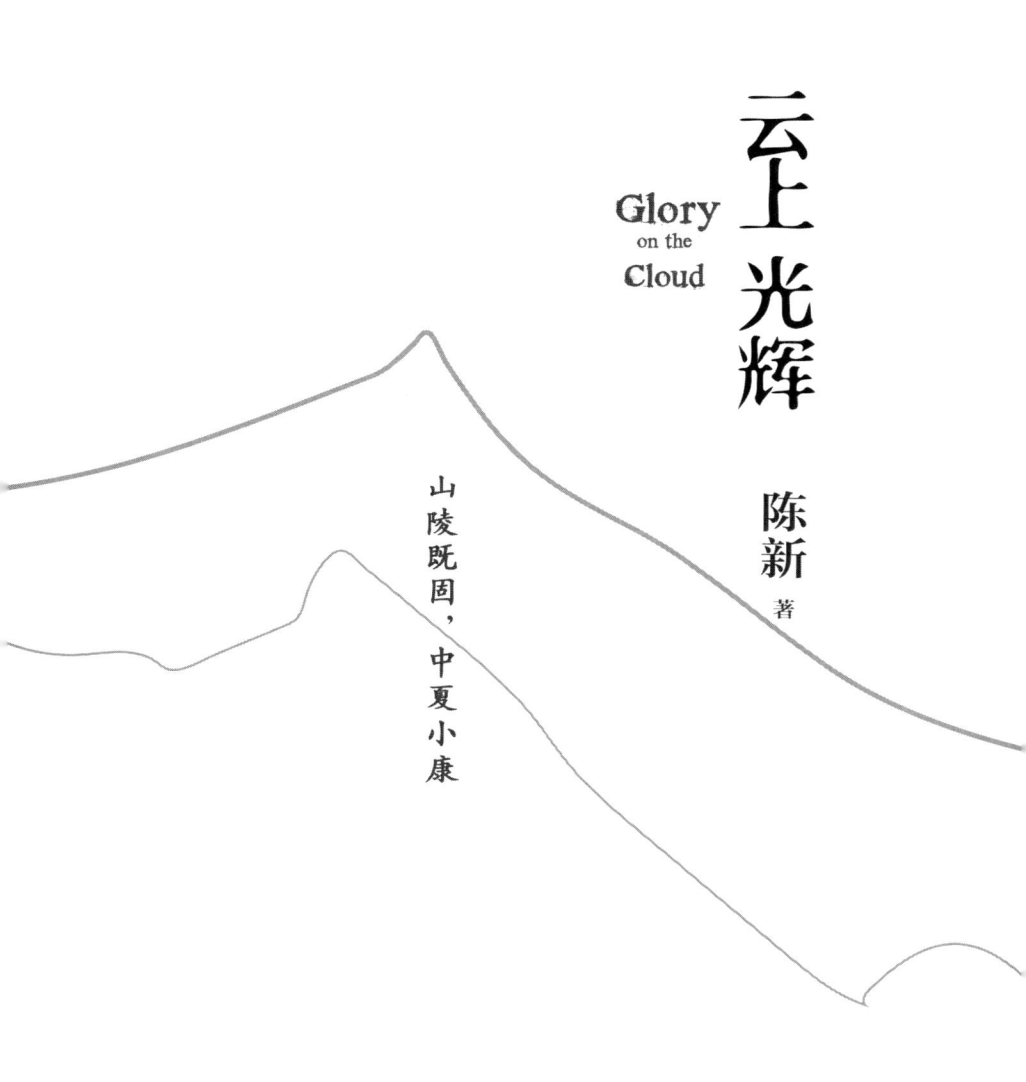

陈新 著

YUN SHANG GUANGHUI

广西师范大学出版社
·桂林·

出版统筹：罗财勇
编辑总监：余慧敏
策划编辑：梁文春
责任编辑：梁文春
助理编辑：朱筱婷
　　　　　廖生慧
责任技编：王增元
封面设计：@吾然设计工作室

图书在版编目（CIP）数据

云上光辉 / 陈新著. --桂林：广西师范大学出版社，2020.9
ISBN 978-7-5598-3090-6

Ⅰ．①云… Ⅱ．①陈… Ⅲ．①报告文学－中国－当代 Ⅳ．①I25

中国版本图书馆 CIP 数据核字（2020）第 148266 号

广西师范大学出版社出版发行

（广西桂林市五里店路 9 号　邮政编码：541004）
　网址：http://www.bbtpress.com
出版人：黄轩庄
全国新华书店经销
广西民族印刷包装集团有限公司印刷
（南宁市高新区高新三路 1 号　邮政编码：530007）
开本：880 mm × 1 240 mm　1/32
印张：12.5　　　字数：270 千
2020 年 9 月第 1 版　　2020 年 9 月第 1 次印刷
印数：00 001~38 000 册　　定价：59.80 元
如发现印装质量问题，影响阅读，请与出版社发行部门联系调换。

序
藏地华章

　　这是国家的号令！

　　到 2020 年全面建成小康社会。

　　这也是实现中华民族伟大复兴的首要条件和务实选择。

　　"山陵既固，中夏小康。"

　　小康美好，实现很难。要实现小康，必须消除贫困。

　　贫困是人类幸福最大的敌人。

　　中国地域广大，人口众多，自然资源、风俗习惯、文化层次的差异，导致了发展不平衡问题。这个问题是时间与历史结下的苦果，也是空间与距离产生的级差。

　　在中华民族发展的历史进程中，贫困一直是影响时代繁盛的社会阻障，也是影响民生国计和谐的根本原因。

　　贫困问题看似是一个边缘化的问题，但是从来没有、也不可能被边缘化。它是多少个朝代是非成败臧否的标志，也是多少个芳华盛世秋月春风的句点。

　　而西藏的脱贫攻坚，难度更甚。

西藏，地球海拔最高的地方，离天最近的地方。

这片云上圣地，矗立着世界第一高峰，怀抱着世界最大的高原湖群。

西藏，有无比洁净的天空，有无比亲近的白云，有直射心灵的阳光，有梵音缭绕的文化。

这里是佛教信仰的圣地，是嘹亮藏歌的故乡，是文人墨客的灵感之源，是旅者心念的梦想之地。

这片独一无二的土地，却也布满了寒难。

千百年来，勤劳勇敢的西藏人民被贫困所伤害的血与泪，如雅鲁藏布滔滔江水般流淌。

贫穷，也令这片清寒高拔的土地，堆积了藏族同胞喊天天不应如珠穆朗玛峰般高的创伤。

在西藏和平解放前，斯土斯民，人均寿命只有 36 岁。

为什么如此？不仅因为这里一些地方自然条件恶劣，普遍贫困，而且因为旧西藏的社会制度不尊重人性，不关心民生。

西藏民主改革后，其社会形态从农奴社会跨入社会主义社会。虽然西藏人民的生存状态和生活质量由此大为改变，但和全国其他地方的人民相比，仍然有着很大的距离：这里生存环境恶劣、基础设施薄弱、文明程度较低、经济发展滞后，是全国唯一省级集中连片深度贫困地区。

西藏的贫困特点归纳起来，可用四个字概括，即"广""大""高""深"。

"广"，即贫困人群所居地域广阔；"大"，贫困人口基数大；"高"，是指贫困人群所处环境海拔很高；"深"，西藏自治区整体处于深度贫困状态。

这片神奇而又圣洁的土地，怎能让它被贫穷摧折，怎能让它被小康抛弃？

高原蓝天下的疼痛，坐望温饱梦的挣扎，牵挂着高层的心。

"大力推动西藏和四省藏区经济社会发展。要大力推进基本公共服务，突出精准扶贫、精准脱贫，扎实解决导致贫困发生的关键问题，尽快改善特困人群生活状况。"

这是中央第六次西藏工作座谈会的重要内容。

西藏精准扶贫，全面小康，一个都不能少！

可是，怎样才能摘掉西藏"集中连片贫困地区"这顶"穷帽子"呢？

美丽的西藏，神秘的地方。

大自然慷慨地赋予其瑰丽的风光，但生活在这里的人们却是艰苦的，工作在这里的人们也是艰苦的。

西藏自治区是从旧西藏走过来的。这个"走"，在可见的时间概念里，是翻天覆地的。

艰苦虽然天定，但奋斗是战胜艰苦的法宝。

面对艰苦不怕吃苦，身体缺氧不缺精神。

再恶劣的环境，也不能阻挠西藏各族人民对美好生活的向往；再艰苦的条件，也阻挡不了脱贫攻坚的坚定步伐。

西藏自治区深入贯彻落实中央扶贫政策，在全国省级单位首创脱贫攻坚指挥部，使组织上有了保障；坚持精准扶贫精准脱贫方略，抓底线盯标准，着力解决"扶持谁、谁来扶、怎么扶、如何退"等重大问题；层层签订责任书，层层传导压力，以脱贫摘帽为己任，真抓、真投、真帮、真脱；坚持扶贫扶智相结合，十分注重精神扶贫，想方设法切实调动贫困群众参与脱贫攻坚的内生动力，使贫困群众成为脱贫攻坚的参与者、建设者和受益者。

自脱贫攻坚战打响以来，西藏自治区先后有17万人次的扶贫干部深入一线驻村，他们的身影贴近百姓的心灵，被风刀霜剑无情割裂的粗糙的容貌里，是高寒缺氧摧毁不垮的铮铮铁骨。他们与百姓同吃同住同生产，同思同想同悲喜，然后扶贫扶心扶志更扶智。

因为工作忙，任务重，多少扶贫干部从自己的工资中掏出钱来，帮扶建档立卡的贫困群众；为了让建档立卡的贫困群众早日脱贫致富，多少扶贫干部经常一个月难回一次家，屡过家门而不入；多少扶贫干部为建档立卡的贫困群众易地搬迁，或产业项目的申报及建设累出了病，却不愿离开工作岗位去治病、去休息；急建档立卡的贫困群众之所急，想建档立卡的贫困群众之所想，多少扶贫干部殚精竭虑，夙兴夜寐，还因此累得献出了自己宝贵的生命。

是的，西藏自治区有23位扶贫干部牺牲在脱贫攻坚战场上。

在这牺牲的扶贫干部中，有的倒在了路上，有的倒在了工地上，有的倒在了办公桌前。

有的因为肺水肿而牺牲，有的因为脑出血而牺牲，有的因为癌症没有及时治疗而牺牲，有的因为坠河而牺牲。

有的自己牺牲时也带走了腹中胎儿的生命，有的顾不上相亲牺牲时还未婚，有的牺牲时年龄才26岁……

人是感情动物，扶贫干部为了西藏人民的脱贫致富而牺牲后,被帮扶的建档立卡贫困群众不仅悲泣流涕,还自发地为之送葬,自发地在春节及藏族新年不搞任何喜庆活动,自发地点酥油灯,上香诵经……

这样的扶贫干部,如藏地雪莲,真诚、坚韧、纯洁,给人们带来希望。

而他们一腔挚诚奉献的事迹与精神,也将如雪莲一样,生长在这片雪域高原之上,在蓝天下传播,在阳光中传承,在人们心中温暖。

就这样,在自上而下的共同努力下,西藏自治区脱贫攻坚取得了可喜的成绩:2017年底,建档立卡贫困人口从2015年的58.9万减少到33.1万,贫困发生率也从25.2%下降到12.4%。5个县(区)实现脱贫摘帽,累计有2713个贫困村(居)退出贫困,贫困人口人均可支配收入连续两年增幅达到16%以上。

2018年,西藏自治区有25个深度贫困县达到脱贫摘帽条件,2100个贫困村退出贫困,18.1万人实现脱贫,贫困发生率降至6%以下。

2019年6月,西藏贫困人口已从58.9万人减少到15万人;贫困县(区)数量从74个减少到19个,贫困摘帽总数居全国首位;贫困发生率下降到5.6%。最令人欣慰的是,2019年12月23日,西藏已基本消除绝对贫困,全区实现整体脱贫。

经过四年来的脱贫攻坚,西藏脱贫工作的形势和任务已发生了重大变化,贫困分布、贫困结构、攻坚的进程、帮扶的能力都步入了全新的阶段。

西藏的脱贫攻坚也从注重减贫进度向更加注重脱贫质量转

变;从注重全面推进帮扶向更加注重深度贫困地区的攻坚转变;从开发式扶贫为主向开发式扶贫与保障性扶贫并重转变。

海拔高,扶贫的干部群众精神斗志更高。

氧气少,脱贫攻坚的办法和经验却不少。

自然条件差,脱贫攻坚的成绩一点不差。

西藏自治区的扶贫成果,得到了国务院扶贫办的充分肯定,顺利通过国务院扶贫办对西藏自治区贫困县退出情况第三方评估抽查组的检查。

西藏自治区脱贫攻坚取得的显著成效,连续四年在省级扶贫开发成效考核中,被中央确定为"综合评价好"的省市之一。

高原很高,再高也高不过人。

脱贫很难,再难也难不倒志。

正是每一家贫困户消除贫困的点滴改变,才写就我国精准扶贫的有力篇章。西藏自治区脱贫攻坚取得的伟大成就,也是每一位扶贫干部恪尽职守的付出叠加起来的。

澄澈的心灵,与阳光同行。

扶贫干部的呕心沥血,传递着国家的伟大、政府的关怀、时代的幸福。

他们像雪莲花一样谱写着高原绝唱。

他们的付出,是最美丽的藏地胜景,是最动听的和美华章。

春天的芳香,已在藏地高原绽放。这一片曾经艰苦的云上土地,正焕发出令人惊艳的绚丽光辉。

千年不变的贫困阴霾,已然被奉献及智慧驱散。

今天的西藏,是最美丽的天上人间。

冷漠；麻木；事不关己，高高挂起，是我们需要治疗的疾病。我们每个人的生活都是整个社会生活的组成部分，没有谁能够游离于社会与国家之外。

真实的生活不可能只有个人的花谢花开，还应该有社会的云卷云舒。

即使你是富裕阶层，也无法高高在上，超逸出巨大变革和现实生活的主流，不食人间烟火，高蹈于滚滚红尘之外。

因而，我们每个人都应该为之感激，为之感动，为之感恩。

历史，一定会记住这前无古人彪炳史册的国家壮举！

时间，必将会传颂这震惊世界荡气回肠的人间温暖！

目　录

一、千古憾事 ……… 1

惊　愕 ……… 3
尧舜犹病 ……… 6

二、蓝天下的疼痛 ……… 11

刻进灵魂的痛 ……… 13
拦在春天之外 ……… 22
高原的夜 ……… 31

三、挣扎 ……… 41

望山兴叹 ……… 43
豆蔻女孩的挣扎 ……… 48
夜风中的凄哭 ……… 53
贫穷结的果 ……… 60

四、坐望温饱梦 65

雕　塑 67

酥油茶 77

距　离 87

五、润物无声 95

心 97

家　人 103

甘霖润泽 112

爱　情 118

六、时代的温暖 123

布谷鸟 125

美丽记忆 134

视　界 143

七、春天的芳香 149

热爱的季节 151

转　行 160

坚定的步伐 169

八、慧眼识未来 179

聚宝盆 181
爱 190
阻　厄 197

九、与阳光同行 205

浇　灌 207
初　心 213
锦上添花 220
摇风净更芬 227

十、澄澈的心灵 237

格桑花 239
藏家乐了 245
美酒的滋味 253

十一、高原绝唱 263

肺水肿 265
冰雪鉴心 270
猝然离去 278

十二、盛开的雪莲 285

酥油灯 287

铺路石 292

雪　莲 297

十三、藏地胜景 305

双木成林 307

大搬迁 314

我爱我的祖国 323

神仙秘境 333

十四、和美的华章 341

擎攻坚之帜 343

宝　藏 348

拔穷根 355

十五、云上光辉 365

灵魂的激荡 367

盛世光华 373

十六、天上人间 379

一、千古憾事

自己的车被拦,她突然紧张起来!

这些藏族同胞要干啥?

是自己什么地方没做好,冒犯了他们,他们来给自己找麻烦的?

还是他们有什么困难,需要自己帮忙?

或者他们受了委屈,要告状?

惊　愕

青色的天，自上而下清朗。

水墨的山，由远而近明晰。

苍穹之下，抹在覆盖万年雪山之巅的，是如金阳光。

云绕霓披，没有尘埃雾霾遮挡，置身处，宛若蓬莱。

渐渐涌现的脱俗的景致，令人情不自禁地惊叹。坐在正行进于天路之上的车里的彭蕾，之前从来没有见过这么美好的天与地。虽然她不是第一次来到这片神奇的土地，但之前却无暇也无心细细品味风景。

北京的天空，上海的天空，或者成都的天空，也青，也蓝，也有白云飘游，但天地间从来没有这样亲近，这样透彻，这样美丽，这样迷人。

这是高原卓尔不群的风景。

这陌生而神奇的高原美景，令她高处不胜寒的心怦怦狂跳。

这颗心如此激动，有惊喜绮丽风光的感叹，也有高原缺氧的刺激。

"前面山路好像有人！"

一团洁白的云浮在前方的半山间，如团如簇，丝丝缕缕间，有人影绰绰。像神仙在云间漫步，却又恍然间有着些许真实。

司机的话打断了彭蕾环顾车窗外的世界的陶醉。

"真的有人吗？我怎么没看见？"

在蓬莱幻境般的环境中只顾感叹与遐想的彭蕾，并没有像司机那样专注地盯着前方的道路。

但确实有人，越来越清晰，几十个藏族同胞，绵延地站在山路的两边，有的人甚至站在山路的中间。

这不是赶集，也不是转山，因为他们没有走动。这些藏族同胞看到他们的车出现之后，还朝着他们指指点点。

这么多人聚焦在一起，见其阵仗是要拦车的意思？彭蕾心里不由"咯噔"了一下。

他们要干啥？

是自己什么地方没做好，冒犯了他们，他们来给自己找麻烦的？

还是他们有什么困难，需要自己帮忙？

那么，汽车是继续前进呢，还是停下来，或者倒回去？

"怎么办？彭老师？"

这时司机放慢了车速，问彭蕾。

是的，怎么办？彭蕾心里也有些犯怵。这对她来说，是没有经验的。

不过，她又想，如果自己什么事没有做好，冒犯了藏族同胞的话，那能躲得了吗？

这些藏族同胞有什么事需要自己帮助的话，如果自己躲开，又怎么可以这样做？

又或者，这些藏族同胞是要拦车告状吗？

想了想，或者容不得细想，之后，她对司机说："继续前进吧，一会看具体情况再说。开慢点，注意安全。"

说完这话，她感觉到了清冷的天气中的自己身上有了些许毛毛汗，同时，先前欣赏美景的心情也霎时全无。

是的，风景在情景面前，永远只是背景，只是配角。

越来越近了，人群更清晰了。

彭蕾注意到，这些藏族同胞中年龄大者已是满头银丝，而年龄小者，看上去才仅几岁。

他们的车被拦了下来。

该发生与不该发生的事都即将发生。想出现或不想出现的事，也都可能出现。

只见人群中一位藏族阿妈，朝他们走了过来。

彭蕾的心跳得更凶了……

这是2018年7月12日，在西藏自治区山南市错那县境内发生的一幕。

彭蕾是国务院扶贫办对西藏自治区2018年贫困县退出情况第三方评估抽查组的调查员。

此次进藏，她代表国务院扶贫办，来检查西藏自治区精准扶贫脱贫攻坚工作的实施及完成效果……

尧舜犹病

纵贯历史，一直如魔头独孤求败。

横亘时空，始终似伤口折磨不愈。

这说的是什么？

是贫穷！是伴随人类进程的贫穷！

脱贫攻坚是当下整个中国正在进行着的伟大而又轰轰烈烈的社会实践，也是中国建立平等幸福的命运共同体的基本要求。

全民小康是一个世界性的问题，也是一件伴随人类社会发展进程的最想做到而又最不容易做到的事。

2000年9月，在联合国千年首脑会议上，世界各国领导人就消除贫穷、饥饿、疾病、文盲、环境恶化和对妇女的歧视，商定了一套有时限的目标和指标。即消灭极端贫穷和饥饿；普及小学教育；促进男女平等并赋予妇女权利；降低儿童死亡率；改善产妇保健；与艾滋病毒/艾滋病、疟疾和其他疾病做斗争；确保环境的可持续能力；全球合作促进发展。

这些目标和指标被置于全球议程的核心，统称为千年发展目标。

千年发展目标——从极端贫穷人口比例减半，遏止艾滋病毒/艾滋病的蔓延到普及小学教育，所有目标完成时间是2015年——这是一幅由全世界所有国家和主要发展机构共同展现的蓝图。这些国家和机构已全力以赴来满足全世界最穷人民的需求。

中国地域广大，人口众多，再加上自然资源、风俗习惯、文化层次的差异，导致了发展不平衡问题，这个问题是时间与历史结出的苦果，也是空间与距离产生的级差。

在中华民族发展的历史进程中，贫困一直是影响时代繁盛的社会阻障，也是影响民生和谐的根本原因。

贫困问题对为政者来说看似一个边缘化的问题，但是从来没有被边缘化。它是多少个朝代是非成败臧否的标志，也是多少个芳华盛世秋月春风的句点。

在中国历史上，有多少人进行过天下大同的尝试，寄寓过厚望，也留下了美谈。

《礼记·礼运篇·大同章》曰："大道之行也，天下为公，选贤与能，讲信修睦。故人不独亲其亲，不独子其子。使老有所终，壮有所用，幼有所长，矜寡孤独废疾者，皆有所养。男有分，女有归。货恶其弃于地也，不必藏于己；力恶其不出于身也，不必为己。是故谋闭而不兴，盗窃乱贼而不作，故外户而不闭。是谓大同。"

先秦诸子对之提出了相应的观点。

《论语·雍也》有这样一段文字：

子贡曰："如有博施于民而能济众，何如？可谓仁乎？"

子曰："何事于仁，必也圣乎！尧舜其犹病诸！夫仁者，己欲立而立人，己欲达而达人。能近取譬，可谓仁之方也已。"

子贡问孔子："假如有一个人，他能给老百姓很多好处又能周济大众，怎么样？可以算是仁人了吗？"

孔子回答说："岂止是仁人，简直是圣人了！就连尧、舜这样的明君尚且难以做到呢。至于仁人，就是要想自己站得住，也要帮助人家一同站得住；要想自己过得好，也要帮助人家一同过得好。凡事能就近以自己作比，而推己及人，可以说就是实行仁的方法了。"

孔子认为博施于民而能济众，是圣人的事情，因为即使尧舜也不一定能做到。一个仁者，只要能够做到推己及人，设身处地地为他人着想就够了。

同时，孔子又在《论语·季氏篇》中强调："丘也闻有国有家者，不患寡而患不均，不患贫而患不安。"

《荀子·王制》主张"选贤良，举笃敬，兴孝弟，收孤寡，补贫穷，如是，则庶人安政矣"。

一个政体如果注重选拔贤能的人，推举忠厚恭敬的人，提倡孝敬和友爱，收养孤寡之人，补助贫穷的人，那么平民百姓就能安心政事政局，君子也会安于政位。

《墨子·非乐》载："民有三患，饥者不得食，寒者不得衣，劳者不得息。"

《庄子·天下》也主张"以事为常，以衣食为主，蕃息畜藏，老弱孤寡为意，皆有以养"。

《道德经》提出"天之道，损有余而补不足。人之道，则不然，损不足以奉有余。孰能有余以奉天下？惟有道者"。

老子认为自然的法则,是损减有余来补充不足。人类社会世俗的做法却不然,是损减贫穷不足来供奉富贵有余。谁能让有余来供奉天下呢?只有有道之人。

而汉代哲学家董仲舒则在《春秋繁露》中强调:"大富则骄,大贫则忧……使富者足以示贵而不至于骄,贫者足以养生而不至于忧,以此为度而调均之,是以财不匮而上下相安,故易治也。"

古人不仅有扶贫的理论基础,而且也有进行扶贫实践的大量例子。

据《唐大诏令集》卷116载:"自汉魏以来,水灾之处,必遣人巡问以安集之,国朝因其制焉,亦命近臣抚恤。"贞观八年(634年)正月,太宗遣使,"分行四方,延问疾苦"。

汉代各级政府与扶贫相关的财政事权就包括了收养孤儿、赈恤鳏寡、尊老养老、救疾医病、放赈救灾、丧葬抚恤、助贷贫民、协助生产等十多项。

魏晋南北朝时期,战争频繁,扶贫成了各政权的重要职责,出现了独孤园等恤养老幼贫疾的常设机构。

北朝在以"三长制"重建乡里机构时,特别强调三长有照顾乡里贫弱的责任。

北魏孝文帝拓跋宏算是"脱贫攻坚干部"中的一个典型。公元473年,他即位两年后,便进行了一场"脱贫攻坚"的尝试。

对此,《资治通鉴》记载:"癸丑(公元473年),魏诏守令劝课农事,同部之内,贫富相通,家有兼牛,通借无者;若不从诏,一门终身不仕。"

就是说,拓跋宏规定,富人如果不将自家多余的耕牛借给穷人使用的话，那富人的子孙则只能做平民，不准从政。

自唐朝始，政府机关便常设立专门救助贫弱人群的机构，类似机构一直沿袭至今。

由此可见，在人类发展的历史进程中，一个国家、一个民族、一个社会、一种文化要发展，要革新，要面对现代性的挑战，克服自身的局限，追求强盛，不同地区的共同进步，全体人民的共同富裕就成了必由之路。只有如此建立的繁荣才是真繁荣，如此成就的强大才是真强大。

而要想脱贫，确实需攻坚。

相比，西藏的脱贫攻坚，难度更甚。

被称为"世界第三极"的西藏，是一片神奇的土地，这里有着无数的自然奇观，也演绎了精彩的历史传奇，流传着动人的神话传说。

它是人间的天上，也是天上的人间。

千万年来，它把那么多的风云、雨雪、雄险全收留在身边，把沧海演绎成苍凉，把柔婉脱胎成雄峻，把白云固守成雪山，把湛蓝定格成本色，把禅那追求为理想……

然而，在这片神奇的土地上，勤劳勇敢的人民被贫困所伤害的血与泪，却如雅鲁藏布江般流淌；贫穷，也在这片清寒的土地上，堆积了藏族同胞喊天天不应喊地地不灵如珠穆朗玛峰般高的创伤。

在贫困线下挣扎，千古遗憾。

岁月推移，四季轮转，当时日行进到今天，可有谁在乎这蓝天下的疼痛？

二、蓝天下的疼痛

　　高原的天空是蓝色的，美丽的蓝色。
　　这样的景致，充满幻想和童话色彩。
　　然而在浩瀚而美丽的天空之下，在辽阔而空旷的群山之间，贫困的人们的世界里却没有这样的美丽，他们的世界充满孤独、寂寞和惊心动魄。

刻进灵魂的痛

"那个时候真是太穷了!"

次仁曲珍对我说这话时,看得出来,往事正在她的脑海中潮涌着回放。

虽然她的脸上依然带着笑容,但她的眼角,却有越积越饱满的泪花,在高原夏天澄明且炽烈的骄阳下,闪着水晶般寒彻伤感的光。

那是一段泡在泪水里的日子,时间过去了这么久,那曾经的日月却怎么也抹不掉,相似的场景在不经意间勾起回忆之时,她心里依然会顿生阵阵痛楚。

生于 1980 年的次仁曲珍,是西藏自治区拉萨市达孜县(2017 年 7 月 18 日更名为达孜区)唐嘎乡穷达村人。

达孜县平均海拔 4110 米,悠久的拉萨河水穿境而过之时,浩浩荡荡地浇灌着拉萨的历史和文化、西藏的历史和文化,却没有浇灌出这片经年累月冲积出的土地的丰饶。

"唐嘎"是汉译音,藏语的意思为"白色坝子"。白色,当然不是生命的原色,绿色才是。因而童年留给次仁曲珍的记忆,除了四季、亲情、风雨、阳光、白云、成长，以及陀螺般难得休止的劳动，最深刻的就是贫困，和一览无余白色的凄凉。

次仁曲珍有9个兄弟姐妹，她是家中老五。

小的时候，次仁曲珍家里非常穷。她家的穷也跟穷达村的大多数村民一样，并无特别。

次仁曲珍的父母都是农民，虽然家里有14亩地，但是由于土质贫瘠，再加上气候恶劣，又是原始耕植，基本靠天吃饭，因而家里入不敷出饥寒相伴。

那时，一大家子一年四季吃的差不多都是土豆萝卜白菜，或些许糌粑。最美味的不过是在土豆烤熟之后或煮萝卜之时，抹上一点，或者锅里放上一点儿猪油、牛油。

可是一年方能杀一头猪，又有多少猪油可用呢？而牛油全靠买，饭都吃不起，拿粮去卖成钱，再去买牛油吗？

顿顿吃饭，虽然煮了一大锅，但是开饭的时候，也通常就是一人一碗舀了之后，锅里就被舀空了。

是呀！11个人，11碗饭呀！

就算增大锅的容量，可是拿什么来煮呢？关键是没有食物可煮呀！

不能只煮白水吧？白水能吃饱肚子吗？

在穷达村，当然也存在贫富差距。日子好过一点的，家里可能猪油、牛油能够保证，或者大多数时间能够保证。而所谓富有的家庭，则是多了一辆自行车，或者一口高压锅。

西藏海拔高，气压低，所煮食品往往都半生不熟。煮的萝卜没熟没关系，因为萝卜生一点不影响食用，而小麦、青稞之类，就只能通过炒熟,再磨成面吃。无论糌粑,还是面糊糊,都必须这样。

高压锅,省柴省时,能够最大程度地保持食物的原味鲜香,将蛋白质转换成身体和味蕾都极喜欢的氨基酸,因而现在几乎是家庭必备,尤其是在西藏。

但对次仁曲珍兄妹来说,关于高压锅的记忆,却是用生死炼狱般的经历写下的。

那时,穷达村33户人家中,只有两家人有高压锅,次仁曲珍家属于另31户人家之一。

因为穷而买不起高压锅,每每经过有高压锅的人家,闻到用高压锅煮熟的萝卜、土豆飘出的香味,或者牛肉、羊肉、猪肉的香味,次仁曲珍都忍不住流口水。家里穷,没肉煮,但她也有一个切合实际的理想:希望什么时候能够吃一顿用高压锅煮的大白萝卜。

对,要是能吃顿萝卜馅的包子,就更美好了!

用高压锅煮熟的白萝卜,拌上一些猪油和辣椒酱,加上一些盐,放上一些切碎的小葱,拌上蒜末,这就是最好最香的包子馅了,用这个做包子,再蒸熟,没有比这更好吃的了。

这是次仁曲珍童年的梦,也是次仁曲珍兄弟姊妹们童年的梦。

这个梦,甜美了他们多少个夜晚与白天,多少个日日月月。

这个机会,在次仁曲珍才刚满9岁的那年夏天,终于来了。

来得激动,来得神圣,来得欢声笑语,也来得曲折跌宕。

那天,次仁曲珍的父亲牵着牛到地里耕种去了,她的母亲背上只有两个多月的最小的妹妹,到乡里开会去了。

次仁曲珍的四姐得知村里有高压锅的两家人中,有一家人没有用高压锅,于是跟弟弟妹妹们商量说:"爸爸妈妈养育我们太辛苦了,今天我们做儿女的给他们献一点孝心,做一顿萝卜馅包子孝敬他们,如何?"

次仁曲珍与弟弟妹妹们连声说:"好呀!好呀!那四姐你快去借呀。"

于是次仁曲珍的四姐便马上去那户暂时没用高压锅的人家,把高压锅借了来。兄弟姊妹们也随之行动起来,有的洗萝卜,有的切萝卜,有的捡柴烧锅。

为了能够多吃一些美味的萝卜馅包子,他们在高压锅里放满了萝卜,满得几乎不能盖好锅盖。当然最终还是盖好了锅盖。

开煮,在柴火的热烈拥抱之下,高压锅渐渐发出了由弱到强"嗞嗞"的声音,这是喜悦的笑声。这种笑好比在冬季的寒天里穿云裂石的开心,既发生于高压锅里,也发生于姐弟妹们的内心。还有一阵一阵的白色之雾,随着笑声而出,并带来了萝卜由生到熟的怡人的香气。

太神奇了!这一块桶状的被柴火熏黑了的铁,它能用自己火热的怀抱魔术般地改变清凉寡淡的白萝卜的味道,并令整个屋子都充满了垂涎的渴望。

"四姐,这么香的萝卜,拌上猪油、辣酱、蒜泥、盐和葱花之后,一定会更香。"次仁曲珍激动地对四姐说,"用它做的馅一定好吃得很,爸爸妈妈回来一定会高兴坏了,一定会夸我们的。"

"这是肯定的!"四姐跟次仁曲珍一样,脸上的高原红更红了,如同两个红苹果,"五妹,还是我有主意吧?你看现在大家多高兴。"

"四姐最能干!"

"四姐最孝顺!"

弟妹们纷纷夸赞四姐。

正在大家开心不已的时候,高压锅的主人来了,说她家来了客人,要用高压锅炖牛肉,让他们快点把高压锅还给她。

"好嘞,那我们马上将高压锅腾出来还给你。"脸上挂着喜悦的四姐说完,又问高压锅的主人:"阿姨,不知道锅里的萝卜煮熟了没有?"

"煮熟了,高压锅煮萝卜,容易熟的。闻这味道,挺香的,应该早就熟了。"

"那我们不煮了,等高压锅稍微冷一点儿,我们就将萝卜腾出来。"

"好吧,一会你们把高压锅里的萝卜腾出来后,就给我送过来,我先回去了,要陪客人聊天呢。"高压锅的主人说,"只要能赶上我们中午用它来炖牛肉就可以。但你们要等锅放完气后再打开哦,不然打不开的。"

说完,便匆匆地走了。

停火之后,为了尽快将高压锅里的萝卜舀出来,好将之还给主人,取下锅盖上的高压阀之后,四姐见没有冒气了,便用一块帕子隔着热开锅盖。

可奇怪的是,锅盖明明没有冒气了,怎么打不开呢?

虽然四姐已经有12岁了,有了一些力气。

"四姐,我来帮你,咱们俩一起用力,就能打开了。"

次仁曲珍说着,便走了过来,握着高压锅盖上的把手,然后四姐使劲握着高压锅体上的把手,姐妹俩都用穿着鞋的脚对蹬着高压锅体,然后用手朝相反的方向使劲掰。其他弟弟妹妹则站在高压锅的周围瞪着好奇的眼睛一边看,一边叫加油,给她们俩鼓气。

"我喊'一二三',喊到'三'的时候,我们一起用力!"
"好的,五妹!"
"一,二,三!"
"一,二,三!"
"一,二,三!"
姐妹俩使劲开锅盖,劲大得让她们面红耳赤,浑身冒汗。

几个"一,二,三!"之后,锅盖终于在他们的盼望中打开了。

然而,这锅盖打开的一瞬间,却发出了"砰"的一声巨响。

伴随着锅盖打开之时的响声的,是四溢的萝卜汤和烫人的白雾。

原来,由于高压锅里的萝卜装得太多,萝卜煮得太烂,将高压锅的排气孔给堵住了。

高压锅爆炸了!

不是爆炸了,是锅盖打开那一刻如同爆炸一般!

四姐被烫得惨叫,她的裤子瞬间被从打开的高压锅中迸射出来的滚烫的萝卜汤打湿,犹如烧红的烙铁烙着她稚嫩的双腿。被烫得生痛的她条件反射地用双手去抓裤子,想将裤子撕破,但没用。

她双腿被萝卜汤烫起了大血泡。

次仁曲珍也惨叫了,高压锅发出巨响的那一瞬间,她感到自己的肚子如同被火燎般痛,自己肚子也被从打开的高压锅中迸射出来的滚烫的萝卜汤烫伤了。

5岁多的六妹也发出了惨叫,她的颈子上套着从打开的高压锅锅盖中迸射出来的滚烫的橡胶密封锅圈,痛得打转。她用手去扯这个高压锅锅圈,却怎么也扯不下来。

这时,哭得最厉害的是他们的小弟弟,这个不足2岁的小孩双手捂着脸在高声地惨哭,惊天动地般。

他的脸也被从打开的高压锅中迸射出来的滚烫的萝卜汤烫伤了。

最可怕的是,当他将手从脸上拿下来的时候,他的脸皮也跟着拿下来了,就像今天的女子从脸上拿下一张面膜一样。

在姐弟几个人中,小弟弟被烫得最严重。

得知这一事故发生之后,次仁曲珍的父亲马上赶回了家,看到孩子们被烫伤的惨状,顿时大哭起来。

"可怜最是牵衣女,哭说邻家午饭香。"这是何等的摧折肺腑啊!

之前,次仁曲珍从来没有见自己父亲哭过,更没有见父亲大哭过。看到父亲哭得那么伤心,他们姐弟几个也都大哭起来。一家子都在大哭,其情其景甚为悲惨。

次仁曲珍的父亲把高压锅的主人也骂了,问她为什么要将自己的高压锅借给几个不懂事的孩子使用。

借就借了，又为什么这么着急地把煮有萝卜的高压锅要回去？弄得孩子们被烫得这么严重。

但是大哭、大骂又有什么用呢？

"快送孩子们上医院吧，还哭什么呢？骂什么呢？"

村里的老人提醒次仁曲珍的父亲说。

这时，次仁曲珍的父亲才冷静了下来。他马上去村里，向有自行车的那户人家借自行车，然后赶忙背着次仁曲珍的小弟弟往达孜县医院赶。

经过三个小时的拼命骑车，赶到达孜县医院的时候，他全身上下不仅没有一点干的，而且头发和衣服几乎都在滴水了。

次仁曲珍四姐的脚，以及次仁曲珍的肚子都被萝卜汤烫伤了，却没人管，也管不过来。父亲只能救被烫伤得最严重的最小的弟弟。

因为当时达孜县的医疗条件很差，交通也不方便。

痛得没办法的次仁曲珍只好跑出家门去，抱起一块鹅卵石贴在自己被烧伤的肚子上，使其不至于那么火辣辣地痛。因为鹅卵石是凉的。

疼痛稍微缓解一些之后，她便跑回家躺一会，躺在床上痛得嗷嗷叫，痛得泪长流。

当痛得受不了时，她又跑出家门去，找一个自己抱得动的圆形鹅卵石贴在肚子上止痛。

就这样来来回回多少趟，每一趟都既留下了一路的煮熟的萝卜的芳香，也留下了一路凄哭且无助的泪水。

第二天，次仁曲珍的父亲背着她的小弟弟回来了，她看到弟弟的头部包得像白色粽子一般,脸肿得几乎连眼睛都看不到了。

父亲告诉她,幸运的是,弟弟的眼睛没有被烫伤,不然弟弟就会因此失明了。

虽然弟弟的面皮都被撕下来了,但好在抢治得及时,恢复得还算可以,也没有感染。再因弟弟当时年龄非常小,日后没有留下明显的伤疤。

但是次仁曲珍当时只有5岁多、脖子上套着锅圈的六妹,却留下了明显的疤痕。因为滚烫的锅圈戴在她的脖子上的时间要久一些,所以对皮肤伤害得最深。

被烫得痛极的次仁曲珍,将鹅卵石贴着被萝卜汤烫伤的肚子,自己给自己乱治病的方法,竟然没惹来麻烦,日后只留下了被烫伤的淡淡的白色花纹。

而次仁曲珍的四姐却没有这么幸运,四姐被萝卜汤烫伤的腿后来还感染了,化了脓,过了很久才好,并留下了难看的皮肤创伤。

回首往事,次仁曲珍觉得自己真是太可怜了。

残酷无情势利可恶的贫穷,不仅让她的身体受伤,在肚子上留下了斑痕,而且还在心灵上刻下了永难忘怀的印记。

拦在春天之外

贫穷对人身心的折磨，常使人哀叹自己宛如一粒尘埃。

山色空蒙，有时并非天地间细雨霏霏，而是心中的泪。

跟次仁曲珍一样，德吉旺姆也是苦水中泡大的孩子。她的父母也一口气生了九个孩子。

德吉旺姆1986年8月5日出生于风景如画的西藏自治区林芝地区米林县派乡吞白村。

"派"，在藏语里是"请"的意思。派乡位于西藏林芝地区米林县东部，西邻丹娘乡。

派乡下辖直白村、加拉村、玉松村、吞白村、达乃村、尼丁村、达林村、派村、降洛村、多雄二村、索松村、雪卡村、格嘎村、墨浪村、多雄一村等15个自然村。多少年来，派乡（后来升为派镇）就是墨脱人采购、运输生活物资的中转之地，所以它还有一个名称叫"转运站"。

美丽的林芝，处处是风景，但派乡却是一个神奇且独特的所在。因为派乡是徒步西藏高原海拔最低、最温和、雨量最充沛、生态保存最完好、非常神秘的墨脱的起点；在这里能看到总是藏在云雾之中羞于露面的美丽的南迦巴瓦雪山；这里还有气候另类、植被丰富的雅鲁藏布江大峡谷入口……所以这里有着其他地方无法比拟的人文景观与自然景观。

派乡风景很好，但德吉旺姆小的时候家里却很穷。

德吉旺姆祖籍并非派乡吞白村，他父母是从西藏昌都"逃难"到的派乡。

解放战争开始以后，她父亲才让听谣言说，解放军会在解放西藏时屠杀百姓，便带着她母亲布鲁从昌都往西逃跑，想逃到印度去。

到了米林县派乡时，西藏已和平解放，他们也见到了解放军，才发现解放军并非传说中那么可怕，非但如此，还严格遵守"三大纪律，八项注意"，把藏族百姓视为亲人。

祖国这么好，为啥要往印度跑呢？而且自己农奴之身，为啥不留在自己的祖国当主人，而要跟着农奴主跑到印度去继续给他当农奴呢？

想做自己的主人，想做国家的主人的才让和布鲁，停止了逃跑！

派乡吞白村有大片土地，这些土地的主人已经逃往了印度，他们便在派乡驻留了下来，参与新社会的建设。

是啊！自己以前是农奴主家的佣人，现在到了米林，既有土地，也有了自由身，还当家做了主人，得到人民政府的尊重与保护，这是多么美好的事啊！

新社会安宁的生活，让身心解脱的才让与布鲁一下子生了九个孩子，德吉旺姆是最小的一个，她上面有三个哥哥、五个姐姐。

由于人多地少，家里的日子因此过得相当困难。

相对于哥哥姐姐，德吉旺姆要算是最苦的一个。当年已经45岁的母亲怀着她的时候，父亲便因胃病而去世了，她因此成了遗腹子。

由于九个兄弟姐妹年龄几乎次第相差一岁，父亲去世后，家里更穷了，勤劳的母亲一直坚韧地支撑着这个家，不仅先后让德吉旺姆前面的六个哥哥姐姐成了家，而且还令她的七姐考上了位于陕西咸阳的西藏民族学院，八姐也在米林县城读中学。

德吉旺姆却没有这么幸运，家里穷困的经济状况，让她连小学都没读完。

那时，虽然她的一些哥哥姐姐都长大了，或者成了家，但是大家都比较困难，姐姐哥哥家里的小孩也多，生活条件同样不是很好，对自己小家都照顾不过来，也没办法帮她。

未成家的七姐、八姐读书需要交通费、生活费，她又开始了小学生活，这些钱都只靠母亲一个人做农活来筹集，这对于一个农村妇女来说，太难了。

那个年代，吞白村人的家庭收入主要靠种庄稼，德吉旺姆小的时候没怎么见过钱，她母亲布鲁的身体又不太好，有心肌梗死和脑栓塞，不能干重活，她家地里产的粮食连吃都不够，每年青黄不接之时还得向邻居借粮来吃，等到新一季粮食出来之后再还给邻居。

尽管寅吃卯粮，家里依然时时穷得揭不开锅。为了活命，很多时候只能靠挖野菜度日。

所谓贫穷家庭百事哀。本来德吉旺姆与母亲跟着一个成婚后没有分家的哥哥住在一起的，却由于家里太穷，婆媳间时常生出口角。

人吵败，猪吵卖，这样的日子真是苦上加苦。

有时候，母亲与嫂嫂之间激烈的争吵，令放学之后的德吉旺姆怕得连家门也不敢进。

迫不得已，布鲁便带着德吉旺姆在内的三个还未成年的女儿离开了家。

分家以后，家里的生活慢慢平静了起来，日子却更加穷困了。

看到母亲整天唉声叹气的样子，懂事的德吉旺姆心如刀绞，一心想帮衬母亲的她最终选择了退学，回到家里帮着母亲做些农活。

看到同龄的人在芬芳荡漾的春风里开心地上学，她心里感到无比凄凉。

那一年，满山的花儿开得特别鲜艳，但刚满12岁的她，眼里却没有这般美好的风景。

无情的贫困，终究如一道高耸的栅栏，将她拦在了春天般的花园之外。

不过，年龄虽小，她却与母亲布鲁一道，成了供七姐和八姐上学的人。

金钗之年，便扛起了沉重的生活担子，苦寒对花朵的摧折，令人唏嘘。

好在依据国家相应的民族政策，藏族学子的学费能够一定程度地得到减免，同时生活费也能得到一些补助。这温暖的阳光，给了德吉旺姆两个正在努力读书而且成绩很好的姐姐以希望。

当然，在陕西咸阳西藏民族学院读书的七姐，往返西藏与陕西的车船费也是一笔不小的开支；而且七姐、八姐在城里生活的日常开销，还是需要钱的，这些钱，便由她与母亲的劳作挣来。

艰难的不仅仅是要养活自己，不仅仅是要给上学的两位姐姐挣钱，因为把狭窄的房子让给了哥哥嫂嫂，德吉旺姆与母亲连住的地方都没有，栖身之所，仅为临时搭建的窝棚。

"幸福的家庭都是相似的；不幸的家庭各有各的不幸。"

俄国著名作家列夫·托尔斯泰的话，确实有道理。

富有家庭的幸福都是相同的，而贫穷家庭的不幸，则各有各的不同。

不同于拉萨市达孜区唐嘎乡穷达村的次仁曲珍，也不同于林芝市米林县派乡吞白村的德吉旺姆，支张央宗的家庭贫困，是另一种原因所导致。

支张央宗1970年出生在西藏自治区山南市琼结县下水乡措杰村支那组一个藏族农民家庭，她家有兄弟姐妹六个，她是家中老三，家境一般。

1991年秋，经人介绍，她结识了山南市琼结县下水乡的藏族青年农民索朗欧珠，索朗欧珠有兄妹七个，也排行老三，家境也不是很好。

支张央宗与索朗欧珠相识相悦，有了感情，并很快结为了夫妻。

婚后，由夫家和娘家双方出了几千块钱，两人修了一个小房子栖身。

琼结县下水乡地势较平坦，泥质却干燥贫瘠，人均土地面积也少，夫妻俩整天勤耕苦做，日子也过得并不轻松。好在索朗欧珠是石匠，可以利用农闲时间去一些建筑工地做些零工，赚取一些零钱聊补家用。

虽然生活过得紧紧巴巴，但是夫妻俩很恩爱。有爱的生活是甜蜜的，也是幸福的，他们先后生养了四个小孩。

谁知一道霹雳突然出现，打垮了他们的家。

2008年冬的一天，支张央宗去外面地里干活回来，刚到家门口，就见留在家里收拾粮仓的丈夫倒在了一楼的地上。

这让她既好气又好笑，却又感觉心神颇不宁静。

此时已经是下午2点过了，早过了吃午饭的时候，她为了将地里的活儿干完，便没有及时回家做饭，丈夫也是因为忙而没有及时吃饭饿着了？

"你怎么了？饿得不行了吗？你为什么一定要等着我回来一起吃饭呢？"她连忙放下锄头，去搀扶丈夫。

然而，当她的手触碰到丈夫的身体的时候，却感觉到丈夫的情况很严重，因为丈夫浑身发冷、很沉重，根本扶不起来，而且脸色越来越差。

她突然慌了。

"老公，老公，你怎么了？"她着急地呼叫，但是索朗欧珠没有回答她。

"老公，你不要吓我，老公！"

她惊慌得快哭出来了。

必须立即送医院！

她连忙去叫邻居前来帮忙，邻居大哥跟着她一路快跑赶过来后，伸出手指放在索朗欧珠的鼻子下面试了试，却发现索朗欧珠已经没有了呼吸。再一摸索朗欧珠的脸和脖子，已经没多少体温了。

"唉，索朗欧珠可能已经不在了……"

邻居大哥摇了摇头。

邻居大哥的话，让支张央宗惊慌不已："不可能，他早上还好好的。"

说着，她也伸出手去探老公的鼻息，又伸手去摸老公的胸膛。

是的，索朗欧珠身上已经开始冰凉了。这个早上还跟自己一起吃饭、说话、憧憬未来的相亲相爱的人，已经去了天堂。

支张央宗被吓到了，她万万没想到恩爱的家庭就这样没了，她万万没想到生与死之间的距离这么近。

她傻了，张着的嘴巴一时忘了闭合。

继而，她突然哭起来，声音很大，很悲绝，很揪心。

她抱着索朗欧珠的遗体不停地摇晃，不停地亲，不停地呼唤，涕泗如山洪暴发般，滚滚而下，落在索朗欧珠的身上、脸上……

但是，爱她的索朗欧珠再也不能回答她了。身体强壮的石匠索朗欧珠，再也没有力量站起来了。为了撑起这个穷困的家，他的最后一丝力气也耗尽了。

"支张央宗,别哭了,人都去了,哭也没用呀!"

"央宗,想想后事咋办吧,这才是最重要的呀!"

对呀,老公去世了,老公的后事咋办呀?

哭了 20 多分钟的支张央宗渐渐冷静了下来。

人已经去了,可是四个孩子还小,自己还得坚强地生活呀!还得接过老公肩上的担子,支撑起这个家呀!

人没了,必须处理后事。而要处理后事,合计了一下,这大概需要 1000 元钱。

"大哥,我们家没钱,但是要送我老公到天葬台需要钱,我想向您借点钱可以吗?"她仰起泪眼婆婆的脸问邻居大哥。

"妹子,我们家也没钱呀,要有钱不用你向我开口,我肯定借给你了。"邻居大哥无奈地说,"你知道的,我刚嫁女儿,花销不少,将家底用完了。快别哭了,去别人家看看吧,我也有事,要马上下地去了。"

邻居大哥家确实刚刚嫁了女儿,家境也确实不好,想必也确实没钱。但是邻居大哥是好心的人,不然不会在她求助后第一时间便跟着她跑来抢救索朗欧珠,也不会在索朗欧珠去世后提醒自己赶紧去借钱给老公操办后事。

"那你能帮我租一辆拖拉机或者汽车,把我老公拉到天葬台去吗?"

"这个我也帮不到你呀,你知道的,要租拖拉机或汽车,就得花钱,可是我没钱啊。"

虽然听上去挺令人失望的,但邻居大哥说得有道理。

唉,金钱不是万能的,但没有钱,真的有诸多不能。

"好吧,我出去借借。"

现实是残酷的,令人心碎,令人六神无主、手足无措;现实也是急迫的,不能拖不能等,不容许继续悲伤。以前凡事有老公或撑着,或打前站,现在老公不在了,天塌下来也只有自己撑着了,再也靠不着谁了。

支张央宗擦干眼泪,与邻居大哥合力,将索朗欧珠还没有彻底变硬的遗体抬起,放在屋内的一角,用白布围上,并用土坯做垫,使之就像平日打瞌睡的样子,以免动物伤害索朗欧珠的遗体。

然后,她抱着索朗欧珠的脑袋,在索朗欧珠的脸上亲了又亲,亲了又亲,舍不得离开。

但是,她不得不离开,同时也怕自己的眼泪掉在老公的脸上。

她之前抱着索朗欧珠的遗体大哭时,邻居大哥告诉她,如果自己的眼泪落在了老公的脸上,老公就会走得不安心,就会在黄泉路上徘徊,就会不愿前往天堂,从而影响投生。

因而,她狠了狠心,离开索朗欧珠后,才"嚎"的一声再次哭了起来,眼泪鼻涕也再次如山洪暴发。

哭声悲恸,令人肝肠寸断。

她视线模糊,前路迷茫。

她一边擦眼泪,一边关上门,开始去村里借钱。

高原的夜

这世界别的事或许都不会太难,但是借钱应该算是一件很难的事。

尤其是穷人借钱。

这是用一触即破的自尊的伤口,去磕碰和摩擦坚硬锋利冷漠的人情。

从村头到村尾,支张央宗一家又一家地走,去了好几家,求人借钱给她,或请求帮忙租一辆车,但人家都以没钱的理由打发了她。

支张央宗感到非常尴尬,也非常难受。

支张央宗是一个自尊心很强的女人,之前再穷,她与老公索朗欧珠都没向人借过钱。但是现在老公死在家里,要送到天葬台,不借钱怎么行?

令她倍感尴尬和难受的,并不是自己去借钱和求人租车这件事,而是大家住在同一个村子,谁家有钱谁家没钱,她心里非常清楚。

没钱没车的人家她去借不到租不到很正常,但有钱的人家却不借给她钱,有拖拉机的人家也不愿意将之借给她用,给她的感觉便非常不好。

自己与没钱的人和有钱的人,平时关系都处得不错,为什么他们不借钱给自己渡过这个难关呢?是因为自己家里死了人晦气吗?

支张央宗先想不明白,但很快便想明白了:自己老公死了,家里能挣钱的人没了,自己拖着四个未成年的孩子,要生活都困难,如果借钱给她,她什么时候能还上?她拿什么东西来还?这借出去的钱不是打水漂了吗?

而有拖拉机或汽车的人也不愿意帮她的原因是,这事按市场行为收钱的话,没钱支付的她只能赊账;如果用了车不收钱的话,自己既晦气还耽误拖拉机或者汽车在其他方面正常挣钱,这不是挺吃亏吗?

是的,这也不仅仅是她想明白的,而是她听见了村民们的嘀咕。她向村里一家有钱的大哥借钱时,那位大哥告诉她说他没钱,而她快快地离开之时,那位大哥却向邻居说:"借给她钱,跟将钱扔进水里有什么区别?她老公没死还能挣钱,现在她老公死了,她家谁能挣钱?反正都会得罪她,与其借钱后要她还钱时得罪她,不如现在就不借。"

支张央宗也想过向自己的娘家兄妹们,以及向老公家的兄妹们借钱,可是娘家兄妹们以及老公家的兄妹们的日子全都过得拮据,自顾不暇,哪有钱借给她呢?

钱是要借的,再难也要借!

车也是要租的,再难也要租!

颜面扫地被人用脚踩也要借钱，也要租车！

不然老公的遗体难道一直放在家里吗？

在村里一路抹泪一路走，一路想着借钱的办法。

凛冽的寒风吹在落泪的脸上，如刀割般的痛。支张央宗觉得人情比这寒风还要锋利冷漠。

要知道，乐于助人的她老公索朗欧珠生前可帮过这些人家忙的。老公是石匠，而藏式民居的外墙无不是用石头垒砌的，所以新房修建、旧屋修补，少不得石匠。

当然她也知道，人，是不应该记住自己什么时候帮助过谁这类事的，而应该努力记住什么时候人家帮助过自己。

人家不肯借钱给我，不愿租车给我，是担心我没能力还上所借的钱，是怕我给不起租车的钱，想来这也是一件情有可原的事。人家有钱、有车，有权利把钱借给我，把车租给我，也有权利不借钱给我，不租车给我，这很正常，自己不该怪人家有钱不借有车不租。这不过是人情而已。人情哪能等价交换？

忽然，她想到了，老公去世之前去过一些建筑工地搞基建，但那几个月的工资却还没有结算，说要等到年底再结算，那么自己借钱、租车的时候将这一情况说出来，人家会不会借钱、租车给自己呢？

接下来借钱和租车之时，她便将这个情况做了说明，并承诺还期最迟为年底。

人家还是不愿意借钱给支张央宗，不愿意租车给她。

支张央宗能够想到，尽管她讲明了偿还这笔钱的能力及来源，承诺了还钱的期限，人家不借钱不租车给她的原因，其实是口说无凭。

这不是不相信讲诚信的她口说无凭，而是谁能保证建筑公司到年底一定会将她老公的工钱结算给她呢？要知道建筑公司的工程款通常都是三角债。

没有办法，支张央宗便去找生产组长，向组长哭诉自己的艰难处境。

这确实是个很值得同情，也很具体的事情。生产组长马上组织相关人员开了会，之后安排人员、安排车辆，以送她老公到天葬台。

在支张央宗借钱借车的过程中，也并非没一户人家愿意帮助她：有的人家也很穷，却愿意借钱给她。这样的人家平时跟支张央宗家走得其实不近，虽然人家拿不出多少钱来，但这份心却令支张央宗意外，也因此特别感动。

有组长的安排后，邻居又帮忙请来了喇嘛，在支张央宗家里开始为索朗欧珠念经超度。

斯人突去，在喇嘛们虔诚专注的诵经声中，在悲伤婉转撕心裂肺的哀乐里，支张央宗再一次泪如雨下。

她悲很爱自己的老公撂下她和这个家就这样轻松地去了，自己的情感从此有多么孤单！

她伤从此没有了勤劳的老公挣钱，自己与四个年龄尚小的孩子接下来的日子该如何过？

她哭孩子们晚上放学回家得知父亲去世后，该如何接受这个残忍却又无法回避的事实？

她泣自己命不好，早年丧父中年丧夫，一直勤劳却始终被冷漠无情的贫穷生活所挟裹……

其实,支张央宗所经受的人生苦寒,并不是老公去世借钱时的窘迫尴尬和刻骨铭心。或者说,这仅仅只是一个开始而已。而接下来她与孩子们相依为命的日子,才是最艰难的。

支张央宗的四个孩子都未成年,大女儿德吉白玛15岁,在下水乡完全小学住校读书;二儿子白玛朗杰11岁、三女儿曲珍9岁在措杰村村小读书;6岁的小女儿次仁央宗,则在措杰村村幼儿园读书。

孩子们回家得知父亲突然去世的噩耗以后,也是哭得天昏地暗,令人肝肠寸断。

索朗欧珠去世了,天塌了。

从此,她家便只有她一个劳力了,全家五口人只能靠她一个人来养家。土地不多,孩子又小,她除了干农活儿,没有别的技能,又不能外出务工,艰难可想而知。

但是泰山压顶也要撑着,老公有高血压,生前曾经跟她开玩笑说,如果哪一天他不在了,一定要把孩子们养大。她忘不了老公对她说的这句话,她没想到这句话一语成谶。

德吉白玛读中学,在住校,半个月才回一次家。由于家里条件差,每次去学校看德吉白玛,她都无比心酸,无比难受,觉得同样是母亲,她却不能让女儿生活得扬眉吐气,因而觉得很对不住女儿。

因为家境好的小孩不仅穿得好,除了政府的生活补贴,在小卖店里想买啥就买啥。而她家太穷,她的女儿却啥也买不起,想喝瓶饮料也没钱。她去看女儿,给女儿带的零食,只能是自己做的几个面饼子，或者煮的几个土豆。

德吉白玛的吃住由国家全部包干还好，其他三个小孩因为在村里上学，每天还得给他们准备饭食，以带到学校去吃。在村里上小学和幼儿园的孩子是早上去上学，晚上才回家，中午则在学校吃从自家带的饭。

受家庭条件所限，支张央宗给孩子们准备的午饭不是麦面做的一两块饼子，就是几个土豆，也没有下饭菜，十分寒酸，根本没法跟别家父母给孩子准备的午饭相比。同学们时常嘲笑她的孩子吃得太差，甚至还嘲笑她的孩子是没有父亲的可怜虫。

回家以后，邻居家的孩子也不跟她的孩子玩，因而她的三个孩子只能自己玩。原因是他们家吃得差，穿得差，很穷，没父亲，还欠外债。晦气！

自己一定要努力挣钱，以尽快还掉所借的钱，同时也让孩子们过得好一点儿。

可是怎么多挣钱呢？

家里家外，啥事都得自己一个人做。这种体力上的苦是老公在世时的双倍、多倍。跟体力上的苦相比，心灵上的苦更严重：孤单、无依无靠。尽管很努力，像牛一样劳动，这样也挣不了钱，在家里劳动怎么挣钱呢？在有限的土地里劳作怎么挣钱呢？

随着时间的推移，支张央宗家里的境况越来越差了，甚至到了吃了上顿没下顿的程度。

老公不在了，支张央宗告诫自己必须得改变自己，要让自己变得像男人一样坚强、肯干、耐劳、有体力。

那之后，哪里有活儿，只要能挣钱的、自己能干得下来的，无论再苦再累,支张央宗都努力去争取。

甚至有的看似轻松的活儿,村里的男人都不愿意干,但她也要接下来。

这当然是充满危险的活儿。

春耕到来后,为了防止水被邻村偷,得要人夜里去守水渠,守一晚上能挣10元钱。

守水渠的地方离村子有四五里远,周围没有人家,有的只是连绵荒凉的山,以及料峭春夜里同样彻骨的寒。

高原的天空是蓝色的,深深的美丽的蓝色。夜晚中的高原的天空,也是如此。

而在蓝色的天幕上,是无数颗明亮且闪烁的星星。更遥远的星空,是沙粒般铺设的星系。这样的风景其实是美的,充满幻想和童话色彩的。

然而在浩渺而美丽的星空之下,在辽阔而空旷的田野里,一个人孤独地存在,内心却是寂寞的。尤其是一个女人孤独地存在,那种寂寞更是惊心动魄。

是的,惊心动魄,这是一种恐惧。在这样的环境之中,她担心别的村有人来偷水,她单薄的身体无法保护好自己村里的水;她担心有喝醉酒的男人来骚扰她,在这前不挨村后不着店的田野里,她将喊天天不应,叫地地不灵。

青藏高原是大山的故乡,夜幕下的下水乡田野被黛岑包围,有被幽闭的感觉。而山上,却时不时地传来狼嗥。狼是什么东西,就连孩子也从童话书中知道,狼是凶残的,是要吃人的。

山上有更多的狗吠。这些狗不是村民们养的家狗,而是野狗，成群的野狗。

在西藏，野狗也是要吃人的。

野狗比野狼还要凶狠。

因为野狗是人类养过的家狗被弃养后形成的群体，或者是家狗与野狼繁殖后形成的群体，它们对人类的习性和弱点比野狼对人类的了解要更深刻，更具体。而且野狗曾经受过文明的熏陶，比野狼要聪明得多。

再有，野狼的眼睛在夜晚是绿色的，如果野狼在夜色里想偷袭人，它在接近人之时，其绿色的眼睛会暴露行踪。但是野狗的眼睛在夜色里却不带颜色，如果野狗想要吃人，它接近人身时，人也未必会发现。

因而在这样的夜色里，她不敢睡觉。当然也没有地方睡觉，一整夜，她都几乎站着，或者在水渠边走来走去。

站累了或者走累了，在实在不能坚持之时，她才将自己从家里带来的一块塑料布铺在地埂上坐一坐。但坐的过程中，她丝毫不敢大意，得不时用电筒照向身体的四周，以观察是否有野生动物偷袭自己。

而且，手里还得一直拿着一把铁锹，身上还揣着几块坚硬的石头，以便在危险的时候用于保护自己。

也许你会说，支张央宗可以在地边上点燃一个火堆给自己壮胆，起码可以驱赶小范围的夜的黑暗，也可以威胁偷袭她的野狼。

但是火堆对野狗群体毫无威慑作用，野狗从人类刀耕火种时代就与人类相伴，早就了解了火的秘密。

再说，支张央宗所守的水渠是长长的，而火堆是固定的，为防别人偷水,她不能固定地守在一个点上,而必须巡逻。要巡逻,那点燃一个火堆也便毫无用处了。

夜晚空旷的田野里,以及田野附近的山上,还有各种令人毛骨悚然的声音,这是不知名的动物的叫声,是风吹山石发出的声音,是不知名的虫的叫声,还是其他没有见识过也猜度不出的声音……不得而知。在夜晚无人迹的寂静环境里,听到这些声音,总会令人将之与传说联想在一起,有时候不害怕也害怕。

或者传说的鬼哭狼嚎,雾惨云昏,说的就是如此吧。

或许就因为这样的一些原因,虽然守水的活儿并不重,但即便村里的男人也不愿意干。

当然,报酬太少,守一夜只有10元钱,也可能是没人愿意干的原因之一。

然而,为了孩子们有饭吃,支张央宗不得不挣这个钱。

10元钱,对他们一家五口来说,不算少了,吃差一点,起码一家子一天的饭有了。

甚至,两天的饭也有了。

这样的守水的夜晚,只有支张央宗自己才知道是怎么过来的,一整个夜晚,她都是颤抖的:因为寒冷,她颤抖;因为害怕,她颤抖;也因为一阵一阵地伤心地哭,她颤抖……

天亮了,自己没有被野狗吃,没有被野狼吃,没有冻死,没有吓死,没有被偷水的人打伤,没有被喝醉酒的男人性侵……拖着疲惫的身躯朝村里走,朝家走的时候,她却非常开心,她开心儿女们这一天,或者两天的饭,终于又有了。她开心自己彻夜不眠心惊肉跳地熬过来的又一个挣扎。

三、挣扎

凄凉的哭声，在夜风里飘荡，飘荡，
如冰冷的风，寒彻山野……
岁月一轮一轮地老去，却老不去留在脑海中竹节般的记忆。
每个人的生命都会跋涉千山万水，刻在成长年轮里的阴郁、痛苦，却始终无法跋涉。

望山兴叹

岁月一轮一轮地老去,却老不去留在脑海中竹节般的记忆。

每个人的生命都会跋涉千山万水,刻在成长年轮里的阴郁、痛苦,却始终无法跋涉。

西藏自治区林芝,古称工布,"林芝"是藏语"尼池"或"娘池"的音译,藏语的原意为"娘氏家庭的宝座或太阳的宝座"。林芝位于西藏东南部,雅鲁藏布江中下游,其西部和西南部分别与拉萨市、山南市相连,西北部连那曲市嘉黎县,东部接昌都市,南部与缅甸接壤。

林芝风景秀丽,被誉为"西藏江南",有世界上最深的峡谷——雅鲁藏布江大峡谷和世界上第三深度的峡谷帕隆藏布大峡谷。

但是在这样的"江南",依然有人曾经在饥饿中成长。

索朗多布杰就是在这样的日子里长大的,他也深刻地感受到生活在这样的日子里的痛苦。

1968年4月4日,索朗多布杰出生于林芝县百巴乡章巴村一个藏族家庭。家里兄妹六人,他排行老五,上面有哥哥有姐姐,下面还有一个弟弟。

章巴村依山邻水，国道318线穿境而过，美丽的尼洋河如碧玉镶嵌，原始森林环抱左右，风景异常优美。

然而，曾经的章巴村却穷得远近出名，这里耕地稀少，草场狭窄，山高沟深。耕者少土，牧者少草，村民们普遍吃不饱饭，时常望山兴叹，望河哀怨。

在饥饿面前，最美好、最欢乐的事无疑是饱食。小的时候，索朗多布杰最大的心愿就是什么时候能够饱饱地吃一顿小麦饼子。

是的，小麦饼子。

但这是一个漫长且一眼望不到头的期许。因为那时他家里太穷，每顿饭一个不大的小麦饼子也会分成几瓣，家里每个人只能吃其中一瓣。由于当时大家的游牧习惯大于农耕习惯，大家又不会种菜，为填饱肚子，只能靠去山上挖的野菜充饥。

好在，郁郁葱葱的原始森林覆盖的山上，有野油菜、野水果、鸡爪参等东西，可以采来填肚子；也有野兔、野猪、狼、熊等野生动物，可以打猎来吃。

尽管这样，生活仍是饥一顿饱一顿的，过得甚为艰难。

西藏自治区成立后，虽然国家对愿意读书的藏族孩子实行义务教育，不收书、学费，但是由于家里太穷，索朗多布杰只读完小学一年级，便不愿意再读书了。

因为他想去生产队里挣工分，以缓解家里的贫困。

那时，我们国家还没有实行改革开放，林芝的农村也跟全国的农村一样，还是生产队，农牧民们统一劳动，按劳分配，谁家劳力多，挣的工分多，家里分的粮就多，经济状况就相对较好。

集体劳动，一个成年人劳动一天能挣 10 个工分，能换来 8 分钱的收入。而一个孩子放牛、放羊，一天能挣 4 个工分，能换来 3 分钱。索朗多布杰觉得，3 分钱已经很多了。

穷，除了对身体的摧残，还会对人的精神进行摧残。

贫穷，让索朗多布杰性格内向，不爱讲话。面对很多问题，他习惯思考，却不习惯表达。谁知，村民们却将他当成傻子，叫他"古巴"，他甚至成为全村人取笑的对象。

村民们对自己如此，索朗多布杰并不生气。因为"古巴"在藏语里既有"傻子"的意思，也有"可爱"的意思。

饥饿是勤劳的动力。由于吃不饱饭，索朗多布杰便经常去山里打野果子吃、采野蘑菇吃。

原始森林很可怕，处处充满着未知的风险，不要说会吃人的动物了，仅是马蜂这么小的昆虫，如果不慎招惹上了，即使不至于死，也会令你脱层皮。

但原始森林有食物。与其饿死，不如饱死。

再有，谁说去森林里就一定会死呢？如果没有填肚皮的食物，则一定会饿死的。

11 岁那年秋天的一个中午，索朗多布杰正在树上摘野果子吃的时候，一个声音突然在树下响起："小朋友，都中午了，你怎么不回家吃午饭呢？"

"我现在摘野果吃，就是吃饭呀。"

"这些野果还没成熟，非常酸涩，怎么能吃饱？快回家吃饭吧。"

跟索朗多布杰说话者，是林芝森工局更张林场正在巡视森林的旦增。

"我在这里还能找到点吃的,回家后却反倒没有吃的。"

"为啥,你犯错误了吗?"

"不是,阿姨,我家里太穷了,一天只能吃两顿饭,而且每顿饭也都吃不饱。"

"那你今天来我家吃吧。"

"不了,阿姨,我摘点野果子吃就行了。"

"来吧,我家就在附近的森林工作站,我家里还有两个馒头呢!我和我老公妥炳寿都是林场的职工,家境可能比你们家要略好一点儿。"

"馒头"!多有诱惑力的词儿啊!

索朗多布杰虽然在跟着父母去百巴乡赶场的时候见过馒头,但他却从来没有吃过馒头。

父母没钱买啊!

听了索朗多布杰口水奔涌的回答,旦增邀请得更执着了。

实际上,当旦增看到索朗多布杰的时候,她已经吃过饭了。

因而她把索朗多布杰叫到她家以后,便马上给他蒸起馒头来。

馒头啊!这是世界上最美味的食品啊!

馒头蒸热以后,索朗多布杰一边狼吞虎咽地吃着馒头,一边泪水就落了下来。

这是幸福的泪水,是感激的泪水,是美味刺激味蕾的泪水,是善良叩击灵魂的泪水。

见索朗多布杰所穿的衣服破烂,旦增又拿出自己小儿子妥俊忠的衣服给索朗多布杰穿。因为索朗多布杰与妥俊忠的年纪差不多。

那之后，妥炳寿与旦增夫妻对索朗多布杰相当好，完全把他当成了干儿子对待，只要家里有什么好吃的，都会叫他去吃，或给他留一点儿。

索朗多布杰每次肚子饿得受不了、家里又不能吃饱的时候，也会情不自禁地朝妥炳寿与旦增家里跑，而去了之后，也总能吃上一顿饱饭，或者吃上一些好吃的东西。

也因此，少年的索朗多布杰便在心里对自己说，一定要记住妥炳寿与旦增一家对自己的恩情，今后有能力回报的时候一定要报恩。

对索朗多布杰好的人还有尼玛的母亲达瓦。

尼玛家也很贫穷，但尼玛的母亲达瓦和父亲土登却对索朗多布杰好，很喜欢索朗多布杰，经常会将家里好吃的东西留一口给他，因而索朗多布杰与尼玛一家也走得很近。尼玛比他小几岁，他一直把尼玛当弟弟。尼玛家里发生的事，索朗多布杰也感同身受，视作家事。

青山巍峨，草木密集地生长，可是生活在青山之中的人们，却被饥饿逼迫得舛连生长的方向。日日祈祷吃饱穿暖，愿景始终被关在时空之外。

泪问青山，青山不语，徒余望山兴叹。

索朗多布杰在自己心里铭刻下了这样一句话：

"或许我会忘记饥饿带给我的痛苦。当然几乎没有这种'或许'的可能。但我永远不会忘记在我最饥饿之时，同样贫困的好心人给我提供的饱食之恩。"

豆蔻女孩的挣扎

千岩竞秀，万壑争流。草木葱茏，云兴霞蔚。花开绚烂，流水芬芳……

这些景致确实都很美。但这都不是身处逆境之中的人眼中的风景。

人在无助之时通常只有两种举动，一是祈祷，一是自我安慰。其他一切都与己无关。

"一切都会好起来的！只要自己勤劳，努力。"

艰难的日子里，她总是这样安慰自己。

她是西藏自治区林芝地区米林县派乡吞白村辍学回家帮助妈妈布鲁务农的 12 岁的德吉旺姆。

然而，土地有限，耕种落后，即使整天在地里忙活，收获也很可怜，甚至连果腹的愿望都难以实现，又如何给七姐、八姐提供那些必不可少的费用呢？

后来，一个刻骨铭心的经历改变了德吉旺姆的人生。

由于吞白村以及跟吞白村邻近的索松村、达林村、墨浪村都没有销售日常用品的小卖部，附近村子里的人需用洗衣粉、洗发液、盐等生活必需品，都得去派乡乡场上购买。

而这四个村子与派乡之间，却横亘着宽阔奔腾的雅鲁藏布江。由于当时这段江面上还没有修桥，因而位于雅鲁藏布江西岸[①]的四个村子要去派乡购买东西，得先步行20多里山路，到了渡口，再渡过雅鲁藏布江才行。

要渡过宽阔、湍急，且深达数十米的雅鲁藏布江并非易事——附近村子以及派乡乡场连船都没有，唯一的渡江工具是一个用直径近两米粗的一段圆木掏挖出的一艘原始独木舟。而且该独木舟渡河一天只有早上8点一次，晚上6点一次。如果没赶上趟，当天就没办法过河了。

因而对于这四个村子的村民来说，购买日用品是一件很艰难的事。

2000年的春天，德吉旺姆跟着村里一个即将结婚、名叫卓玛的姐姐去派镇（原派乡，2000年已更名）买东西，但是在买好东西通过独木舟过雅鲁藏布江的时候，却发生了一个小小意外，由于风浪太急，卓玛所买的糖果糕点不仅掉入了雅鲁藏布江之中，甚至连人也栽进了江中，要不是大家及时求助，这桩喜事便将变成悲事。

这件事深深地刺激了德吉旺姆，她多么希望自己家所住的江的西边有小卖店，这样如果要买东西的话，便不会这么麻烦，也不会有这么危险了。

不过，这件事在深深地刺激德吉旺姆的同时，也让她豁然开

[①] 从宏观上看雅鲁藏布江的流向，此处所指的四个村吞白村、索松村、达林村、墨浪村位于雅鲁藏布江北岸，但由于此处流段呈"几"字形，从局部看地理位置处于江的西岸。——编者注

朗：自己家所在的雅鲁藏布江西岸没有小卖店，那自己为什么不可以弄一个呢？

这个想法让她很激动。然而，又很快便让她犯了难：要开小卖店，得有本钱才行呀！自己家里穷得连饭都吃不起，哪来的本钱呢？

晚上，当母亲布鲁看到她满怀心事的样子，便关心地问了起来，得知她有开小卖店的想法后，当即表示了支持。

"妈妈，我要开小卖店，哪来进货的本钱啊？"

"是呀，哪有本钱进货呢？"

"唉，我还担心如果开了这个小卖店以后有没有生意，如果没有生意就会成为村民们口中的笑话。"

"没事的，旺姆，我还有260元存款，我全部拿给你去进货吧，妈妈支持你。"

"可是，这是我们家全部家当了啊！再说，260元能进多少货呢？这点本钱太少了啊！"

"能进多少货便进多少货吧，权当试试。"

就这样，德吉旺姆开始了她的生意生涯。

这一年，她才14岁。

战战兢兢地揣着260元钱，坐着独木舟到了派镇以后，果然知道260元钱买不了啥。但是在派镇从事批发的一个汉族大叔看到她漂亮纯朴、稚气未脱却又害羞胆小的样子，便问她叫什么名字，家住哪儿。

"我叫德吉旺姆，家住派镇吞白村。"

"德吉是幸福的意思，旺姆是仙女的意思。德吉旺姆，幸福的仙女，这个名字好，你人也长得像个小仙女！"

"可是我并不幸福……"

"怎么了？"

"我家里穷，姊妹多，父亲去世早……"

"唉，真可怜！"大叔叹了一口气后，岔开了话题，"你买这么多东西干啥？洗衣粉一来就买了好几包，洗发水也是一买就买了好几瓶，帮人买的吗？"

"不是，我想做生意，想在雅鲁藏布江西岸开一个小卖店。"

"你原来这么能干！那这样的话，你买的东西又太少了，小小的货架都摆不满。"

"……我只有这么多钱。"

"唉……"大叔又叹了一口气，"那这样吧，你想进些什么货，先从我这拿吧，登记一下就行了。待你卖出去以后，再来跟我结算本钱。"

德吉旺姆半信半疑，但她从这位不知名的汉族大叔眼中读出了真诚与爱心，她的眼泪一下子涌出了眼眶。

"妹妹，别哭别哭，大叔相信你，也会一直帮助你的。"

洗衣粉、盐、长裤、鞋子、酱油、针线……

就这样，德吉旺姆当天所进的货，远远超出了她的260元本钱，接近400元钱。她没有再多进货的原因，一是害怕卖不掉，卖不掉就麻烦了。二是这些商品在她体力能够背负的范围之内，再多就背不动了。

那天，激动的她几乎是一路流着泪回到家的，因为她感动，自己艰难，没有信心，但是好心的汉族大叔给了自己信心。

那天在派镇，她还听到了一首好听的歌曲，唱得好，里面的歌词也很好：

每个人心里一亩　一亩田

　　每个人心里一个　一个梦

　　一颗呀一颗种子　是我心里的一亩田

　　用它来种什么　用它来种什么

　　种桃种李种春风

　　开尽梨花春又来

　　那是我心里一亩　一亩田

　　那是我心里一个　不醒的梦

　　是的，自己心中有一亩田，也有一个梦。自己会把这亩田种好，会努力将这个梦实现。

　　由于德吉旺姆与母亲没有房子可住，进了这批商品之后，她们便在村口的路边搭了一个草棚子，既销售商品，也栖身。

　　一个14岁的小姑娘，在从来没有出现过商店的邻近四个村子里开一个小卖店，这种开拓性是令人讶异，甚至被视为另类的。从小胆子大的德吉旺姆虽然也在乎别人对她以及她母亲的这种破天荒的行为的眼光，但是她更在乎的是自己进的商品是否能够卖得出去。毕竟贫穷比任何事都更可怕。

　　用三块木板做货架，摆上所进的货物之后，这个简单的小卖店便搭起来了。

　　古老的村庄里出现了小卖店，这太扯人视线了！

　　然而路过的人们几乎都只是看热闹，评论，却并不出手购买。

　　也许是不太习惯。也许还有其他心理。

　　在传统观念里奔波的人，其消费轨迹很难有所突破。

夜风中的凄哭

适当艰苦的生活，或许能够锤炼意志，培养吃苦耐劳的品质。

极端的贫穷则是灾难。

西藏自治区山南市琼结县下水乡措杰村支那组的支张央宗深刻地感受到了这一点。

虽然贫，虽然穷，虽然被贫穷折磨得痛苦不堪，憔悴不已，但她整日劳碌奔波，从来没有停止过与贫穷抗争。

为了挣10元钱的守水费，又有一天，也是黑咕隆咚的守水的夜晚，当她正在胆战心惊地巡逻的时候，却突然听到远方有一个声音正向她靠近。

她紧张了，警惕了，害怕了，身体更加颤抖了。

这是幻觉，还是真实？

是风吹泥土的声音，还是真有什么动物向自己走来？

是狼，还是野狗？是偷水的人还是想侵犯自己的人？

她想看清楚，可是漆黑的夜晚除了黑，还是黑，怎么也看不清楚。

最倒霉的是,这个夜晚她没有带手电筒。

她半蹲了下去,做出防备的姿势。但是内心却吓得快哭了。

不能哭!生死之间不能懦弱,只能战斗!

是的,为了孩子们能有饭吃,只能战斗!勇敢地战斗!

她在内心给自己如此壮胆。

但她还是吓得全身出汗,腿脚无力。

声音越来越近,她也越来越害怕。

这个时候,她甚至想的不是攻击,而是祈祷了。

祈祷菩萨保佑自己,祈祷已去天堂的老公保佑自己。

这是慌乱,更是绝望。

这样半蹲着不行!

如果来犯者是狼,是野狗,半蹲着还行。如果是人呢?

不会是狼,因为狼在漆黑的夜晚眼睛是绿色的。

那是野狗,还是人?

是野狗就不会只有一只,野狗跟狼一样,是成群活动,成群出击的。野狗群或者狼群扑来的时候,自己会腹背受敌。

是人呢?偷水的人,或者喝醉酒想侵犯自己的人一定是大男人,大男人就一定比自己高大、壮硕,自己哪是对手?

没有电筒,她想起了身上带的打火机。

掏出来,按下打火键,一边打火一边问:"谁?是人还是鬼?"

颤抖的手终于打燃了打火机,目光所及,空无一物。

确实是风吹的声音,也可能是幻觉。

不过,只要没有吃人的动物,无人攻击自己,即便是幻觉也好，起码幻觉不会对自己造成人身伤害。

然而，不知过了多久，这个声音又响了起来。同样的极度恐惧又一次上演。

她又一次按打火机的打火键，"啪！""啪！""啪！"不知是紧张还是什么原因，打火机只见火星，却始终打不着。

是风太大了，还是打火机没气了？

真是人忙马不快，需要什么就缺什么。

绝望了！彻底绝望！

听天由命吧，只有这样了。

"妈妈……"

这时，一个稚嫩的声音从远方的夜色里传来。

是白玛朗杰！是儿子白玛朗杰的声音。

声音不大，而且飘荡。

是真的吗，还是自己耳朵听错了？

是的，这个时候，她多么希望有力量对自己支持。

老公死了，靠不住了，祈祷他保佑，他也未必保佑得了。

其他亲人呢？

女儿德吉白玛在读住校，儿子白玛朗杰才12岁。

老公去世一年多了，这个12岁的小男子汉越来越懂事，这也让苦累的她倍感欣慰。

是的，有12岁的儿子增援自己也好啊！如果他在自己身边，自己肯定没这么寂寞，更不会这么害怕。

然而，这么小的孩子怎么可能走四五里地漆黑的路来到这里呢？是的，一定是幻觉！

想到儿女们，本来已经绝望了的她又坚强了起来。

人在孤独无助时，最希望得到的便是力量。自己想到了儿子，这很正常，说明老公去世后，儿子已经成了自己的精神力量。

对一个母亲来说，这其实也是一件很幸福的事情。

这世间哪个母亲不是在为儿女奋斗呢？

无论再苦再累。

"妈妈，是你吗？"

声音更近了一些，依然稚嫩。

是的，是白玛朗杰的声音，可能不是幻觉。

"白玛朗杰？是你？"

"是我，妈妈。"

不是幻觉！不是幻觉！

她朝着那个声音摸索着快步走去。

对方也摸索着朝她快步走来。

近了，确实是白玛朗杰。

母子相见，本来应该令她感动的，但是她却发怒了：

"白玛朗杰，你怎么来了呢？你怎么不在家里好好睡觉呢？"

"妈妈，我发现你没带电筒，怕你害怕就来了。但出门才发现电筒没电。"

是的，因为买不起电池，所以电筒没电，这也是自己没带电筒的原因。

"快回去，这里又冷又危险，你来干什么！"

"妈妈，我不回去，我要陪着你守夜。"

"叫你回去就回去，你在啰唆些什么？你明天不是还要读书吗？你在这里待一夜怎么行？明天怎么读书？"

"妈妈，我不读书了，我要陪着你，跟你一起干农活儿，养姐姐、妹妹。"

"你说什么？"

支张央宗生气了，她扬起手给了白玛朗杰一耳光。

"我再苦再累都不怕，目的就是为了让你们几个孩子能够读书，你现在却说不读书了，你说你让我多寒心！你给我快滚回去！"

"妈妈，我就是不回去。妈妈，我知道你守夜有多危险，我怕你出事，怕野狼和野狗叼了你，我担心你，我回去也睡不着。"

为了保护妈妈，摸黑走了四五里地，摔了不知多少跤，终于见到暗夜里的妈妈了，却被不识好心的妈妈又骂又打，心情复杂的白玛朗杰哭了。

"妈妈，你想想，要是你也与爸爸一样不在了，我们姐弟几个怎么活呀？"

白玛朗杰说着，扑进了支张央宗的怀抱，抱着她哭得更伤心了："妈妈，我长大了，我要保护你！我是男子汉，我要与你一起养家！让姐姐和妹妹顺利读书，今后考上大学。"

自己怎么就突然打了儿子一巴掌呢？自己不是希望有一个亲人在这个可怕的黑夜里与自己做伴吗？

打过白玛朗杰之后的支张央宗心里既自责也难受，有点不知所措。

儿子长这么大，她还从未打过儿子。

她怎么舍得打呢？这是个懂事的孩子啊！

再说了，自己老公去世以后，吃不饱穿不暖缺少欢乐的儿女们本来就很可怜了，怎么可能还狠得下心打他们呢？

听见儿子哭了，支张央宗也一下子哭了！呜呜地哭！

多懂事的孩子啊！

支张央宗觉得自己受苦受累、担惊受怕都是那么值得！

哭过一阵之后，她的语气也软了下来，摩挲着白玛朗杰的头发说："儿子，妈妈知道你懂事，可是你这样会耽误明天上学的。"

白玛朗杰仰着头对她说："妈妈，我真不想读书了，我要跟你一起做农活儿，一起挣钱养姐姐和妹妹。"

支张央宗感动且怜爱的泪一滴滴滴落在白玛朗杰的脸上，先还带着母亲身体的余温，但很快便在高原夜晚的寒风中变得冰凉。

"你这孩子，给你说了，你一定要读书，你怎么不听话呢？快回去！"

白玛朗杰的话让支张央宗又生气了，她一把将儿子从怀里推出去。

"妈妈，反正你怎么生气，我今天也不回去了。你知道的，我一个人来这里就不容易了，这山上有狼，有野狗，你就不担心我回去的时候发生危险吗？"

确实，让12岁的儿子一个人回去，真的挺危险的。

"那你答应妈妈，今后你再不能这样半夜三更来这野外找我陪我了，你也保证要继续上学读书。"

但是白玛朗杰却依然说自己不想读书了，想跟妈妈一起劳动，保护妈妈，更替妈妈分担。

白玛朗杰是一个热爱学习的孩子，学什么都很快，在学校的成绩也很好，因为懂事也受老师的喜欢。自从索朗欧珠去世后，他不仅成了自己的精神力量，更是自己的希望。

"你真是个不懂事的孩子！你要真不读书的话，那妈妈就不要你们了，妈妈就去远方嫁人了。你们没有了妈妈，看你们怎么活！"

怎么让儿子打消退学的想法呢？支张央宗突然有了一个办法。

"妈妈说到做到！你知道的，在西藏，不是没有野孩子的！"

支张央宗的这句话，果然吓住了白玛朗杰，吓得他又哭了。

哭很伤心，哭得很无助。

"妈妈，我听你的，我听你的，你不要抛弃我们。"

伸手不见五指的黑夜里，母子俩又抱在了一起，又哭在了一起。

凄凉的哭声，在夜风里飘荡，飘荡。

如冰冷的风，寒彻山野……

贫穷结的果

缺吃少穿的日子是非常难过的。

被舛折的命运扔进光明褶皱里的人,无论生活的正面还是背面,都是阴影。

暑假到了,孩子们在家玩,大孩子带小孩子。

而支张央宗去田野里干活儿了,到了中午的时候,她那不满7岁的最小的孩子次仁央宗饿得不行,大女儿德吉白玛连忙翻箱倒柜到处为妹妹找吃的。

可是一穷二白的家里哪有可吃的东西啊?

后来,德吉白玛在一个小口袋里发现了一点灰黄色的粉末,看到小妹次仁央宗饿得直哭,她便将这一小点灰黄色的粉末和着开水给次仁央宗吃了。

谁知道这灰黄色的粉末是生面粉,而且是已经有些霉变的生面粉。支张央宗原本想什么时候将之炒一下再吃,可是由于没时间一直没有炒,没想到现在小女儿却把它吃了。

结果,在预料之中,次仁央宗肚子拉得非常厉害,从当天下午一直拉到第二天傍晚,人也变得无精打采,奄奄一息。

次仁央宗凶猛的腹泻，把一家人吓坏了。

德吉白玛哭着求支张央宗："妈妈，我错了！快把妹妹送医院吧，再不送医院，我怕妹妹生命出问题。"

"德吉白玛，你没有错，这都是命啊！是妈妈太没本事了！不能让儿女们有饱饭吃，让儿女们受了这么多苦。"支张央宗说，"妈妈也正想把次仁央宗往医院送。"

所幸送医院的时间还算及时，不然次仁央宗就会腹泻得虚脱了。

因为贫困，没有吃的，为了果腹，无意间给次仁央宗吃霉变的生面粉这件事，既让德吉白玛后悔不已，也让支张央宗掉了不知多少次泪。

"妈妈，我想吃肉……"

有一天，闻着邻居家飘过来的浓浓的熟肉的香气，不满7岁的次仁央宗可怜巴巴地对支张央宗说。

一尘不染的眼神里充满了期盼和渴望。

其实，每当村民们吃肉的时候，这样的话，孩子们不止一次对支张央宗说过。

以前，自尊心很强、尴尬得不知道如何回答孩子们的她，会因此而板着脸教训孩子们，教训得孩子们眼里满是泪水。

看到孩子们眼中的泪水，虽然支张央宗外表看上去是那么凛然，但其实她内心也是泪如雨下的。因而后来，当孩子们又向她表达想吃肉时，她便会这样安慰孩子们："妈妈没本事，挣不到钱给你们买肉，你们快快长大吧，长大后就能自己挣钱了，就会有肉吃了。"

这样的回答开始还有点效果，可每遇孩子们表现出如此强烈的渴望之时，总是这样回答的话，孩子们终究明白这是她的搪塞和敷衍，因而眼神便会变成愤怒、失望和无奈……

愤怒也好，失望也好，无奈也好，无论什么样的眼神，支张央宗都得接受。

否则她能怎样？

难道自己依然如昨地对孩子们一顿凶，就能让自己变得更有尊严，让孩子们有了吃上肉食的感受？

这就是贫穷结出的果子，有多苦，也不得不咽下。

她在琢磨这次该如何宽慰孩子们。

"我们饭都吃不饱，你还想吃肉？这么好吃，该挨打！"

这时，德吉白玛却在训斥妹妹了。

"妈妈，我就是想吃肉嘛！我就是想吃肉嘛！窗上不是挂着肉吗？"

次仁央宗被大姐骂哭了，但她依然坚持自己内心的渴望，向支张央宗哭着说。

德吉白玛继续训斥次仁央宗："那两块肉是留到藏历年才能吃的！藏历年要用它敬菩萨，你吃了拿什么来敬菩萨？"

"好，次仁央宗不哭了，大姐说得对，我们等到藏历年就可以吃肉了。"

是的，窗上是有两块干肉，那是村里好心人看到支张央宗家里太穷，在宰羊的时候送给她家的。

那个年代大家的日子都不好过，因而所送的肉并不多，一块也就一斤多吧。虽然有肉了，但这哪能吃呢？吃了过藏历年的时候就什么肉也没有了。

藏历年可是非常讲究吉祥的,如果过年餐桌上也没有肉,那来年不是就更没有肉了?

于是她的孩子们,便又盼星星盼月亮地盼望着藏历年快些到来。

藏历年终于盼来了,人家都很隆重地庆祝,但是支张央宗家里却冷冷清清,不仅没啥吃的,而且孩子们也都穿着陈年的、因为身体长高而不合身的衣服。

支张央宗为自己身为孩子们的母亲的无能,而感觉非常没面子,内心里也非常痛苦,非常愧疚。

《诗经》云:"七月流火,九月授衣。"然而该制冬衣的时候,却"全家都在秋风里,九月衣裳未剪裁""寒衣处处催刀尺",别无长物徒四壁。

贫穷,让人无法躲避生活中的风刀霜剑。

但是孩子们很懂事,在藏历年即将到来之前,德吉白玛便对她说:"妈妈,你别难过,我们不要新衣服,我们穿新衣服旧衣服一样快乐。我们先将天葬爸爸时借的债还了再说吧,我们长大后,也能挣钱的。等我们挣了钱,想穿什么样的衣服都可以买!"

德吉白玛的话音刚落,白玛朗杰、曲珍等几个孩子也都纷纷表示了相同的观点。

因为相比于穿,孩子们更渴望能够吃肉。

两块已经在日月里变得异味很大的肉被煮熟了。

是的,这是有些腐臭,又有些哈喇味的肉的味道,经过者有人会因此捂鼻,但孩子们却吃得很香,吃得满脸笑容。

不过，因为肉太少，孩子们也只能算是吃到肉了，要想尽兴却是不可能的。

"妈妈，你也吃吧。"

"妈妈不吃，妈妈平时帮人家干活儿，不时会吃到肉的。"

支张央宗不是不想吃，而是想到自己如果也跟孩子们一起吃这点可怜的肉的话，那么孩子们所能吃到的数量就更少，所以她得忍着将口水往肚里咽而不吃，只吃点油炸面食，或者糌粑坨坨，或者煮肉时放在锅里一同煮的白萝卜，或者借故忙而到灶间做事。

看到孩子们开心的样子，支张央宗心里除了开心以外，更多的是心酸。

孩子们的欢乐是盼了多少个日子才盼来的啊！

为了过好这个藏历年，支张央宗将邻居平时送的一些干肉之类食物留着，以便能使自己家这个节日的餐桌，看上去与邻居家的餐桌上的丰盛不要差得太多。但尽管这样，他们家的藏历年，还是过得十分寒酸。

藏历年是一个特别隆重的节日，按藏族的风俗，家里条件好的，吃的穿的，给菩萨供的东西都会准备得特别多。

唉，什么时候才有一个富贵而又年丰的藏历年啊？

生活的风霜笼罩一年又一年，难道自己和孩子们只能坐望温饱梦？

四、坐望温饱梦

　　石头垒砌的房子有两面墙出现了局部垮塌,破败得像内地被废弃了的房子一样。

　　而房子的肮脏情况,更是不堪入目:房前院坝里到处都是牛粪,踩烂了或者没有踩烂的,新鲜的或者不新鲜的,逆着春光的美好而呈现……

雕　塑

地球海拔最高的地方，离天最近的地方。

这片云上的圣地，矗立着世界第一高峰，怀抱着世界最大高原湖群。

西藏，有无比洁净的天空，有无比亲近的白云，有直射心灵的阳光，有梵音缭绕的文化。

这里是佛教信仰的圣地，是嘹亮藏歌的故乡，是文人墨客的灵感，是旅者心念的梦想。

这片独一无二的土地，千百年来，却也布满了苦寒、残酷与无情。

在和平解放前，斯土斯民，人均寿命只有 36 岁。

为什么如此？不仅因为这里一些地方自然条件极端，普遍贫困，而且因为旧西藏的社会制度不尊重人性，不关心民生。

西藏民主改革后，其社会形态从农奴社会跨入社会主义社会。

虽然西藏人民的生存状态和生活质量由此大有改变，但和全国其他地方的人民相比，仍然有着很大的距离：这里生存环境恶劣、基础设施薄弱、经济社会发展滞后，是全国唯一省级集中连片深度贫困地区。

西藏的贫困特点归纳起来，可用四个字概括，即"广""大""高""深"。

"广"，即贫困人群所居地域广阔；"大"，贫困人口基数大；"高"，是指贫困人群所处环境海拔很高；"深"，是整体处于深度贫困状态。

到2020年全面建成小康社会，是实现中华民族伟大复兴的务实选择，是逐渐实现中国梦的现实基础。

这片神奇而又圣洁的土地，怎能让它被贫穷摧折，怎能让它被小康抛弃？

高原蓝天下的疼痛，坐望温饱梦的挣扎，牵挂着高层的心。

"大力推动西藏和四省藏区经济社会发展。要大力推进基本公共服务，突出精准扶贫、精准脱贫，扎实解决导致贫困发生的关键问题，尽快改善特困人群生活状况。"

这是中央第六次西藏工作座谈会的重要内容。

西藏精准扶贫，全面小康，一个都不能少！

可是具有"广""大""高""深"特点的西藏，怎样才能摆脱贫困，步入小康，与全国人民同幸福呢？

自"十二五"以来，西藏自治区的扶贫工作取得了"一个明显提高，两个明显下降，三个明显改善，四个有所突破"的显著成效。

明显提高是指农牧民收入明显提高。2014年底贫困群众收入增长幅度高于全区平均水平3个百分点。

明显下降是指贫困人口和贫困发生率明显下降，到 2014 年底，贫困发生率由49.62%下降到32.95%。

明显改善是指农牧区基础设施条件、基本公共服务、环境保护明显改善，完成溜索改造 84 座，10 多万贫困群众住上了安全适用的住房，乡镇和行政村公路通达率分别达到99.7%、99.2%，基本解决了 60 多万农牧民安全饮水问题；全区小学入学率达到99.59%，初中毛入学率达到98.75%；全面建立和完善草原生态保护奖励机制……

有所突破是指共投入国家专项扶贫资金 74.22 亿元，完成"十二五"规划投资的 172.6%；建立了人有名、户有卡、村有册、乡有簿、县有电子档案、地（市）有平台、自治区有数据库的贫困人口动态管理系统；因户因地制宜，实施了整村推进、产业到户、结对帮扶等措施；建立了"区负总责、地市直管、县抓落实、乡镇专干"的管理体制，创新了"任务到地、资金到地、权力到地、责任到地"和"工作到村、扶贫到户"的工作机制。

2015 年，中央一号文件提出推进精准扶贫。西藏积极创新扶贫工作方式，变"大水漫灌"为"精准滴灌"，将扶贫资源精确集中到贫困户方面。

作为全国唯一的省级集中连片贫困地区，西藏紧紧抓住"扶谁的贫？谁去扶贫？怎么扶贫？"的问题关键，通过建档立卡，精准识别扶贫对象，创新"合作社+能人+贫困户""党支部+能人+贫困户"等精准扶贫模式，努力减少贫困人口发生率，在 2015 年以前的四年多时间里，共精准减少了贫困人口 50 多万人。

通过艰辛的努力，西藏自治区虽然已经交出了令人瞩目的反贫困成绩单，但是这依然不够。

自然灾害、疾病多发、意识贫困、能力贫困等问题突出，以及精准扶贫机制不完善，西藏扶贫开发工作仍存在返贫率高、"硬骨头难啃"等困难，这也成为制约西藏全面建成小康社会的短板。

这时，进一步探索创新精准扶贫的方式，完善精准扶贫工作机制，激发机制体制内生活力，让贫困人口稳定增收、脱贫致富，加快农牧区脱贫致富步伐，就显得尤为重要。

2016年，西藏自治区力求做到精准识别贫困人口，先后组织5万多名干部走村入户，在"一看房，二看粮，三看有没有读书郎"的基础上，通过"几看几比""十一步识别法"等精准识别方法，深入开展贫困建档立卡"回头看""数据清洗"等多轮摸底排查，全区共识别录入扶贫开发建档立卡信息系统贫困人口148695户588711人。

同时，西藏自治区根据对全区建档立卡贫困人口分布、脱贫难易程度等的分析得知，日喀则、昌都、那曲三地市贫困人口占全区贫困人口的75%，林周县、南木林县、浪卡子县等36个贫困县贫困人口占全区贫困人口的60%以上，故而将日喀则、昌都、那曲确定为全区脱贫攻坚的主战场，将林周等36个贫困县确定为全区脱贫攻坚重点县。又采取差异化扶持措施，将边境地区、地方病高发区、深山峡谷区、灾害频发区、高寒牧区作为特殊贫困地区。

"你终于起床了，我们已经等你好久了！"

寒冷的夜色退出，温暖的晨曦到来，一颗灿烂的心，在习惯性的早起中寻找冉冉初升的高原太阳；一朵朵闲适一夜的云，开始了阳光中壮行前的列队；林中欢快跳跃的鸟儿，或清脆或沉稳的叫声，挤满了明澈的天空；记述着亿万年沧桑故事的远山，坦坦荡荡地展示着一览无余的真诚……

美丽粗犷，纯粹而又高蹈，是这片土地独有的风景。

2017年2月27日，星期一。周伟刚起床，开门准备打水洗脸，却被一位藏族大爷和一位藏族大妈一左一右地抱住了手臂。

"大爷，大妈，这是怎么啦？"

睡眼惺忪的周伟如丈二金刚——摸不着头脑……

这两位老人，男的名叫洛松益西，女的名叫朗嘎，是一对患难夫妻。

他们为什么要一左一右地抱住周伟的手臂呢？

请允许我从头说起吧。

周伟是西藏自治区拉萨市达孜区民政局的一名普通职工，也是一名结对子的扶贫干部。

周伟1989年出生于四川省泸州市叙永县摩尼镇街村7组。2007年冬，从小便有军人梦、18岁的他报名参军，来到西藏自治区，成了驻防拉萨市某部的一名军人。

坐上从成都飞往拉萨的飞机，靠窗的他看着飞机外的景色，既异常兴奋，又有几分忐忑。

窗外的世界新奇而触目惊心。层峦叠嶂的大山，在飞机的下方游走。飞机的上方及四周，是海水一样蓝的天。这是一幅蓝天与山峦和谐构建的水墨，而飞机，不过是水墨中穿越时空的外来物。

这种之前从未有过的经历，让他觉得自己所乘坐的飞机好像飘浮在清澈见底的湖水上的一艘船，飞机身下巍峨峻拔的一座座山峰，在翠碧的天穹下发出淡淡的蓝光的，则是湖底的景致。它们随着飘浮的飞机徐徐而来，又缓缓而去；崇山峻岭偶尔有一点儿植物，在罡风中摇曳，则如湖底的水草般飘柔。

光影流动，如水澄澈，阳光下的飞机游移，清亮明洁，影子在空阔的山峰间、云朵上清明地跨越，或长或短地随山间的宽窄，或云朵的高低，绘画着梦幻的形状。

而山岚间缭绕的白云，则如同水中漫卷的浪花，或是水里堆积的散乱的云的倒影，清晰、洁白、恬静，书写着超乎寻常而又赏心悦目的灵秀。它们圣洁地迎着飞机的到来，在时间的涟漪里，与飞机亲昵地擦肩而过，或矜持地隔着距离欣赏，之后又不舍牵挂地作别如鹤潇洒缓缓移去的飞机。

虽然机舱外的风景是如此漂亮，如此特别，但他在欣赏风景之时却有些心不在焉。因为之前他听过不少人说，去拉萨会产生高原反应，会头痛、气短、胸闷、厌食、微烧、头昏、乏力，会嘴唇和指尖发紫、嗜睡、精神亢奋、睡不着觉，会因空气干燥而出现皮肤粗糙、嘴唇干裂、鼻孔出血或积血块……

神往万水千山，等候最美的相见。

飞机舱门打开那一刻，他心中对高原反应的紧张又蓦然升腾起来了，这最美的相见，会击溃他未试身手的承受力吗？

去之前，各种想象，各种担心，包括高原反应，包括荒凉干燥，包括饮食习惯。

然而当他走出飞机舱门时，内心的恐惧并没有给他带来高原反应多少实质性的感觉，相反蓝蓝的天顿时给了他一种心旷神怡的境界，洁白的云给了他一种棉花糖的想象。风，比成都的凉多了，却是那么有特质，洁净、清爽、舒适；一切，都如同水中洗过，一尘不染……

脚步在挪移，眼睛在寻找，身体飘飘的。

飘的感觉，可能是高原反应，也可能不是。如果是的话，它怎么没有传说中的那么猛烈和他想象中的那般可怕？不是的原因，是随着海拔高度的增加，地球吸引力也在相应降低，如月球之旅，脚步飘摇一点也正常。

或许，身轻如燕，也是一种美。

他的心中，满满的都是兴奋，都是"呀啦嗦，这就是青藏高原"的感慨。

而高原反应，似乎还在很远的地方。因为此时，他没有晕倒，没有呼吸急促，没有脸青面黑，没有头痛恶心，没有……

他等待着，等待着。高原反应，你来吧！他自信他的身体挺棒，也并非一下子就能被摧垮的。他在心里说，即便有高原反应，甚至有生死之虞，这也不可怕，这对一个战士来说，也是一场战斗。

但是，没有。

高原反应与他，都在远远地彼此打望。

又或者，高原反应此时正在急急地赶往他身边的路上。

取行李，有些吃力，但还好，脑袋依然不痛，脚步纵然有点飘逸，但感觉挺好，有一种酒后微醺超脱的快感。

走出机场，置身猎猎风中，心情大好。

天空湛蓝如镜，阳光炙热如火。

看到有的战友嘴唇发紫吐天吐地的样子，他心里很庆幸，也很感慨：看来自己是属于这片高原的。

"扎西德勒！"

这个词油然地在他心中跳跃，且由衷地自言自语。

踏上西藏的土地，一切大出周伟的意料。

不仅没有高原反应，眼前的西藏比想象中的西藏要美不知多少倍，苍茫的高原，洁白的哈达，蔚蓝的天空，漫卷的云朵，扫除尘垢洁净的风，热情善良的人民……

军营的生活五彩缤纷，周伟如一株植物般昂扬生长，部队生活磨炼了他的意志和品格。

身在高原，心很宁静，灵魂被荡涤，胸襟变开阔。

2012年，当了五年兵，行将从部队转业的他，因为喜欢西藏的山山水水，他放弃了回四川工作的打算，而努力报考公务员，最终成了拉萨市达孜县德庆镇人民政府的一名干部，负责办公室文件的收发整理，及一些办公室日常工作。

虽然拉萨在不少人眼中干燥、缺氧，植被稀少，但周伟却热爱这方土地。它的天空永远是那么蓝，它的阳光永远是那么透彻，它的山川永远是那么明晰，它的空气永远是那么洁净，它的人际关系永远是那么单纯……

在周伟的眼中，拉萨已经成了自己的第二故乡，他能够在退伍之后继续留在拉萨工作，觉得非常幸运。

周伟在拉萨没有亲戚，他在拉萨却有亲人：战友就是他的亲人，同事就是他的亲人，热情的藏族同胞也是他的亲人。

最令他幸福的是，在 2014 年春天的一次老乡聚会上，他认识了美丽的小燕（化名）。小燕也是四川人，热情大方，快人快语，很令他心动。

在拉萨，其实四川人不少，经商的，旅游的，定居的，工作的……可以说每条街上都会有川音响起，每条街上也都有川菜馆子，但要在人海中遇见自己心仪的人其实并不容易。他庆幸遇到了小燕，觉得小燕很适合做自己的人生伴侣。

看得出来，小燕也对周伟很有好感。因为小燕听说周伟曾是军人后，不禁肃然起敬，还投来了倾慕的目光。

见他们有些来电的样子，于是朋友们中便有人起哄，有人调侃，有人撮合……弄得他们之间的友情迅速异于别人。

那之后，他们有意无意地制造机会接触。随着交往的深入，两人产生了感情，恋爱了，而且越爱越深。

2015 年 1 月，周伟从德庆镇调到达孜县民政局，接触精准扶贫攻坚工作。

令他幸福的还不仅仅是这个令人羡慕的工作调动，还有 2015 年 5 月，他与小燕携手走进了婚姻殿堂。

拉萨的夜晚是清寒的，夏天也是。自从有了小燕后，周伟晚上的日子再没有感觉孤寒过。虽然小燕没有工作，没有收入，但是他觉得夫妻恩爱就是一切。没有爱，即便生活在宫殿里，也未必快乐。因而他温暖的心里，觉得未来的日子愈发美好起来。

2016 年 3 月，达孜县精准扶贫工作紧锣密鼓地开展起来，并严格推行"321"的政策，即每一名县级领导干部至少包扶 3 户贫困户脱贫，每一名科级干部至少包扶 2 户贫困户脱贫，一名普通干部至少包扶 1 户贫困户脱贫。

"321"脱贫计划宣布后，面对这个突然而至的任务，少部分干部职工存在畏难情绪。认为自己只是一名普通干部，又没三头六臂，本来工资就不高，照顾自己家庭的压力都很大，能有什么办法帮助贫困户脱贫呢？

对这个问题，周伟的观点却不一样。他认为帮助贫困群众脱贫，肯定不是一件容易的事，肯定会遇到很多困难，不然的话，国家怎么可能这么重视扶贫工作？而且还叫"扶贫攻坚战"？他觉得办法总比困难多，只要找准病根，就能对症下药。只要肯动脑筋，扎实苦干，就一定能够帮助贫困群众脱贫。

在"321"脱贫计划实施的过程中，他向单位领导主动要求，将达孜县最困难的贫困户分给自己。单位领导对他的举动深为感动，也大加赞许，于是同意他与章多乡拉木村的低保户朗嘎一家结成帮扶对子。

帮扶目标明确之后，周伟便要去了解即将结对者的家庭情况。2016年4月4日，他在章多乡干部卓玛等人的带领之下，来到了朗嘎家。

朗嘎家的房子触目惊心，石头垒砌的四面墙中有两面墙出现了局部垮塌，破败得像内地被废弃了的老宅一样。而环境的肮脏情况，更是不堪入目：房前院坝里到处都是牛粪，踩烂了或者没有踩烂的，新鲜的或者不新鲜的，逆着春光的美好而呈现。

而在这院坝靠近房屋的地方，却有一个穿着领口油腻得看不出颜色的藏袍，头发长长、油腻打结，脸上脏脏、貌如戈壁，且看不出年龄的瘦高个男人眯缝着眼睛，仰躺在一把椅子上，在晒着太阳。如果不是他偶尔动一下，会令人误以为这是一尊倒下的雕塑。

酥油茶

西藏早春的阳光，是明艳洒脱，煦暖而怡人的。它也许还如同一杯美酒，能让人沉醉于其中，或微醺安逸，陶然舒心。

见周伟一行人到来，"雕塑"睁开眼睛，略微点了点头，便又继续晒自己的太阳，全然不在乎春天的阳光中，是否有礼节。

"大爷，我们是来帮助您脱贫的。"

乡干部卓玛与之打招呼。

这原来是一位大爷。

"嗯，好。"

老人笑了笑，然后继续晒太阳。

不冷漠，也不热情。

"大爷，我是达孜县民政局的干部周伟，组织安排我与您家结对子，希望自今天开始，我能够帮您家做些什么。"

"哦，好。"

老人依然动都懒得动一下。

周伟注意到了这个细节，但他不在乎。

他理解人与人的交道，第一次总不会那么热情，毕竟彼此陌生。

"对了,我给您带了点小礼品,我去给您拿来。"

他说完后,转身从车上拿下一桶食用油,一袋大米,送给这位老人。

老人这才站起身来,接过大米和油,说谢谢。然后朝屋里喊:"朗嘎!朗嘎!"

喊声落处,屋内走出一个一瘸一拐的藏族大妈来,她身材粗壮,宽阔的脸白净而安详,也穿着藏袍,藏袍的袖口、领口、胸口等处,也都十分油腻。

藏族大妈接过大米和油,对周伟说了几句藏语。随后,卓玛说,这位大妈就是朗嘎,就是周伟与之结对子的贫困户。

卓玛翻译说,朗嘎感谢政府送给她大米和食用油,她请大家去她屋里坐坐,她马上给大家打酥油茶。

朗嘎的话,让周伟心里有了丝丝感动。

酥油茶是西藏的特色饮料,它的赫赫声名不仅像雅鲁藏布江一样不停地流淌,而且对于藏地人家来说,它还像空气一样不可或缺,并维系着血脉的传承。

酥油茶由酥油和浓茶加工而成,虽然是液体饮料,但地位却非常崇高,多作为主食与糌粑一起食用。

酥油茶的加工方法是先将适量酥油放入特制的桶中,佐以食盐,再注入熬煮的浓茶汁,并用木柄反复捣拌,使酥油与茶汁像爱情一样美满地融为一体,和谐地不分彼此。

酥油茶既可治高原反应,又可预防因天气干燥而造成的嘴唇爆裂,使高原简朴粗犷的生活充满细腻和温馨;寒冷的时候可以驱寒，吃肉的时候可以去腻，饥饿的时候可以充饥，困乏的时候可以解乏。茶叶中含有维生素，酥油茶还可以减轻高原缺少蔬菜带来的损害。

周伟还记得自己第一次喝酥油茶的经历。

那是他刚进藏当兵的时候，老兵们说，喝酥油茶能抗高原反应，但他闻到那个气味，却感觉很膻腥。

"喝吧！喝酥油茶的感觉是这样的：第一口异味难耐，第二口醇香流芳，第三口永世不忘。试过了你就会相信我说的。"

老兵的话极具诱惑力，自己既然投笔从戎，连生死都不怕，何惧一杯酥油茶的膻腥？周伟动心了。

事实上，这世间再好的东西，初次接触时，不都会有潜意识的设防与抵触吗？第一个吃螃蟹者就是最好的例子。

酥油茶淡淡的黄色，酽酽的，质地如同奶茶，看上去很抒情很美味很高原且堆砌着曾被人用华美词语包装的内涵，激发了他满心的好奇。未喝之前，他听战友说过，酥油茶不仅有一股浓烈的腥臊味，甚至还有牛尿味儿，喝不来的人喝了会呕吐。

自己是喜欢喝酥油茶还是不喜欢喝酥油茶，还真说不好。但有一点他告诉自己，必须习惯这个味儿。

当真正喝上一小口酥油茶时，他发现酥油茶在高声歌唱，优雅且柔美地绽放其代代相传千年不减的魅力，可是于他，其孤僻且特立独行的风味，却太过肆意，有点高处不胜寒。

不过，酥油茶也没有传言中或者自己想象中的那般腥臊，充盈于满腔的，是一种奶与茶携手释放的馥郁的、特别的香气。

于是他三下五除二，便将满满的一杯酥油茶咕噜咕噜地喝下了肚。

成了青藏高原一分子之后，周伟渐渐明白，高原人民真的是离不开酥油茶的。

一千多年前，藏医学家宇妥·元丹贡布在其所著《四部医典》中，论述了酥油对人身体的营养及功能："新鲜酥油凉而能强筋，能生泽力又除赤巴热。"

这个意思是说，新鲜酥油润泽气血，能使人精力充沛，使皮肤不粗裂，还能生津止渴，滋润肠胃，和脾温中，润泽气色，并治疗口舌生疮及赤热性疾病。

经现代科学研究发现，生活在青藏高原的人们之所以离不开酥油茶，原因是高原缺蔬菜、水果，从而缺维生素。同时，牛羊肉属于酸性食物，经人体消化后会产生一定量的氢离子，并因之出现胃酸过多、便秘、疲劳等症状，让人体的血液也呈偏酸性。

健康的身体需要保持酸碱平衡，于是酥油茶出场了。

饮用酥油茶，会使人体产生一定量的氢氧根离子，这些氢氧根离子能够中和掉人体内的部分酸性。

千百年来，在与严酷且不容更改的自然条件做斗争时，顽强不屈的藏族人民智慧地创造了酥油茶，也创造了酥油茶文化，因之而有茶会，茶舞，茶礼仪，并如润滑剂般贯穿于交友、节庆、离别、爱情等聚会之中，滋养着美好的生活，并一代一代地传承至今。

带着丝丝感动，跟着笑容满面的朗嘎走进她低矮的家以后，周伟视线所触，却感觉自己瞬间头皮有些发麻。

朗嘎的家里，摆放着一张吃饭所用、积满岁月乌黑尘垢、边缘有些腐朽的茶几一样的藏式桌子，桌上放着一些似乎从来就没有洗过的碗，以及一个同样有些朽烂、同样被陈年岁月赋予苍老颜色的藏式柜子。

在屋的另一侧，是一张藏式床，床上的被子也是油腻腻的，有的地方乌黑得看不清被子面料本来的颜色……

阳光从破裂的墙缝射进屋，显得这个家更加破败。

朗嘎家有两亩多地，有7头牦牛，按理说，家境不该如此贫寒。

然而，这两亩多地，以及7头牦牛并不只是养活两个人，而是养活5口人。

章多乡的意思是"沿河的小村庄"，但土地并不多。卓玛对周伟介绍说，屋外晒太阳的老人名叫洛松益西，朗嘎是他老伴。

洛松益西是昌都人，年轻时四处行走做生意，后来遇到了同样单身的朗嘎，情投意合的他们便走到了一起。但分土地时，由于他还没有在这个村子里落户，因而便没有土地。

朗嘎有一个妹妹，名叫贡桑旺姆，命运也不好。

年轻时，贡桑旺姆的老公去世，2013年，贡桑旺姆又因病去世，留下三个女孩成了孤儿，看着他们可怜，没儿没女的朗嘎便收养了她们。

这三个孩子老大洛桑19岁，老二德吉曲宗才14岁，老三拉姆德吉只有9岁。

就这样，两亩多土地要养活大人小孩共5口人，不困难都没人信。

而且，朗嘎还是残疾人，不能干重体力活，困难程度就更甚。

好在当地政府将之纳入了低保名单,每个月有一些补贴,他们家的生活才不至于断炊。

不过,低保费用也不多,根本缓解不了她家的贫困状态。

"坐吧,坐吧。"

一瘸一拐的朗嘎指着屋里的两张辨不清颜色的凳子,热情地招呼卓玛和周伟坐。然后,她便走向灶间,拿起酥油桶,开始为他们打起酥油茶来。

这凳子很脏啊!油腻腻的怎么坐呢?

周伟很为难。不坐,又不太领情;坐,那裤子一定会糊上一层黑油。

正在他犹豫该如何是好的时候,卓玛一屁股坐了下去,于是他也只好一屁股坐了下去。

然后,他又将凳子挪到洛松益西身边,请卓玛翻译,向洛松益西询问起他们一家的相关情况,并在笔记本上记下来。

在这个过程中,他忽然想上卫生间了,便问洛松益西卫生间在哪儿。

洛松益西指了指屋后说:"后面就是。"

原来洛松益西会说汉话。

周伟去到屋后,才看到了所谓的卫生间,就是一个没有遮拦的旱厕,两块中间留有空隙的石板搭在旱厕之上,用以蹲便。但是这两块石板却非常脏,完全没办法蹲下身去。他本想忍着,重新回到屋里,但是童年的影像一下子浮现在他的脑海里,令他感慨不已:在20多年前的童年时代,自己家乡的一些厕所也是如此的——在几十年前的四川农村,这种厕所叫茅厕。

一个成年人,光天化日之下,怎么好光着屁股出恭呢?

然而,这就是朗嘎家的实情啊!

这个厕所确实很脏,但他不能嫌弃,因为这在某种程度上来说,就是贫困的表现,自己是来扶贫的,只有深切地感受贫困的滋味,才能更好地帮助朗嘎一家尽快地脱贫。

所幸这是高原的四月,还没有苍蝇,否则的话,他全身将会成为轰炸机般的苍蝇们的"停机场"。

真是贫穷啊!这已经是2016年了啊!怎么这种状况还跟自己小时候农村的状况一模一样呢?这跟我们内地比要落后几十年啊!

上完厕所回到室内,周伟感到自己身上也有一股浓重的屎臭。

不过没关系,这跟朗嘎家里,以及他们院坝里阳光下的牛粪的味道也差不多。

这,就是贫穷的味道!

他结对子要改变的,也就是这种味道!

不一会儿,朗嘎烧好的酥油茶端上来了,给周伟和卓玛一人倒了一碗。

虽然盛酥油茶的碗挺脏的,但碗中之物却奶香四溢,雾气升腾。

喝吗?这盛酥油茶的碗这么脏。

这怎能不喝?大妈专门给自己打的,如果不喝,这不是瞧不起人吗?

轻啜一口,茶味绵柔,奶香扑鼻;吞咽之后唇齿留香,温润怡然。

虽然酥油茶碗是黑乎乎的,看上去真的不太干净,而且成长于内地的他并不喜欢喝酥油茶,但他还是双手端起酥油茶碗来,感激地喝了一口。

喝过之后,他的视线突然模糊起来。

这是情感波动的结果,也是酥油茶热气蒸腾的结果。

此时,他深深地觉得,这哪仅仅是一杯酥油茶啊?这是浓浓的感情!

在西藏生活了好些年的周伟明白,酥油茶不仅是青藏高原的一道特色饮品,还是汉藏友谊的结晶,汉藏文化交融的结晶。

青藏高原被称为"地球第三极",高寒的高原气候,严酷的生存环境,造就了藏族同胞勇敢刚毅的个性,也形成了藏族独具高原特色的饮食文化。酥油茶便是其中精华。

酥油茶,顾名思义,由酥油和茶组成。

酥油是藏族人民用手工工艺从牛羊奶中提炼出的奶油。提取的方法拙朴而又有诗意:先将鲜奶加温煮熟,晾冷后倒入圆形木桶中,桶中装有与内口径大小一样的圆盖,中心竖立木柄,下安十字形圆盘,劳动者紧握木柄上下捣动,使圆盘在鲜奶中来回撞击,直到油水分离,油性物质浮出水面,这个过程就叫作"打酥油"。

然后,将浮出水面的油性物质捞出,置于皮袋中,冷却后便成酥油。以夏季从牦牛奶里提炼的金黄色酥油为最好,从羊奶里提炼的则为纯白色。

生长粗犷与伟岸的藏族聚居区，绝少生产苦涩绵柔的茶，制作酥油茶的茶叶，最初来自物华天宝的汉地中原地区。

据史书记载，早在公元四五世纪之时，吐蕃（西藏旧称）就出现了茶叶，但当时的吐蕃社会还没有形成饮茶的习俗，茶叶也只是作为一种珍贵的保健品而只为社会上层珍藏和偶尔饮用。

茶，就如生活一样，假如未经沏泡，它不过是一片干树叶而已，索然单薄。虽然茶叶的前世，是碧绿如画的美景。

茶叶，沉静而内敛，只有倾注如沸水般滚烫的热情，才能让其变得大气完整、饱满丰盈，而且清香四溢。

唐开元以后，随着唐朝与吐蕃之间交往的增多，饮茶习俗渐渐传入吐蕃，酥油与茶叶也开始了亲密接触，并缔造出留传后世的佳话。

到了晚唐时期，唐朝与吐蕃甚至开始在河西和青海日月山一带进行茶马互市。茶叶的神奇之旅，由此始兴。

随着时间的推移，更是繁荣昌盛，胜景连连。

1372年，明政府还专门设立茶马司，以管理内地与边地的茶马互市活动。

清初，茶马互市制度正式建立。

茶叶，就这样如同流水一般，源源不断地进入寻常百姓家，成为红尘烟火不可分割的一部分。

酥油茶的制作方法是藏族牧民们的智慧创造。为了适应青藏高原高寒的气候和露天甚至风雪里放牧的生活，他们最需要的是一种御寒保暖的热饮。而做酥油茶用的多为大茶和砖茶，既适合长途运输又便于外出时携带。

酥油茶里还有盐。

盐，是酥油和茶之间的黏合剂，接近燃烧的真情，使酥油与茶在热力作用下紧紧融合，产生出了美妙而神奇的味道。

酥油是藏家物产，而茶叶是汉家物产。酥油有酥油的文化，茶叶有茶叶的文化，酥油茶有酥油茶的文化。

酥油茶这种美好的饮料是由酥油与茶密不可分地融为一体而形成的，这难道不是汉藏文化的最佳结晶和难得情谊吗？

美味牵动着周伟的情感，既复杂，又投入。

朗嘎家的贫困情况深深地触动了他的心。虽然自己也是从农村出来的，但是自己家相比于朗嘎家，却无异于一个在天上，一个在地下。

要知道，这杯酥油茶虽然是朗嘎招待他们的一种礼仪，但其实，也是她与洛松益西维持生命的食粮啊！他们家这么穷，却还这么热情，这么好客，他能不感动吗？

这一口酥油茶，从嘴里向胃里流淌，一路的热辣辣，让周伟的心里顿时也变得热乎乎的。因而他在心里对自己说，一定要竭尽全力帮助这一家人。

半个多小时后，喝过酥油茶的一行人离开了朗嘎家。

汽车在蜿蜒的道路上行进，车上的人说说笑笑，但是周伟的心情却弯弯曲曲异常沉重。

前方的路障碍重重，他一眼望不见未来。

距　离

心与心之间的距离，可以很远，也可以很近。

而远与近的关键，在于情感的深浅。

周伟觉得，对于自己这样参与脱贫攻坚的人来说，没有情感的真正转变，就无从走进困难群众的心里，无从有效地实施脱贫攻坚战略。

而这个转变，要从尊重当地的历史文化及风俗习惯开始，要从走进贫困人口的内心世界开始。

2016年5月，周伟第二次去朗嘎家，这一次，他希望与洛松益西朗嘎夫妻加深友情，更主要还是去给他们送米、送油的。

因为第一次去朗嘎家了解到她家的贫困状况以外，还得知，虽然朗嘎不会说汉语，但是洛松益西能够说汉语，所以这一次来，他便没带翻译。

五月的高原，万木复苏，昆虫也复苏。

朗嘎家的院坝里，牛粪依旧，新鲜的不新鲜的，被踩烂了的没被踩烂的，一堆堆一摊摊，让人不忍直视；阳光依然直射，秽物清晰明亮。不仅如此，还多了一群群如轰炸机般的苍蝇在轰鸣中起起落落，臭烘烘的空气在强烈的阳光下升腾。

院坝靠近屋墙处，洛松益西怡然悠然，在阳光下打盹，连苍蝇在他的脸上爬来爬去，他也懒得用手去驱赶一下。

"大爷，大爷……"

周伟朝洛松益西喊。

喊声过后，洛松益西睁开惺忪的眼睛，瞄了他一眼，又瞄了他一眼，忽然便坐了起来，继而又站了起来。

"领导，你来了？"

"大爷，我不是领导，我是周伟。"

这次，洛松益西很热情。

听见洛松益西与人打招呼，朗嘎也如前一次一样，一瘸一拐地从屋里走了出来，满面笑容叽里咕噜地跟周伟打招呼。

"朗嘎在叫你呢，她叫你快进屋里坐。"

见状，洛松益西连忙翻译。

"谢谢！谢谢！"

"今天你怎么一个人来呢？他们呢？"

"你是我结对子必须完成脱贫攻坚的建档立卡户，所以今后都是我一个人来了。"

"你来就来嘛，怎么又拿来米和油？上次你给我们家的米和油，还没吃完呢。"

"是的，今天我们刚发了工资，我担心上次送给你们的米和油吃完了，所以便买了一袋米一桶油来。"

"哎呀，你用自己的工资给我们买东西，这怎么好啊？"

"这有什么，我们既然已经结了对子，那我们就是亲戚，就是一家了。"

"看你这么年轻,一定刚参加工作不久,工资一定不会太高,你这样破费我心里不安啊!"

"没事没事,我工资虽然不高,终归有工资,节约着过,还是行的。"

确实,周伟的工资不高,可是这个结对子帮扶的对象,是工作任务,上面规定必须完成帮扶,且要令其脱贫,具体怎么做,没有明确规定,只有一个词,叫"走访慰问"。

这个词肯定有通过走访慰问以让贫困户转变观念的意思,但要让贫困户转变观念得有个过程,而最急迫的是要解决眼前的贫困状况。由于没有可借鉴的现成办法,所以只有自己想办法了。

那么怎么想办法呢?先用自己的工资买些东西送给他们,暂时缓解一下他们家的贫困现状,再慢慢想其他办法吧。

在朗嘎给自己打酥油茶的时候,周伟观察了她家厨房的情况,发现她家厨房里几乎什么也没有,没有蔬菜,没有水果,更没有葱姜蒜这些调味品。

在一个木盒子里,装着糌粑粉,一个碗里有半碗酥油。锅碗瓢盆那些都是黑黢黢的,乱七八糟地堆在那儿。

这次,他与洛松益西聊了很多,也了解了洛松益西过往的一些人生经历。

通过这次聊天,他也才知道,洛松益西并不是懒人,他之所以看上去很懒,其实是累。因为朗嘎是残疾人,肢体残疾,不能干重活,只能做简单的家务,因而耕田种地以及放牧等体力活,只能靠洛松益西一个人做,所以他比一般人要累得多。

面对家里的贫困面貌,洛松益西很想利用农闲出外去做生意或打工的,但是由于朗嘎身体不好,肢体残疾,行动不便,需要他照顾而不敢远离。

而且,朗嘎不能做重活儿,他还得照顾土地,照顾庄稼,以及照看牦牛,根本没办法去离家太远的地方谋生。

"这确实是问题,可是你家这个贫困状况如何改变呢?"

"我也在经常琢磨这个问题。比如我要出外做生意或打工的话,我就只有带着朗嘎才行,否则我不放心,她连烧的牛粪都弄不回来。而如果我带着朗嘎的话,那家里的土地怎么办?那7头牦牛怎么办?我们不能把土地荒芜,把牦牛卖掉呀!"

周伟这时才明白过来,朗嘎院坝里的那些牛粪,原来不是因为朗嘎以及洛松益西懒而没有收拾,而是等太阳将之晒干之后用来做燃料的。

烧干牛粪是藏族同胞的传统。周伟其实知道这一点。不同的是,牧区的藏族同胞是将牛粪一团一团地贴在墙上,令其风干以做燃料用,而半农半牧区的不少农民却像晾晒粮食一样在院坝里晾晒牛粪,待牛粪干了之后再收归在一间类似于内地柴房那样的小屋里,随时需要随时取。

当然,生活的磨砺,也让朗嘎与洛松益西心里有了"等靠要"的思想。他们脱贫致富的想法较少、路子不多,因而一直无法摘掉贫困的帽子。

这一次从朗嘎家回来后,周伟的心情比第一次去朗嘎家回来时还沉重。

是的,授人鱼,不如授人渔。用自己工资给他们买东西这个办法不错，但自己也有一家人，这样的扶贫办法不会是政府希望的扶贫办法，也不是长远之计。要令帮扶对象脱贫，最好的办法是令其自身有造血功能。

那么，如何让朗嘎这个贫困的家庭实现自身造血呢？

周伟在冥思苦想方法的同时，也依然没忘每月发了工资之后都买上米、油、面、砖茶及水果去看朗嘎一家，同时还给他们现金。

2016年，周伟的工资拿到手后只有5000多元，这个收入在西藏并不算高，所以每个月要拿出钱来帮扶朗嘎一家，确实不易。而且，他竭尽所能地帮扶朗嘎，也影响了自己的小家庭，他与小燕因此时常吵架。

因为小燕当时没工作，两个人都靠周伟的工资生活，确实也挺困难。

自己的薪水既要照顾家庭，又要照顾朗嘎一家，这让周伟非常痛苦。而且靠每月送一点东西，根本解决不了问题。

那段时间他几乎日夜都在思索着、寻找着帮扶朗嘎一家的最好的方法。

  人说山西好风光

  地肥水美五谷香

  左手一指太行山

  右手一指是吕梁

  站在那高处望上一望

  你看那汾河的水呀

哗啦啦啦流过我的小村旁

这首由乔羽作词，张棨昌作曲，名叫《人说山西好风光》的著名歌曲，歌唱的是白伟伟的故乡山西的风土人情。

周伟是从内地到西藏当兵，退伍后通过考试到地方行政机关工作的。白伟伟也有相似的经历。

白伟伟1985年9月出生于山西省吕梁市。2004年12月，19岁的他参军入伍。2007年退伍之后通过考试成为西藏自治区山南市乃东县（后来改为乃东区）财政局的一名员工，到地方工作的时间比周伟略早。

山西省吕梁市位于山西中部西侧，因吕梁山脉由北向南纵贯全境而得名。吕梁市西隔黄河同陕西省榆林市相望，东北与山西省会太原市相连，东部、东南部分别和山西省晋中、临汾接壤。

吕梁是革命老区，革命战争时期是红军东征主战场、晋绥边区首府和中央后方工作委员会机关所在地。一部《吕梁英雄传》，是抗战年代吕梁人民不畏牺牲、前赴后继的真实写照。

耳濡目染，白伟伟身上也有着这样一种英雄气概。

西藏自治区精准扶贫工作开展起来之后，2015年11月，他主动请缨，申请到乃东县结巴乡格桑村出任第一书记。

格桑村232户854人，建档立卡贫困户22户72人。2015年，格桑村被评为软弱涣散村，基层组织薄弱。

帮扶工作怎么帮？怎么扶？

怎么调动贫困群众的脱贫积极性？

怎么样发展村集体经济、带富群众？

……

驻村的第一天,白伟伟目睹了格桑村的现状,心情沉重得彻夜未眠,也因此一直思考着这些问题。

从第二天开始,他在村"两委"人员的带领下,走村入户,了解村情民意,把脉致贫原因,核实贫困信息。

在调研的过程中,为了做到心中有数,他每到一户,都会拿出本子,随问随记,像个学生,很认真。

"我现在是格桑村的第一书记,也是格桑村的村民了。我要发自内心地把格桑村当成自己的家,把格桑村的村民当成自己的亲人。"

在第一天调研结束之后的晚上,白伟伟在自己的调研本子的首页,写下了上面这段话。为了警示自己不忘初心,他不仅将字体加粗,还在这段话下面用红笔画上了波浪纹予以强调。

洛桑卓玛是格桑村的贫困户,她家的贫困是因为缺少劳动力。

洛桑卓玛家有三口人。洛桑卓玛自己身体不好,大女儿达珍在家务农,小女儿益西卓嘎考上江西工业职业技术学院。家里挣钱的人少,需要花钱的地方很多,所以入不敷出,生活过得甚为艰难。

十一月的山南乃东县,已是萧萧寒冬。狂躁的风猛烈地吹着,雪花像刀子一样被风裹挟,硬硬地砸在人的脸上,如玻璃碎碴儿扎人般的痛。但洛桑卓玛一家却穿得破旧单薄,难御瑟瑟寒风。她们所谓的家,四壁透风,陋室空空。

看到母女自卑、羞涩而又无助的眼神,白伟伟的心里莫名地难受。

通过调研了解到洛桑卓玛家的具体困难的那个晚上,他又失眠了,自己在她们眼中如同阳光,携着温暖,那么该如何帮助她们呢?

为了使洛桑卓玛家尽早脱贫,他觉得洛桑卓玛的大女儿达珍如果利用农闲去城里打工,也许能够挣一份钱。

因为虽然洛桑卓玛身体不太好,但是农闲时节还是可以照看庄稼的。

可是达珍能打什么工呢?达珍没文化,要是好找工作的话,也许早就去城里务工了。

不过,洛桑卓玛家令白伟伟恻隐的同时,也让他发现了一个亮点。那就是洛桑卓玛家徒四壁,却打扫得很干净,这在当地村民中很难得。

那达珍愿意去做保洁吗?

也许做保洁的工作要好找一些,也不需要什么文化。

当然,这事还得跟洛桑卓玛母女商量才行。

当白伟伟将这个想法告诉给洛桑卓玛和达珍后,母女俩当即表示太好了,并一连说了好多个"谢谢"。

之后,他便利用周末四处求人,最后在山南市职业学校为达珍找了份保洁的工作。

苦寒的生活之路是逼仄的、陡峭的。但关爱之路是宽广的、敞亮的。

事无巨细,润物无声。

五、润物无声

这片神奇而又圣洁的土地,大自然慷慨地赋予其瑰丽的风光。

但是生活在这里的人们是艰苦的,工作在这里的人们也是艰苦的。

心

在苦难中度日，希望和美好要不愈来愈强烈，要不愈来愈被消磨。

极端的贫穷，沉重的生活负担，努力却又无果的抗争，最容易让人看不到生活的希望。

富裕自有生财之道，贫穷亦有致贫原因。

因病致贫、因残致贫、因学致贫、因灾致贫、因缺耕地致贫、因缺水致贫、因缺技术致贫、因缺劳力致贫、因缺资金致贫、因交通不便致贫、因自身发展能力不足致贫、因婚致贫，因没自信致贫、因懒惰致贫……

只有精准识别致贫原因，并因人因户、因地制宜提出脱贫措施，找到应对方法，做到对症下药、有的放矢，才能使贫困群众脱离贫困。

洛松益西与朗嘎为什么贫困？不仅仅因为朗嘎身体有残疾，也因为他们的脱贫意识比较麻木，同时对脱贫致富也没信心。

周伟知道，装睡的人是怎么也叫不醒的。因而解决朗嘎与洛松益西的"等靠要"思想，树立自力更生的思想意识很重要，这是提升"造血"能力，实现最终脱贫的关键性问题。

闲时，周伟经常买上礼品去朗嘎家看望他们，与朗嘎及洛松益西谈心，引导他们消除"等靠要"的落后思想，用勤劳的双手摘掉贫困的帽子，创造幸福的生活。

所幸，周伟一腔真情的努力引导，渐渐起了作用，朗嘎与洛松益西的颓废思想开始改变，并如春天到来的高原一样，变得振作清新起来，生机勃勃地树立起了脱贫致富的信心，主动与他交流思想和看法，探讨一些脱贫致富的方法，希望能够在他的帮助和自身的勤奋努力下实现脱贫，改变家庭现状，让孩子能够读完大学，找到好工作，过上好日子。

有一次，周伟去朗嘎家送钱送粮，洛松益西在感激他的帮扶的同时，对周伟说，要是他能帮忙在城里找一个临时工之类的做做就好了，家里的经济一定会有所改观的。

周伟觉得太好了！因为内生动力是脱贫致富的关键！

那之后，周伟便利用中午和周末休息时间，特地去一些单位、企业打听是否有临时工这样的职位。但是用人单位一听到洛松益西的年龄、工作经验和文化水平之后，便婉言谢绝了。

虽然处处碰壁，但是周伟没有停止过寻找。因为这个"寻找"是他结对子帮扶朗嘎一家的重要内容。

2016年之前，达孜县民政局在达孜县政府办公楼底楼办公，由于工作需要和业务拓展，2016年4月从政府办公大楼搬了出来，搬到了镇江路10号所在地办公。

到了新的地点办公，办公环境好了许多，但是却没有门卫。有一天，一个精神不太正常的人闯进民政局大院胡言乱语，这让周伟突然意识到，对洛松益西来说，民政局门卫或许是一个挺不错的工作。

他想，如果洛松益西来这里上班的话，每月便有收入了，这里离章多乡拉木村也不过40多里地，要回家也方便。还有，他如果在这里当保安的话，还可以将朗嘎接过来一起住，洛松益西在做好保安工作的同时，还可以照顾朗嘎……真是一举多得的事。

因而，他连忙向局长袁智勇汇报了自己的想法，并希望得到袁智勇的支持。

袁智勇觉得周伟这个想法不错，但他也有些犯难，向周伟问了与洛松益西相关的一连串问题：

他是否藏汉两种语言都运用自如？

保安这个活儿虽然不累，但是要求有很强的责任心，他是否有这样的责任心？

农牧民一般是天黑就睡，天亮后想什么时候起床才起床，自由散漫惯了，而保安工作差不多是24小时值班，他能习惯吗？

做保安后农忙季节可以回家种自己的庄稼，平时朗嘎跟着他一起到城里来生活，他们家的7头牦牛该咋办……

周伟觉得袁智勇考虑得确实很周全，如果洛松益西来了不服从管理怎么办？天天喝酒怎么办？组织性纪律性差怎么办？他心里有些忐忑起来，但他还是没有放弃：

"袁局长，洛松益西能够将藏汉双语运用自如，语言没有问题的。"

"那我担心的其他问题呢？"

其他问题确实不清楚，可这事不试试咋知道呢？

"局长，要不我们让他来试一下，如果可以，就让他干，如果不行，就另外找人。"

"你可以先去问问，讲明白权利与义务。可以试用一下，如果合格，我们就将这个工作给他。"

"那好的，我去问问洛松益西，了解一下相关情况再说吧。"

没想到，当周伟将这个工作机会告诉给洛松益西之后，洛松益西非常高兴，当即表示自己愿意试用一个月，且这个月不要工资，以证明给大家看，自己能够胜任这份工作。

洛松益西果然是一个追求美好生活的人。当周伟将他带到民政局后，他马上去理发店将自己那长长的头发剪成了短发。又在周伟的家里痛痛快快地洗了一个澡，并穿上民政局提供给他的门卫制服。

经过这一打理，周伟眼中的洛松益西简直完全变了一个人，不仅不再显得衰老，仿佛年轻了20岁，而且十分阳光，精干，积极。

当然，形象改变并不意味着他就能胜任门卫这个工作，周伟心里其实还是替洛松益西捏着一把汗。

不过，在试用的这一个月里，周伟原本悬着的心却越来越平静了：睡在值班室里的洛松益西每天早早地就起床了，然后洗脸刷牙打扫卫生，并把开水烧好。白天的执勤也是认认真真，尽心尽责。

转眼一个月过去了，不光周伟放心了，而且达孜县民政局的干部职工，都认为洛松益西的工作干得不错。

洛松益西也很高兴，虽然他之前说过试用这一个月他不要工资，但民政局给他开了3000元钱的工资。

包吃包住之外，还能拿3000元工资，这简直太幸福了：如果每个月都能拿这么多工资，那自己一家就告别贫困了。

试用期满后，洛松益西又有了惊喜：他拿的工资不是3000元，而是3300元！

自己不仅从一个穷困潦倒的农村人，一下子变成了城里人，还能月月拿这么多薪水，这真是之前做梦也想不到的事啊！

拿到工资那一刻，洛松益西激动地紧握着周伟的手，什么话也说不出。但他眼里却早已是老泪纵横。

在偏僻的拉木村，洛松益西与朗嘎，像两棵渺小的野草，日复一日淡看季节的风云，生活过得既平淡也苟且。

他们的表情沉寂，貌似颓废萎靡，可有谁看出他们心中的脆弱，和眼里对春天的渴望？

身处贫困，向往美好，谁不期盼煦暖的阳光照耀自己？可是又有谁会在匆匆奔忙中，对自己尽心呵护，让自己也能开花，并与时代的节奏同步？

不甘于贫穷所带来的人间太多的坎坷与辛苦，为了心中的美丽，他们尝试过，努力过，挣扎过，奋斗过，为之留下多少痛，流过多少泪……他们始终与命运抗争，只为要苍天知道，自己并不认输！

然而世界之大，天地虽宽，要摆脱贫困，这条路却崎岖难行。

某一天，周伟来了，并且视他们为亲人，为家人，痛其所痛，爱其所爱，忧其所忧。爱，如缕缕春风，吹进了他们寒冷冰冻的心里，给了他们力量与勇气，让他们正视自己，并再次振作了起来。

感恩的心，感谢命运。

感恩的心，感谢有你。

自此，周伟成了洛松益西及朗嘎夫妻心中的大恩人。

无所谓恩人不恩人，周伟感动的同时，其实心里很冷静。既然已经"一对一"了，那么一切苦与累，爱与痛，都是应当的。

这绽放在朗嘎与洛松益西心中的感激，不过是他们生活质量上升的一个逗点而已。尽管自己不是太阳，不是救世主，但他会一如既往坚定带着他们，向生活的高处一级一级地攀登，不管有多么艰难。

家　人

赠人玫瑰，手有余香。

拿到工资之后，知恩图报的洛松益西当即买了一瓶酒和一兜子水果送给周伟以示感激。但周伟很感动的同时，他怎么能要呢？

"大叔，您这是把我当外人了啊！我与您家既然叫结对子，那意思就是我们是一家。既然是一家人，您哪用买东西感谢我呢？"

这话很真诚，洛松益西不知该说什么才好。

正式被聘用以后，洛松益西想到大外甥女洛桑已经22岁了，开始到处打工，二侄女德吉曲宗在湖南长沙民政职业技术学院读大学；三侄女拉姆德吉也在城里中学读书，家里只有朗嘎一个人，没人照顾不行，因而他便把妻子朗嘎也接到了城里，与他一起住在达孜县民政局的门卫值班室里。

当洛松益西与朗嘎的生活稳定了之后，有一天洛松益西又找到周伟说，洛桑从西藏日喀则地区职业技术学校毕业以后，到处找工作，也换了不少工作，却始终不如意，问周伟有没有办法也帮洛桑找一个比较好的工作。

虽然给洛松益西解决了工作,也让他们一家脱了贫,按理说,自己帮扶的任务就算完成了,但是当洛松益西对周伟提及这件事后,他依然极为上心地帮忙为洛桑找工作。

那一阵子,只要是周末或假期,周伟都会带着洛桑去一些单位求职。

不仅去达孜县,也去堆龙德庆区,更去拉萨城里……

机灵勤快的洛桑容貌端正,阳光热情,按理说比较好找工作。然而真正找起工作来才发现,这并不是一件容易的事,存在着高不成低不就的情况。

面对打击,或者冷遇,周伟没有因此而放弃。他相信要不了多久,自己一定能够为洛桑找到一份比较满意的工作的。

这世间的事就怕认真,就怕坚持。经过周伟的不懈努力,他终于为洛桑在拉萨市阳光泌尿医院找到一份护理工作,每月收入有3000余元。

虽然这个收入对于一个刚出校门的孩子来说,已经很不错了,但是在周伟心中,扶贫工作一直在路上——他的奋斗目标是不仅要让朗嘎一家走出贫困,还要让他们的生活好上加好。

后来的一天,周伟得知达孜敬老院需要护理人员,工作虽然繁重,但工资比拉萨市阳光泌尿医院要高些,便问洛桑是否愿意去上班。

洛桑一听,满心欢喜。因为敬老院也属于民政局下属单位,这不就跟姨父洛松益西同一个单位了吗?多好啊!

"那我去给领导请示一下,看领导的意见如何再说。"

"好的，希望能够成为敬老院的一名职工，我会好好工作，不辜负您的关怀的。"

然而，当周伟将这一情况向袁智勇局长汇报之后，袁智勇却没有一口答应下来，原因是他担心洛桑太年轻，刚刚从学校毕业，没有相应的护理经验，不知道能否胜任这个工作。

"在敬老院当护理人员，是照顾老年人，甚至还有生活完全不能自理的老年人，相比拉萨市阳光泌尿医院的护理人员来说，对耐心的要求要高得多，这个工作又脏又累，可以说很多人根本吃不了这个苦，她这么年轻，能吃得了这个苦吗？有这个耐性吗？"

当周伟将袁智勇局长的担忧转告给洛桑以后，洛桑肯定地说，自己能够胜任这个工作，也可以像当初民政局考察姨父洛松益西那样，也让她试用一月，以观察她是否有这个能力。

袁智勇同意了："那好吧，反正在外面聘请护工也是聘请，试用一下，能行就最好。"

于是，洛桑在师父的帮带下，开始了实习。

虽然洛桑很年轻，也漂亮，看上去不太像是会照顾老年人的人，但是由于她的父母去世得早，这也是她心中永远的疼痛及遗憾。正因为心里有这样一份疼痛与遗憾，她对老年人便有一种天然的尊敬和耐心，护理老人的时候，也特别认真细致，并任劳任怨。因而试用的结果，表明了她能够胜任这个工作，她便成了达孜敬老院的正式护工。

周伟连着帮了朗嘎一家两个大忙，朗嘎一家更感激他了，有时候做了好吃的，还特地要请他去品尝。

那之后，看到朗嘎的精神状态越来越好，腿部的肢残状态也得到了好转，为了进一步改善他们一家的生活状态，周伟又有了主意：达孜县民政局办公楼下有一间门面房一直没有租出去，要是将之免费租给朗嘎使用，开一家茶餐厅多好！

因为朗嘎的藏面和甜茶做得很好。

当他把这个想法告诉朗嘎后，朗嘎心中蛰伏的美好被激活了，也表现出强烈的创业意愿，希望通过自己勤劳的双手增收致富。

这太好了！周伟见状很开心。

可是，犹如高原夏天的天气，事情说变就变。随之，周伟看到朗嘎先前还开心的脸上又出现了愁容，并对洛松益西叽叽咕咕地说了一阵话。

这是什么意思？是嫌累，不想开这样一家茶餐厅吗？

正在周伟这样猜度的时候，洛松益西对周伟说，朗嘎的意思是，这件事肯定是好事！但是就算有了门面，他们也没有开茶餐厅的启动资金，何况门面租金那么贵，民政局怎么可能免费租给他们呢？

"她说她很感激你处处为我们家着想，但也许这件事不会有什么结果。"

洛松益西转述了朗嘎的意思之后，又补充说道："我也是这么认为的。"

原来是这样啊！周伟安慰洛松益西和朗嘎说："没事的，不要灰心！不努力一把怎么知道这事能不能成呢？我去帮你们问问。"

这件事果然不是那么容易。

周伟将这个建议向局领导提出来后,局领导也十分支持他的想法,说为了进一步改变朗嘎一家的生活状态,不仅可以免费将这闲置的门面房租给他们开茶餐厅,还可以免收他们经营时的水电费。

但局领导也有顾虑:朗嘎的身体能否正常经营这家茶餐厅?这间门面房用来开茶餐厅能否盈利?达孜县的贫困家庭不止朗嘎一家,如果将这间门面免费租给朗嘎,其他的困难群众会不会有意见?

听了领导的分析后,周伟也有些迷茫了:"唉,还是领导考虑得周全,细细一想,确实有存在这些问题的可能性。"

没想到这时局领导说:"没关系,我们请示一下主管领导吧。"

于是,民政局将此事向达孜县分管扶贫工作的边次副县长进行了汇报。

令人欣喜的是,边次对达孜县民政局全力支持困难群众创业的事给予了充分肯定,表示要打赢精准扶贫、精准脱贫攻坚战,就要解放思想、实事求是、真抓实干,不能够畏首畏尾,只要是不违反党纪国法,不侵害群众利益,有利于脱贫工作的事,就应该大力支持,其他可能面临的问题都可以想办法解决。并强调积极帮助残疾群众朗嘎创业,用自己的勤劳脱贫致富,这是用实际行动展现政府帮助困难群众脱贫的信心和决心,可以引导全社会大力支持精准扶贫工作,引导群众树立创业意识和自主脱贫意识,这对于全县脱贫工作意义重大。

得到领导的充分肯定后,周伟便马上帮朗嘎张罗起茶餐厅开业的事来，不仅买碗买筷买茶壶茶杯，自掏腰包帮助朗嘎定制了店标牌，自费印制宣传单，在全县积极宣传，以吸引更多的顾客。而且还花钱请来水电工，帮朗嘎的茶餐厅安装水电。

2017年1月，朗嘎的"精准扶贫幸福茶馆"开业了，这是达孜县首家精准扶贫示范个体工商户。

这家茶馆紧挨着门卫值班室，茶馆里既卖甜茶，又卖藏面，还卖瓜子饮料。

朗嘎是一个善良的人，做生意也讲求诚实经营。她的茶餐厅所卖的藏面不仅分量很足，所用牦牛肉也是市场上最好的牦牛肉。

人们说，信誉是最好的口碑。朗嘎的"精准扶贫幸福茶馆"也是这样，开张后不久，声名便传播开来。

由于单位食堂一般不供应早饭，达孜县民政局，以及附近医院的不少职工及病人家属、附近学校的不少老师学生，都纷纷慕名前来这里消费，吃藏面，喝甜茶。

虽然这是朗嘎平生第一次做生意，但生意还算不错，每天都有近300元的毛收入。

"精准扶贫幸福茶馆"虽然是专为朗嘎而开的，经营收入也专属朗嘎一家，但周伟却将之当成自己家开的一样，尽心尽力地帮忙拉客、宣传。

为了使茶馆里的经营项目更多一些，周伟又自己掏钱为朗嘎买了一台炸土豆条的机器，因为炸土豆条既是孩子们喜欢吃的零食，也是西藏人民喜欢吃的食品。

刚开始时，"精准扶贫幸福茶馆"只有甜茶和藏面，后来朗嘎又慢慢琢磨出了酸辣粉、面条等菜品，进一步地增加了茶馆消费人群的数量。

考虑到"精准扶贫幸福茶馆"在达孜县民政局门口，前来办理结婚等事宜的群众较多，周伟又给朗嘎出谋划策，鼓动她添置了一台复印机，以给群众提供证件复印服务，这也在一定程度上拓展了茶馆的营收业务。

颦呻挂念，喜悦欢颜。自从成为达孜县民政局的门卫以后，朗嘎、洛松益西夫妻与周伟就经常在一起吃饭，经常在一起聊天，彼此之间有什么事，也都毫不见外地相互帮助。

他们之间亲密无间的关系，很令达孜县民政局的干部群众羡慕。

以前，洛松益西比较爱喝酒，但是后来发现他身体不太好，有高血压等病后，医生便建议他不要喝酒。这个陈年旧习要改掉其实很难，医生说过好多次，都不太管用。后来，周伟认真地对他强调了一定不能再喝酒的必要性之后，洛松益西一下子就改掉了这个习惯。

医生得知这个情况之后，笑着问洛松益西："我对你强调过多次叫你戒酒你都不听，周伟只给你强调一次你就听了，你为什么这么听周伟的话？"

洛松益西的回答铿锵有力："周伟是我的恩人，我要不听他的话，这不是挺对不起他的？那我在大家眼中成什么人了？"

望闻问切，方能找准病根，并对症下药。

通过逐户走访调查，山南市乃东区结巴乡格桑村第一书记白伟伟深刻认识到,要拔掉"穷根",最重要的就是发展让村民长期受益的村集体经济,实现从"输血"变"造血"。

然而理想很丰满,现实却很骨感。因为摆在白伟伟面前的困难,比他想象的要多得多,也更为艰难。

白伟伟遇到的第一个问题,就是与村民之间沟通的问题。如果不能很好地与村民沟通,自己怎么帮助他们?

这个沟通的问题,别提情感交流,知识普及,就是普通的交流都不行。因为彼此语言不通,必须有翻译才行。

不用说完全不懂藏语的自己与村民之间的交流了,就是平时和村"两委"成员开会,对"两委"们非常不标准的普通话,他也只能半听半猜才能勉强会意。

"我的个天!如果语言都不通,我何时能够融入他们?感受他们的疾苦?走进他们的心里?"

白伟伟很着急。

脱贫攻坚真不是一件容易的事,真是一块硬骨头。又尤其是西藏自治区的脱贫攻坚,更是一块很硬很硬的骨头。

"原来以为很艰难,我是一个不畏困难,迎着困难上的人,所以主动申请到格桑村驻村。但现在看来比之前想象的要更难,要让格桑村的百姓实现脱贫致富,非脱一层皮不可!"

白伟伟在自己的日本记上写下了这样一段话。

"我是军人,死都不怕,脱层皮算什么?"

在遇到困难,一筹莫展的时候,白伟伟经常这样安慰自己,鼓励自己。

自己听不懂藏话,那么百姓也未必听得懂普通话,白伟伟决定首先从改变自己开始。

他不仅要改掉自己普通话中所带的山西、吕梁口音，使之更标准，还要求自己必须学藏语。

藏语难学，但是自己天天置身藏语的环境之中，一天学几个，又有何难呢？

于是他积极主动向乡亲们学习藏语，而且给自己规定了任务，每天要学多少藏语。

为了提高自己的藏语水平，白伟伟在格桑村工作的日夜里，深入群众、走村入户，和群众同吃、同住、同劳动，完全把自己融入乡亲们的生活之中。

经过一段时间的努力学习之后，他不仅学会了贡康桑（你好）、扎西德勒（吉祥如意）、突及其（谢谢）、卡里沛（再见）、如索得波饮拜（你好吗）等日常用语，还差不多能够与乡亲们通过藏语交流了。

除此之外，他还能叫出村里每一个人的藏族名字，并与之像朋友一样聊天，了解他们的想法，聆听他们的心声。

爱，是感情的基础，是心灵的焰火，是距离的天敌。

白伟伟的努力既获得了乡亲们的认可，也让乡亲们很感动，更照亮了梦的天空。

他的心血如同一个个免疫细胞，正在努力地奔向格桑村被苦寒利刃千年戳下的累累创伤。

甘霖润泽

百姓的疾苦，就是政府的疾苦。

对山南市琼结县下水乡措杰村支那组支张央宗家的贫困，政府不会视而不见。

支张央宗家的情况，被支那组组长反馈了上去，引起了措杰村"两委"的高度重视。

措杰村"两委"准备了支张央宗家庭贫困的相关材料，并汇报到乡政府后，乡政府又将他们家的相关材料汇报到琼结县民政局。于是，她家被纳入了农村低保户之列，每年有几百块钱的补贴。2008年，措杰村村民中有50%是吃低保的，由于支张央宗家特别贫困，她家5个人全都吃上了低保。

当时西藏自治区的低保分为ABC三类。享受A类低保者，一年有700元生活补贴；享受B类低保者，一年有400元生活补贴；享受C类低保者，一年有300元生活补贴。考虑到支张央宗家里的具体情况，政府让她家五个人全都享受A类低保。

自从享受政府的低保补贴之后，支张央宗一家子一年能有3500元钱生活补贴，这在很大程度上缓解了她家的贫困状态。

支张央宗非常明白，低保生活补贴仅仅是补贴，要让家里日子过得好一些，最主要的还是自己要更加勤劳，更努力挣钱才行。

为了多挣钱，她什么活儿都干，村里谁家有活儿需要劳力，她都去帮忙干活儿，人家也会给她一些钱，或者一些吃的东西。

她得知乡政府时常停水，要用水就要去很远的地方背水，于是她便背水去乡政府卖。乡政府的干部了解她家的情况，在买她的水的同时，也会给她买一些吃的用的。

支张央宗背水之时如果带着儿女，乡政府的干部们还会留她以及她的儿女吃饭。

人们都说穷人的孩子早当家。其实这句话的背后是因为穷人家的孩子，穷的不仅是衣，是食，也缺爱，因而过早地养成了独立的性格。

穷人家的孩子缺爱，尤其是既贫穷又是单亲家庭的孩子，更是这样。大人终日劳碌于挣钱、种地或放牧养家，累得精疲力竭，对孩子的爱，便常常只能放在心里。

偶尔跟着母亲去乡政府享受到了慈祥的眼神，温暖的怀抱，以及善良的关怀之后，孩子们便情不自禁地把乡政府当成了自己的另一个家。有时候特别想吃点好东西的时候，就会管不住自己的脚，走到乡政府去。

乡政府的干部职工既同情支张央宗的处境，也非常同情她的孩子们，只要她的儿女们来到乡政府，干部职工们总会留孩子们在自己家吃饭。这家不留，那家也会留。同时，他们也经常帮孩子们洗头发，扎头发，并找出自己小孩的一些衣服，送给孩子们穿。

那些年,还多亏了支张央宗那经济稍好的哥哥格桑顿珠的接济,否则,没日没夜地干活儿、工作,拼尽了全力挣钱养孩子,她一个人也养不了四个小孩。

2010年,政府在考察支张央宗家里的实际情况的时候,发现她家不仅非常贫困,而且房屋也很破败,有两面墙还出现了严重的开裂。

藏族传统民居的墙都是因地制宜用石块垒砌而成,这种房屋一般分为上下两层,下层用于堆放杂物或者关牲口,上层则住人。如果墙体出现裂缝的话,那么依靠这种墙支撑的楼极有可能垮塌。因为垒砌墙体的石头都是不规则的石头,而非规整的砖块。

考虑到支张央宗一家所住房屋已属危房,于是政府从村民危房改造求助金中拨出15000元钱,又组织村里的劳动力,为她家在原址重新修建了四间房屋。

15000元钱仅够购买水泥、木料等建筑材料,按理是无法修建四间房屋的,但除了政府帮扶她家,村里人也都积极响应号召,前来帮助她家,在为她家建房的过程中不仅不要工钱,还自带干粮。因为糌粑粉、黄油这些都好带,只需要一点开水就可以冲兑来吃了。

2013年,伴随着精准扶贫、脱贫攻坚的春风,支张央宗家艰难的家况得到进一步改善。

支张央宗虽然只读过小学,文化程度不高,但很重视培养孩子们老实正直、努力上进、吃苦耐劳的优良品格。

她经常教育孩子们，做人要像她那样不怕苦不怕累，勤勤恳恳。要求在校读书就一定要努力学习，这样的话将来才可能找到一份稳定的工作；在田野里劳动就一定要辛苦耕耘，这样才可能有一份不错的收获。

对于自己家的贫困状况，她也告诉孩子们，人穷不能志短："我们家之所以暂时贫困，那是因为你们还小，家里只有我一个劳动力，一个人要养四个人，当然日子不会好过。但再难的日子都会过去的，等你们慢慢长大之后，只要我们家里每个人都勤劳，那家里的穷困面貌是一定能够得到改变的。"

她还经常对孩子们说，人穷不能学坏，人穷更要感恩："一个感恩的人，才是一个受欢迎的人，忘恩负义永远令人讨厌！当你在最困难的时候，别人还能无私地帮你，这样的帮助是非常可贵的，所以我们一定要记住这样的帮助。"

儿女们觉得母亲说得很有道理。

支张央宗的大女儿德吉白玛高中毕业后，主动放弃读大学的机会，而改学卫生护理，并通过考试当上了与措杰村相邻的崩嘎村的村医。她之所以如此，就是想自己早点参加工作，和母亲一起养家。参加工作后，她每个月扣除保险等费以外，还能到手2000多元钱。

之后，她又嫁给了在卫生培训学校时的一个同学——邻县的一个村医，生活过得美满幸福。

2016年，琼结县按照国家部署，全面打响了脱贫攻坚战，县、乡、村分级成立脱贫攻坚指挥部，全面落实各项脱贫政策，全方位推进扶贫开发战略。

在政府的持续关怀下,支张央宗家经过"一申请、一评议、两公示一公告"的认定程序,被纳入贫困户建档立卡系统,更进一步地提高了低保待遇,政府对她家落实了生态补偿岗位、教育资助金额等扶贫政策,极大地改善了她家的贫困面貌。

这一年,高中毕业的白玛朗杰参加了政府开办的免费技能培训班,去学了挖掘机驾驶,并取得了驾驶证。继而,又学泥瓦匠手艺,可以砌墙。

之后,勤劳的他便起早贪黑地在一些建筑工地从事挖掘机驾驶工作,每天能挣 220 元,如果晚上愿意加班的话,每天能挣 300 元。

白玛朗杰能工作了,能挣钱了,回家后也对母亲支张央宗讲一些工地上的事,说了一些人背着监工磨洋工的事,支张央宗正色对儿子说:"白玛朗杰,你可千万别学那些人那样子,你一定要勤快老实,拿自己的辛苦钱最安心。在我们家最贫穷的日子里,我经常教育你们,靠天靠地靠人,等不来幸福,要想过上幸福的生活,一定要靠自己,只要肯吃苦、动脑筋,日子一定会好过的。"

"妈妈,我就是按你教我们那样做的,我也瞧不起那些偷奸耍滑的人。他们这样只能挣点小钱,不可能长期这样占到便宜的。没有人会喜欢这种阳奉阴违的人。"

"你说得很对!看来你长大了,也能辨明是非了。"

考虑到不是时时处处都有工地开工,也不是时时处处的工地开工后都有基建活儿,白玛朗杰又于 2017 年向银行贷款 6 万元钱,买了一辆农用车,用于自己没在工地干活儿之时去拉货挣钱。因而，不是月薪制的他，只要有活儿就能挣钱，比不少月薪制工人挣得还多。

后来，白玛朗杰又发现农用车所装货物太少，也没办法去远方运送货物，他又交钱去驾校学习大货车驾驶，想考取大货车驾驶执照以后，再买一辆大货车，到时远远近近拉货的活儿都可以接单。

英国古典政治经济学家威廉·配第说："土地是财富之母，劳动是财富之父。"

实践证明，社会财富是勤劳的人创造出来的，包括物质产品和精神产品。

勤劳的人总是夙兴夜寐披星戴月。他们生活的节奏比一般人快，休闲娱乐的时间比一般人少。他们惜时如命，并积极进取。

在人生旅途之中，勤劳的人总习惯以追求为乐，总喜欢给自己设定前行的目标，并通过实现一个又一个目标的方式，来标注自己的年轮。因而勤劳的人的人生是忙碌的，勤劳的人的人生也是充实的，勤劳的人的人生更是奋进的。

勤劳的人的勤劳，是其生活的习惯；勤劳的人的勤劳，也是其立身的品格；勤劳的人的勤劳，还是其奋进的态度；勤劳的人的勤劳，更是其成功的保障。

支张央宗、德吉白玛、白玛朗杰就是这样勤劳而奋进的人。

抱怨不能铲平生活之路上未知的坎坷，只有勤劳与奋进才是擦亮人生的绝活。

爱　情

古人云：穷则思变，变则通，通则达。

人没有趋光性，却渴望光明。

当贫穷如暗夜笼罩着生活的时候，人们无不选择逃离。

拉萨市达孜县唐嘎乡穷达村的次仁曲珍初中毕业以后，想到家里兄弟姐妹太多，大家都窝在家里的话，要吃一顿饱饭都难，听说到外面去打工，不仅能吃得饱饭，还能挣一份不错的工资呢，于是便出外打工了。

从小就在贫穷的苦水中泡大的她是喜欢外面的世界的。喜欢的原因是外面的世界令人开眼，外面的世界令人成长，外面的世界也励志，并让她看到了自己的未来，在心中构筑起了自己的未来。

以前，她的奋斗目标只为能够吃上一顿饱饭。而现在到了外面的世界，有了见识之后，她的奋斗目标是要有一个光彩的人生。

她刚出去打工之时，是在拉萨帮人洗碗，累得腰酸背痛，但她开心。她认为凡事只要认认真真做好，就一定能够有所收获。

是的,她的付出,得到了收获——她从洗碗工变成了服务员。

当服务员的她又因热情周到,满脸真诚的笑而打动了许多食客。

2008年的一天,一家医药公司的老板在这里吃饭时,被她的聪明、热情、能说会道以及真诚感动了,把她挖到了自己的医药公司上班。

于是,她去了那曲。

次仁曲珍没想到,那曲是她的幸运之地、幸福之地。

在那曲,她不仅遭遇了爱情,而且还开启了全新的人生。

爱情是什么?

爱情就是我一直在寻找却一直没有找到的春天。

虽然我在茫茫人海虔诚张望,缘分如微风拂柳,偶尔给我假想的美好,但幻象终究不是现实,我始终忍受着等待的孤独之寒。

直到遇见你……也许真的是你。

在那曲,在那家医药公司上班之后,次仁曲珍每个月都要去一些药店推销药品,业绩好,收益就高,因而她干得用心又卖力,就像曾经在家里种地一样。

种地看似简单,却饱含着一个亘古不变的道理:只有播种了,才可能有收获。虽然播种了,未必会有收获,但没有播种,就绝对不会有收获。

次仁曲珍知道这个道理。她在医药公司推销药品时既用心又卖力的付出,得到了相应的收获,她的业绩很好,收入令人羡慕。

她感谢支持她工作的人，感谢那些药店、那些医药超市买她所推销的药的人。

在她所感谢的人中，有一位个子挺高，戴个眼镜，文质彬彬，皮肤白皙的帅哥，她觉得尤其值得感谢。

这个帅哥是一家医药超市的员工，也是医生，还有点小职权。

她时常见到他，与他谈业务。

但这看似正常的接触，却让她的心里总有一种被鹿撞的感觉。

不，不是被鹿撞，而是被牦牛撞！

但愿我经年累月坎坷的寻找和蹉跎的岁月，都是因为你！

这样的接触，让她少女之心荡漾。

她明白自己这样的感觉是什么意思，因而时间一久之后，竟然在心里这样祈祷起来。

情不自禁，她通过各种努力，悄悄地打听起这个帅哥的情况来。

后来得知，这个帅哥名叫高永乾，汉族，甘肃省天水市人，2006年从兰州大学毕业后来到西藏那曲地区工作。

认真读过你的资料，感觉是那么美好。

在喧嚣世界里你沉静的心湖是否也为之轻漾？

如有涟漪几许，不妨进一步接触。

是的，高永乾对次仁曲珍也有异样的好感，他也喜欢这个聪明、善良、真诚、热情，而且笑容灿烂、性格豪爽的藏族女孩。

随着接触机会的增多，彼此的感觉也越来越好，于是有一天，次仁曲珍以感激高永乾帮自己多多地完成了任务为由，请高永乾吃饭。

有美女请吃饭，这是多么美好的事啊！高永乾当然求之不得。

带着玫瑰芳香的邀请得到了回应，次仁曲珍也是乐得心花怒放。

如同吃蜜的她在心里对自己说：请相信，这世间大多幸福的终生相守，都是从陌生开始的。我期待情感的累积，从这一天开始。我一定要努力！

是的，他们的爱情，就从这一天开始了。

幸福，让他们渐渐甜蜜地感受到了。

未来的日子里，他们感受到更多的还有时代的温暖。

六、时代的温暖

再恶劣的环境，也不能阻挠西藏人民对美好生活的向往；再艰苦的条件，也阻挡不了春天的阳光到来的坚定步伐。

布谷鸟

参天大树是成功的象征,也通常被人们仰视。

但参天大树在被人们唱颂之时,却少有人关注它原来也是从一颗小种子萌芽,并突围自己既有的环境,一步步生长,经过无数狂风骤雨的洗礼,多少风刀霜剑的磨炼,才最终顶天立地、伟岸傲人的。

在现实生活中,当我们身陷困境之时,如果敢于突破,则能如大树一般成长起来,沐浴到灿烂阳光;如果甘于现状,则只能在逼仄的生态里与荆棘为伍,浑身磕磕绊绊,伤痕累累。

从新闻上得知,内地在进行改革开放以后,农民差不多都能吃得饱饭了,但林芝县百巴公社章巴村却依然贫穷,身为章巴村党支部书记的索朗多布杰的父亲格桑扎西,总是为村民们的这种生活状况而叹气,也不止一次对索朗多布杰兄妹说,他很希望带领村民们致富,让村民们能够有饭吃,有肉吃,饱饱地吃,美美地吃。

另外还要有好房子住,那好房子的标准就是能够遮风避雨的房子。

没有方向的人生叫流浪，有方向的人生叫远航。没有目标的人生叫瞎折腾，有目标的人生叫有出息。

因而，格桑扎西也希望儿女们长大后，一定要为这个目标而奋斗。

当改革开放的春风吹到林芝县以后，百巴公社也进行了土地联产承包责任制，而且百巴公社也更名为百巴乡。章巴村的土地虽然划到了各家各户，日子比以前好了许多，但村民们的生活依然贫困。

春天到来，百花芬芳。在布谷鸟催春欢快的叫声中，看到村旁昔日比较安静的国道318线逐渐热闹起来，奔驰而过的汽车打破山谷的宁静时，格桑扎西却很着急。

他时常对索朗多布杰兄妹几个说，内地在改革开放后，人们都在忙着致富奔小康，但章巴村却没什么好项目呀，有什么好项目呢？村民们该怎样把日子过好呢？

父亲的忧虑，也是索朗多布杰的忧虑。当然，他想得更多的不是村民们的生活现状如何改变，而是他自己该怎么办。眼看着一天天长大成人了，就面临着娶妻成家了，可是自己家里这么穷，有谁愿意嫁给自己呢？

虽然嫌贫爱富的人不少，但好在他长得高大白净帅气，也有一颗善良的心，同时做事勤劳踏实，终究还是有姑娘喜欢他。

1995年索朗多布杰结婚了，嫁给他的人比一般的姑娘要强，因为新婚妻子是村小的临时教师。结婚那天，他既开心又深深地感激，但也深感愧疚。

自己家里这么穷，妻子却不嫌弃，一直担心会成光棍的自己终于有老婆了，他很开心！

在村里，高中毕业的妻子绝对算得上是知识分子，她本可以嫁给更好的男人，但她却最终嫁给了自己，他深深感激！

戏文里说，寒窑虽破，能避风雨，可是他连寒窑也没有，妻子却跟了他，他觉得太委屈妻子了，因而心里深感愧疚。

结婚后，索朗多布杰被父母从家里分了出来，由于没地方住，他只能住在当临时教师的老婆那村小里的一间窄窄的小屋里。

不久后，他们的孩子出世了，索朗多布杰感到压力倍增：吃不饱、穿不暖，大人还能忍，可是孩子怎么办？再加上老婆又是代课老师，随时都可能被辞退，如果被辞退的话，自己一家老小连住的地方都没有，因而自己不想办法挣钱是不行的。

从小家境贫寒的索朗多布杰，对美好生活有着强烈的渴望。除了渴望使自己的小家走出贫困，他也一直在寻找能带领全家乃至全村致富的机会，也尝试着一些创业，比如做些小买卖，尝试着种植一些经济作物，或者时令蔬菜。

然而，长期以来，由于文化水平低、信息闭塞等条件的局限，他在创业致富的道路上四处碰壁屡受挫折。

迷茫与困惑有，但恐惧与逃避却没有。他没有自艾自怜，更没有甘于平庸。

青葱远去，人事斑驳。生活中，面对困境，尤其是创业遭受打击之时，虽然顿感走投无路，但他却没有气馁，他相信人生没有绝路，困境在眼前，希望在前方，成功不是赢在起点，而是赢在转折点。

之后的一年，考虑到环境因素，章巴村整村从章巴沟搬迁至国道318线旁边居住，索朗多布杰的视界也因此而洞开。

1998年，索朗多布杰心中的梦想之舟再次启航。

那个时候林芝的森林可以砍伐，他家附近的一些森林里也有伐木工人，更有不少人到这里来拉木头。那些汽车沿着国道318线远远地来，载满木头后又远远地去了。带来了新奇，拉长了向往。

虽然章巴村人气旺了不少，但是当地村民的日子并没有多大改变，相反还更艰难了，因为远道而来的人吃东西，使当地的物价提高了。

当然，那个时候，已经有内地的一些人来租路边的藏族民居开餐馆，但是当时藏族同胞却还没有开餐馆的意识，而且他们要种庄稼，要放牧，要耕种，同时也不会做来往司机们喜欢吃的川菜。

索朗多布杰看到拉木头的汽车，以及拉其他货物的汽车在国道318线上来来往往，很是羡慕。虽然他成长于国道边，但其实他基本没去过外地，当时去过的最远的地方便是林芝了。这便让他生出颇多遐想，编织许多梦想。

大山之外远方的天空下，是个怎样的世界呢？是否也有山有树有河流，有牦牛有野猪有虫草，有糌粑有酥油有土豆？

许多飞鸟冬去春来，它们的冬天是不是另外一个没有寒冷与冰雪的世界？

它们腾云蓝天，看尽世间风景，哪儿有美食就去哪儿，多么幸福！要是自己也能像它们那样长有翅膀，可以尽情翱翔碧空该有多好啊！

索朗多布杰很想与那些装载木头的司机说说话，聊一些外面的世界，但是他说不来汉语，外面来的司机又听不懂藏语，因而他眼神里通常只能装着遗憾以及渴望。

后来的一天，他发现在这些司机中，有一位藏族大叔，便与之聊了起来，打听百巴乡章巴村之外的世界，同时也好奇地问这位藏族大叔要把那些木头运往哪里。

"往拉萨运呀。"

"往拉萨运？听说很远很远啊。"

"是挺远的，从你们这里运到拉萨，汽车要跑三天。"

"大叔，你真有钱啊！"

"我怎么有钱呢？"

"你车都有呀，还没钱？"

"这哪是我的车呀，这是人家的车，我只是会开车，我是帮人家开车的。"

"那真辛苦啊！帮人家开车有钱吗？"

"这么辛苦，怎么没钱呢？"

"那你跑这一趟能挣多少钱呢？"

"跑一趟要挣800块钱吧。"

"800块钱？三天就能挣这么多呀？"

"不是三天，是来回一周。"

"那也挣得挺多的呀！"

"是的，比放牧和种田当然要挣得多一些了，不过确实很辛苦。"

这位藏族大叔后面的话，索朗多布杰已经没有太注意听了，他脑海中被藏族大叔话中的那"800块钱"吸引住了:一周时间能挣800块钱,这是他想也没敢想的事情。

这是真的吗?将信将疑的他非常羡慕。

后来有一天,他发现在这些拉木头的司机中,有一位是他认识的人——折巴村的村民贡嘎。于是他又向贡嘎咨询当司机跑货运是否有钱赚的事。

"我听别人说,从林芝拉木头到拉萨,跑一趟能赚800块钱,这是真的吗?"

"差不多是这样的。"

听贡嘎这样说,索朗多布杰心里既激动,又将信将疑:"那你跑运输跑了多久了呢?"

"我已经跟了三年多了,收入还不错。"

回家以后,他将这件事跟父亲格桑扎西讲了,不过是当成稀奇事讲的:"爸爸,你说那个贡嘎是不是吹牛,怎么可能一周时间就挣800块钱呢?"

没想到他的父亲却与他持相反的看法:"有可能是真的啊!"

"是真的?一周就能挣这么多钱?"

"就算一周时间挣不了这么多钱,我觉得也应该比我们种地和放牛挣得多。"格桑扎西认真地思索之后说,"不然的话,他们怎么不待在自己生产队种地,或者在牧场放牧,怎会愿意吃那么大的苦来跑这个运输呢?"

父亲的话让索朗多布杰突然觉得有些激动。

"爸爸,那我也想去开车。"

"你要想去开车?怎么可能,汽车哪是说去开就能开的,你会开车吗？有驾照吗？"

"我想去考一个驾照，我知道林芝有驾校，可以去学驾驶的。"

"那你有驾照了，又去哪儿找车来开呢？"

"有车的人如果需要司机，我就可以去帮他们开呀。"索朗多布杰说，"那位藏族大叔自己不也没车，也是帮人开车的吗？"

见他说得有道理，格桑扎西便很支持他去驾校学驾驶。

要去驾校学习，那就需要交学费，为了支持索朗多布杰，格桑扎西不仅拿出自己的积蓄来，还叫索朗多布杰的兄弟姐妹也一起出钱，帮索朗多布杰凑学费。

怀揣美好，索朗多布杰去林芝学起了汽车驾驶。

几个月后，他取得了驾驶执照，也很快找到了开车的活儿。

这是一件多么美好的事！这张驾照对索朗多布杰来说，无异于一台印钞机，一张摆脱贫困的护身符，更是一张通向理想与财富的通行证。

他人生第一次开车运货，是往拉萨运木头。

这是一个布谷鸟歌唱的春天的早晨。

村民们羡慕地看着索朗多布杰坐进汽车驾驶室，纷纷送上祝福语，还有人给他和他所驾驶的汽车献上洁白的哈达。

这时，索朗多布杰的父亲格桑扎西走了过来，对他说："索朗多布杰，爸爸没有去过拉萨，但爸爸可以想象你这一路去拉萨并不容易，遇到困难你一定要坚持。"

"爸爸，我会坚持的！"

这是一段新奇而又艰难的记忆。

在此之前，索朗多布杰也跟格桑扎西一样，从来没有去过拉萨。

原以为开车在宽阔的公路上疾驰是一件很爽心的事,然而真正开始开车在公路上行进的时候,才明白,很多事并非如想象的那般诗意。

这条路虽然是国道,但其实路况并不是那么好,在汽车行驶的过程中,索朗多布杰发现,柏油硬化的道路上还不时出现破裂、坑洼——西藏的道路冬天容易被冻裂,夏天又有塌方与泥石流,所以路面并不好,总是维护也总是被破坏。

在索朗多布杰学会开车之前,只要是在318国道上行走,他无不感叹这条路真宽阔。但当他会开车了,尤其是拉着满满一车木头往拉萨走的时候,才突然发现,这条道路原来并没有想象中的那么宽广。尤其是在陡峭的山路上的时候,尤其是在重型货车彼此之间错车的时候,尤其是在别的司机风风火火突然超车的时候……

原以为当司机开汽车是一件非常时髦的事情,现在才明白,其实干哪一行都不是想象中的那般容易。

之前,想到自己是第一次去拉萨,索朗多布杰对自己说,一定要在拉着木头前往拉萨的过程中好好欣赏一下沿途的风景,然而行驶在路上才知道,驾驶汽车的过程中一刻也不能分神。因为山道弯弯,起伏崎岖,再加上来来往往那么多车在路上跑着,自己刚刚取得驾照,技术又不是那么娴熟,哪敢望山峦披雪,云雾曼妙;看红颜扬芳,丽貌嫽俏?

不仅如此,很多时候他还非常紧张,比如汽车在悬崖边上的路段行进,在不时有落石的路段行进,在冰雪湿滑的路段行进……

这一路走走停停并不容易。当在路途中看到出车祸的现场时，他更是胆战心惊。

人生都有好多个第一次。第一次都是不容易的，或者说都令人记忆深刻。索朗多布杰的这个第一次同样如此，在路途中所遭遇的惊恐，甚至令他怀疑自己是不是一块当司机的料，甚至后悔当初一时冲动到处借钱去学习汽车驾驶。

然而，他想到了出发前父亲格桑扎西对自己说的话，以及自己对父亲的承诺，想到乡亲们的祝福，想到乡亲们所献的哈达，他又有了力量。

是的，想要改变穷困家境，不忍受打击和挫折怎么行？

只有坚持、坚强、坚韧，才能成功。

因为现实与目的地之间的距离，总是行一程少一程的。

技术不好就慢一点，安全才是一切的保障，有安全才会有一切！

"事在人为，休言万般都是命；境由心造，退后一步自然宽。"人生如此，汽车驾驶也是如此。

当速度慢下来之后，眼前的道路一下子就变得宽阔起来了，行驶在这样的路面上，也不再有先前那种胆战心惊了。

四天之后，他终于摆脱有形与无形的羁绊，到了拉萨，并将木头拉到了目的地。

这一段旅程，虽然胆战心惊，坎坷不易，但他拉的何止是木头？他拉的还有生活的希望、对未来的探索，以及向贫困发出的挑战。

美丽记忆

纵然命硬如铁,也阻止不了梦的飞扬。

同样的春天,同样的布谷声中,林芝地区米林县派镇吞白村的德吉旺姆的梦想也如春枝一样,正在发芽。

自己的小卖店会有生意吗?

会不会血本无归?

时间一天天过去了,德吉旺姆既盼望,也着急。

不会血本无归的!

就算卖不掉,自己家里也可以用呀!

而且,自己小卖店里的商品价格跟派镇商店里的价格一样,如果村民们要来自己商店买的话,还会少走20多里山路呢!还能节省坐独木舟渡过雅鲁藏布江的1元钱呢!

是的,理性的等待,是会有结果的。

几天后,果然有人抱着试一试的心态开始购买她的商品了。

第一个购买德吉旺姆商品者是吞白村一位看着德吉旺姆长大的老阿妈巴桑,她从身上掏出一个散发出浓烈酥油味道的布包来,一层层地打开,里面出现了一团由皱巴巴的一毛钱、两毛钱、五毛钱组成的一坨钱,她颤颤巍巍地数出了4元钱,买了德吉旺姆小卖店里的一包洗衣粉。

巴桑阿妈的这个举动其实怀着复杂心情,她既想试试德吉旺姆小卖店里商品的质量,更有一种对贫困的德吉旺姆母女的扶持。因为德吉旺姆家太穷了,虽然吞白村的人都穷,但她家却是村里最穷的。

"巴桑阿妈,我卖的洗衣粉是很好的,跟派镇卖的洗衣粉是一样的。"

"我相信,我相信。"

这包洗衣粉进价2.4元钱,卖4元钱,能赚1.6元钱啊!这么容易就赚了1.6元钱,这令德吉旺姆开心不已,她甚至激动得眼泪都落了下来。

煎熬的三天守望,终于有了开张,这是一个吉祥的开端,她因此对未来充满了信心。

榜样的力量是可喜的。巴桑在用过从德吉旺姆小卖店里买的洗衣粉,发现其功效跟在派镇所买的洗衣粉一样之后,便也帮着她做起了广告。

"德吉旺姆店里的洗衣粉真的好,跟我在派镇买的一模一样好用。"

"那价格呢?"

"价格跟在派镇卖的相同的洗衣粉的价格一样。"

于是,村民们开始陆续购买德吉旺姆小卖店里的商品:洗衣粉、盐、糖、酱油、醋、茶、帽子、裤子、鞋子、发卡、哈达……

确实,跟派镇商店里的同样商品价格差不多,却不用坐渡船，骑着马来便可以了，这多省事啊！

见小卖店里的商品逐渐减少之后，德吉旺姆又继续到派镇进货，并还上了那位汉族大叔赊账给她的前一批货的本钱。

诚信，是赚钱之本。德吉旺姆还了那位汉族大叔的货款的举动，令汉族大叔很感动，他再一次向她赊销了不少商品。她小卖店里商品的数量和种类因此相比于第一次进货时增加了不少。

就这样，德吉旺姆小卖店的经营渐渐正常起来，也红火起来，她也对给七姐、八姐提供相应开销的费用有了信心。

不过，在米林县读中学的八姐读了一半就没继续上学了，原因倒不是想退学回家为母亲分忧，而是她在中学时恋爱了，退学回家结婚。

几年之后，雅鲁藏布江上的渡船没变，依然是独木舟，或者两个独木舟用木棍绑成排，但是以前渡江通过手摇桨划的方式变了，改为用拖拉机的机头牵引，带动水下机械桨片运转前行，这时去派镇进货方便了许多。

但令德吉旺姆感动的是，这时派镇那位善良的汉族大叔却建议她去米林县进货，说同样的商品去米林县城里进的货价格要低不少，她也会因此多赚一些。

关于这一点，聪明的德吉旺姆知道那位汉族大叔批发店里的货都是从米林县进的，她也想去米林县进货。而且她想象得到，米林县的货一定比派镇那位汉族大叔店里的货更便宜，不然的话，那位汉族大叔赚什么呢？

可是要去米林县进货却并非容易的事，去派镇进货时，可以用背篼背，可是去米林县城进货，怎么背呢？只有包车去才行，同时需要很大的本钱。

再说，汉族大叔在自己最艰难的时候教自己如何做生意，并以赊账的方式赊销商品帮衬自己，当自己能挣些钱了的时候，就抛开大叔去县城进货，让大叔从自己身上一分钱也没得赚，这怎么可以呢？

"大叔，我去米林县城进货，需要很大的本钱，同时还得用车子拉货，我没有这么多本钱，也包不起车拉货，所以，我还是在您这儿进货吧。"

德吉旺姆微笑着婉谢了汉族大叔的好意。

然而有一天，当德吉旺姆再去派镇进货之时，却发现那位汉族大叔开的批发店已经停止了营业，汉族大叔也消失了。

大叔去哪里了呢？她向周围的人打听。周围的人只知道那位汉族大叔搬走了，却没人知道搬到哪里去了。

好心的汉族大叔就这样不辞而别，德吉旺姆心里有了一种深深的失落。

汉族大叔的老婆是一位门巴族美女，或许他们搬到墨脱门巴族聚居区去了吧？

或许汉族大叔带着他的门巴族妻子回到四川老家了吧？

或者是汉族大叔为了让她成长，而将自己的小商品批发店挪了地方？

她不得而知。

岁月更迭，她一直感恩派镇这位从事小商品批发、帮助过她的汉族大叔。虽然后来她再也没有见过他了，甚至连他姓什么叫什么名字都不清楚，但是在她心里，她永远不会忘记他关怀自己、帮助自己的大恩。

是的,这位汉族大叔离开了,自己也应该去县城里进货了。

而这个时候,她通过开小卖店,已经存下了1万多元钱。

1万多元钱!好多啊!

要知道这1万多元钱都是1毛钱,2毛钱,5毛钱,1块钱,2块钱,5块钱,10块钱组成的,因而有很大一包。

索朗多布杰也赚钱了!

拉萨是美好的,原来城市这么大,比林芝大多了。整饬的街道上,膜拜的情感,沿着一个理想的方向,在有序地流动。

目光与街景的每一次触碰,都是一次心灵震撼的敲击和视野的拓展,这一刻,他为自己吃尽苦头跋山涉水的虔诚感到欣慰。

而且拉萨周围的山与林芝周围的山大有不同。

林芝周围的山是郁郁葱葱长满树木的,但拉萨周围的山却是光秃秃的,甚至连草也没有。

在章巴村,一到晚上到处都是黑黢黢的,但是在拉萨,晚上路灯却把整座城市照得雪亮。

章巴村的晚上人们早早就睡了,夜里除了野兽和家畜的叫声以及呼呼的风声,就是寂静的。拉萨的晚上,深更半夜依然人来人往,多少餐馆酒店也是热闹非凡。

索朗多布杰从拉萨返回林芝的心情,比从林芝去拉萨的心情好多了,原因是此时的车是空的,再不像之前拉着满满一车木头爬坡下坡那样气喘如牛,或者如脱缰的野马,令人惊心动魄。

更令他觉得开心的是,当他返回百巴乡章巴村时,请他拉货的老板给他付了这趟运货的工钱，那是 800 元啊！

我也在来回一周的时间里挣了 800 元呀！这张驾驶执照真像聚宝盆，能生出钱来！

拿到钱后，索朗多布杰把这一大笔钱亲了又亲；继而又把自己的驾驶执照亲了又亲。

回家后，索朗多布杰所做的第一件事，就是买了一大块肉，煮熟了让全家人吃个够。

同时，他从拉萨返回百巴乡之时，还买了一大口袋糖果，然后给章巴村的村民们挨家挨户分发，一家一大把。

自己挣了钱了，就应该跟村民们共同分享。因为这可是一笔巨款啊！

而且，从此开始，多多的钱就会如泉水般源源不断地朝着他流来，装在他的荷包里。

那个时候，一个月可以往拉萨跑两至三趟，也就是说一个月能挣上 1600—2400 元。

当时的道路并不是很好，如果路上顺利的话，三天时间能到拉萨；如果路况不好的话，要走七天时间才能到拉萨；一路上也会在工布江达、日多、墨竹工卡等地住宿。

跑车很累，可是自己是农民，农民干啥不累呢？最最关键的是，累过之后却能挣大钱啊！一个月能挣这么多钱，真是做梦都会把人笑醒。

不过，索朗多布杰并不是一个只追求一个目标就停滞不前的人。聪明的他胸中有丘壑，眼里存山河。

在帮人拉了几个月木头之后，索朗多布杰又不满足现状了。

善于观察与思考的他发现,如果自己有车直接从林芝买木头拉到拉萨去卖的话,会赚得更多。因为在林芝所买的木头办完手续后,1立方米木头算上运费成本才500多元,而运到拉萨则可以卖到800多元,东风汽车一车能拉12立方米,刨去运费,一车木头可以赚3600元。

这简直太震撼了!

因而这个时候,索朗多布杰有了一个大胆的想法:他要买车,要自己当老板,要开着自己的车卖木头跑运输。

自己曾经穷怕了,现在不能小富则安!

如何赚钱、赚多少钱,通过一段时间的仔细观察,他现在已经熟络门清。

见钱不赚,自己就是真的"古巴"(傻瓜)了!

开始只是有此想法,后来越想越激动的索朗多布杰,最终坚定了自己一定要买汽车跑货运的决心。

可是要买汽车是买新车还是买旧车呢?

旧车便宜,新车贵。

为了解决这个问题,索朗多布杰又去向自己的司机朋友做调查,得出的结论是买旧车虽然便宜,但是经常维修,既耽误时间又花维修费,算起来划不来。相比于买旧车,买新车虽然贵,但维修少,不误事,也不费事,效益高。

仔细琢磨以后,他决定买新车,买东风牌货车新车。

要买一辆东风车,需要4.5万元,可是这么多钱从哪儿来呢?

要借是借不到的,因为谁家也没这么多钱。因而要买车只能靠贷款了。

当时贷款比现在容易,只要有人担保就可以了。但担保的人也必须有偿还能力,如果贷款人到期不能还款,就由担保人偿还,或以担保人的财产做抵押。

请谁为我担保呢?琢磨来去,索朗多布杰决定请家在百巴乡连别村的哥哥洛桑做担保,去农业银行百巴乡营业所贷款。

索朗多布杰家很穷,但索朗多布杰的哥哥洛桑是去连别村做的上门女婿,嫂子家境不错,还有一些祖传的物件挺值钱,所以具备做担保人的条件。

除了请洛桑担保,他还请了本村一个家境也不错,名叫拉达的人为他担保。

虽然贷了这么多钱买车,而且这一大笔贷款来之不易,但是索朗多布杰并不担心还款的事。他是一个有脑子的人,在决定求人贷款买车之前,他算过一笔账:东风汽车跑一趟拉萨就能净赚3600元左右,如果一个月跑三趟的话,就能净赚1万元,那么自己买车后五个月就能将贷款还清了。

借到钱,买了新车,索朗多布杰开着自己的新车跑了几趟之后,他又跟别人学,除了自己所买的新车,还包了两三辆车一起往拉萨运木头。这样的话,除去包车的费用以及支付司机的费用,他一个月下来能挣3万多元钱。

结果,三个月,他便将自己在银行的贷款还清了。

这简直是他以前连做梦也不敢想的事。

索朗多布杰乘胜前进,2002年,他又买了三辆大卡车,运输能力大增,每辆车可拉20多吨、40多立方米木头。每辆车跑一趟就能挣 10000 多元，三辆车一次就能挣 30000 多元，一个月如果能跑三趟的话，就能挣 10 万元，一年就能挣 100 多万元。

就这样，索朗多布杰家里脱贫了。

不仅如此，自从他买了三辆大卡车贩运木头之后，一下子就成了章巴村里最富有的人。

虽然金钱充实生活并不一定就代表幸福，但金钱却是一把钥匙，一定能打开贫困的牢笼。

这不是物欲结出的酸葡萄，而是苦寒生活百炼成钢的警句。

视　界

脱贫之路，如山道之行，既曲折，也崎岖。

致富之路，则如驶高速，笔直平坦，身心舒爽。

这是 2002 年冬天的一个早晨，在如同仙雾般缭绕的盘山公路上，腰上缠着一大包钱的德吉旺姆坐上了她租来的一辆东风汽车，从派镇出发，前往米林县城。

这是德吉旺姆长到 16 岁第一次去米林县城，虽然米林县城跟内地的城市相比并不大，但是在第一次走出山区的德吉旺姆眼中，却是无比繁华、无比幸福的大城市。

这是怎样的一个世界啊！

房子一排一排地紧挨着修建，整齐有序；房子与房子之间是平坦干净的水泥街道；而房子的临街面，又是一个又一个商品琳琅满目的商铺。

最令她感叹的是，这座城市里有那么多人，那么多人穿得那么好看，那么多人生活得那么好，街上的餐馆里有那么多美食被那么多人开心地享用……

而晚上，这座幸福的城市更漂亮。到处都是电灯，家家户户都散发出令人羡慕的灯光呵护的温馨。而窗外，路灯比月亮亮了不知多少倍，把街面照得如同白昼。广场上，还有不少人在动听的音乐的伴奏下，整齐划一迷醉地跳舞……

这简直就是天堂啊！

这次，德吉旺姆满满地进了一车货，使得家里小卖店里货物堆积如山。她甚至骄傲地觉得，自己小卖店里的商品，几乎快与当初派镇那位汉族大叔批发店里的货物相当了。

这种感觉令她狂喜！

得知德吉旺姆去过县城的消息以后，她的一些闺蜜羡慕不已，纷纷前来向她打听城里的一些事情：从村里到县城有多远？坐车要多久？城里都有啥？有没有成片的庄稼地？有没有成百上千头牦牛？有没有很多可以渡过雅鲁藏布江的独木舟？……

面对小姐妹们的好奇，半懂不懂的德吉旺姆热心地一一解答。当然，有些问题她自己也是解答不了的。比如从村里到县城有多远。

从吞白村村里到米林县城里之间的距离，是用眼睛无法测算的。

"路不远，也不近。"

"看把你得意的样子！到底有多远呢？"

"具体有多远，我还真说不清楚，这可不是我得意。"德吉旺姆认真地说，"反正一大早从村里出发，到派镇坐上租来的东风汽车后，要到傍晚时分才能到县城，因而进一次货来回要耽误三天。"

"好远呀！汽车跑那么快，都要跑一整天呀！"

德吉旺姆还告诉小姐妹们,城里人特别爱跳舞,而且跳得很好看。

"跳舞?我们也会跳舞呢。"

"那可比我们跳的舞好看多了,很整齐,很轻盈。"

"那你会跳这些舞吗?能不能教教我们呢?"

"我哪会跳呀,再说,还得要音乐伴奏呀。"

"音乐伴奏?什么音乐伴奏?"

……

小姐妹们的问题问得既幼稚却又认真,有的问题令德吉旺姆哭笑不得,又很感动。不过,她想到小姐妹想学跳舞,便在又一次去城里进货之时,买了一个放磁带的录音机,并买了那些可以伴舞的舞曲,然后跟着录音机播放出的磁带里的舞曲跳舞,并教小姐妹们跳。

当然,德吉旺姆随着伴奏音乐所跳的舞跟城里人所跳的舞还是有区别的,毕竟进城的时间那么短,也不太能够学会城里人所跳之舞。因而,她跳的舞是结合自己在城里所学的一些舞蹈动作,外加自己琢磨的舞蹈动作而现编的舞。

尽管如此,小姐妹们还是被迷倒了,专专心心地跟着她学,她也因此而成了众姐妹心中的偶像。

之后每有节日,小姐妹们都会跑到德吉旺姆家里来,在她的组织下一起跳舞,欢度节日。

藏族是一个热爱唱歌跳舞的民族,也因此,村里老老少少都喜欢上了德吉旺姆,大家都夸她是村里最聪明、最能干的人。

随着生意越来越好,自己照顾生意都忙不过来,就没办法种庄稼了；母亲身体又有病，也无法从事重体力劳动，于是德吉旺姆便把自己和母亲的地都包了出去，包给了她的哥哥，到每年收获的时候，让哥哥给她们一点粮食。

虽然没种地了，小卖店的收入也不错，但勤劳惯了的母女俩并没因此而躺在钱上享受，而是养了很多猪。这些猪是林芝特产藏香猪。这些藏香猪除了自己吃一两头，其余的还能卖不少钱。

德吉旺姆也同索朗多布杰一样，聪明而又喜欢不停地奋斗与追求。本来她的小卖店生意已经很好了，但自打到米林县城里进货以后，她便把赚的利润降低了一些，结果这更加刺激了村民们的消费。

在之后进城进货的过程中，她发现米林县城商店里卖一种五颜六色的棒冰，她吃过之后，觉得既新奇，又好吃，冰居然也可以这样美味。她想，自己是第一次吃这种东西，家乡的村民一定也没有吃过，何不进一些棒冰回去卖给村民们？他们也会觉得既好吃又神奇的。

就在德吉旺姆准备进一些这种红红绿绿的棒冰，向商店老板咨询批发店在哪儿的时候，商店老板告诉她说："这个棒冰在销售的时候要保存在冰箱里才行。"

"冰箱？什么是冰箱？为什么要装在冰箱里才行？"

"这就是冰箱。"老板指着一个冷冷的白色柜子说。她正在吃的棒冰就是从这个柜子里拿出来的。

看到德吉旺姆惊讶的目光，商店老板继续解释说："冰箱能够保持很低的温度，否则棒冰就会化掉。"

"那我买一个冰箱吧。"

德吉旺姆问了一下冰箱的价格，又摸了摸自己腰缠的一大包鼓鼓的零碎钞票。

"买冰箱还得用电，因为冰箱又叫电冰箱。你们村里通电了吗？"

这句话一下子把德吉旺姆问住了。是啊，我们村里有电吗？没有呀！没有电咋办呢？冰箱用不起啊！

就在她感到非常失落的时候，她突然想到，八姐家有一台小型汽油发电机，如果借过来自己用，那冰箱不就能发挥作用了吗？而且，如果八姐不愿意将那台小型汽油发电机借给自己的话，那自己就买一台汽油发电机吧。

买了冰箱后，德吉旺姆从八姐处借到了那台小型汽油发动机。

令德吉旺姆惊喜的是，村里人果然对棒冰这种固体饮料大感兴趣。因为很多人直到老死都没有去过县城，又何时吃过这种既便宜又好吃的东西呢？

棒冰很畅销，赚钱很容易：进价2角多钱的棒冰，可以卖5角多钱，每支棒冰可以净赚3角钱。

之后，德吉旺姆又从城里进冰淇淋，神奇而又美味的冰淇淋虽然比棒冰贵了不少，但也很畅销。

货源充足，商品的种类很丰富，进价也相比之前要低一些，但德吉旺姆想要赚更多的钱，却出现瓶颈了。毕竟她家所开小卖店附近的雅鲁藏布江西岸只有吞白村、索松村、达林村、墨浪村四个村200多人，消费能力怎么可能无止境地扩展呢？

而且，自从见识了米林县城，以及米林县城里的人们的生活之后,德吉旺姆的心境再也难平静了——县城里的人们的生活环境以及生存状态、生活状态,令她大开眼界的同时,也令她有了新的想法:人家能够生活在米林县城里,我为什么不能?

那个时候,德吉旺姆的七姐从西藏民族学院毕业以后,分到了米林县城一家单位上班。她借到米林县城进货之机去七姐家玩耍时惊异地发现,七姐的生活品质跟自己的生活品质相比,真是一个在天上一个在地下。

原以为自己能挣钱了,可以扬眉吐气了,哪承想自己不过就是个土包子。

这不仅深深地刺激了德吉旺姆,同时也让她特别羡慕七姐在城里的幸福生活,特别羡慕七姐读过大学。

因而,随着时间的推移,德吉旺姆便有了一个越来越强烈的想法:一定要成为一个城里人,一定要生活在米林县城里!

就在德吉旺姆的心开始游离的时候,附近村子里又出现了第二家百货小卖店,与她的小卖店形成了竞争之势。这更坚定了她要去县城发展的决心。

事业已冲进春天的季节,理想在春风里奔跑。

美丽而智慧的姑娘,正如一枝春风中已微启花瓣的蓓蕾,渐渐散逸出了春天的芳香。

七、春天的芳香

　　携温暖而行，朝向春天的方向，未必是一帆风顺的，或许有料峭春寒来袭。

　　但热爱的季节，坚定的步伐，真诚的奉献，终会带给我们春天的芬芳。

热爱的季节

春天是人们热爱的季节。

再寒冷的高原,也会有春天。

2004年春天的一个晚上,18岁的德吉旺姆心中装着春天,觉得自己再也不能这样待在村里了,因而拿定主意的她将自己的想法告诉给了母亲布鲁。

"我们现在的生意干得好好的,为啥要去县城发展呢?"

"人往高处走,水往低处流,我觉得米林县城是我向往的地方。"

"那你去干什么呢?也是开小卖店吗?我虽然没有去过米林县城,但我听你说米林县城是一个繁华的地方,我猜在米林县城开小卖店可能需要更大的本钱吧?"

"走一步看一步吧,我想我有手有脚,应该不会饿死自己的。"

德吉旺姆是一个执拗的人,亦如当初她辍学回家帮母亲一样,如同当初她想在村里开小卖店一样。这一次母亲布鲁只得又支持她。

"妈妈,你身体不好,村里条件也不好,所以,我进城去后,也要将你带在身边,让你享受一下城里人的生活。"

青春的心向往着人间美好,理想的愿在翘首姹紫嫣红。

第二天,德吉旺姆便将自己小卖店的门锁了,搬上一些日用品,带着母亲进城去了。

她们先在城里租了一个小小的房子住下,然后开始找工作。

可是自己连小学都没有毕业,平常除了卖东西和种地、喂猪,其他啥也不会,因而并不好找工作。

一天又一天过去了,依然一无所获,这对她的打击很大。

不过,德吉旺姆对自己关闭小卖店进城的举动没有后悔过。从小到大,她只相信一个人生信条,那就是奋斗与坚持。只有奋斗加坚持才可能成功。

这个世界会因为你的奋斗而有所收获。但是,单纯坚持的结果,也可能令你失望。因而坚持了好几天,她依然没有找到工作。

后来,德吉旺姆的七姐通过朋友关系,在一家茶馆为她找了一份端茶倒水扫地打杂的工作,每个月工资500元。

而同样的工作,人家是1000元一个月。理由只有一点:人家是熟练工,她是生手。

一个月工资500元,这跟她在村里开小卖店一个月的收入相比,简直相差天远。

不仅如此,天天跑来跑去,脚打起泡不说,还累得腰酸背痛。

这时德吉旺姆的母亲布鲁心疼了:"旺姆啊,你收入这么少,除了房租吃饭都困难，接下来的日子该怎么过呢？"

"妈妈，我收入低，我们就吃差一点，熬一熬就过了，我现在不是生手吗？我不相信我永远只有这点工资。再说呢，我不是还有点积蓄吗？"

曾经是穷人，当然不怕过穷日子。而且就在德吉旺姆开小卖店赚了一些钱后，布鲁也是十分节约的。

然而，就这样过了两周以后，布鲁还是忍不住又一次劝说德吉旺姆放弃在城里茶馆里端茶倒水的工作。

"旺姆啊，我们还是回村里继续开小卖店比较好，收入高而且轻松。我看你在城里太受累了，很心痛你。"

但是德吉旺姆依然坚持己见："妈妈，万事开头难，我都不怕苦，你怕啥呢？"

"我在城里住不惯，想回农村住。"爱女莫若母。没办法，布鲁沉默了好一阵之后说："我要回农村去住，你在城里打工也好，干什么也好，你让我回去吧。我现在还能自己照顾自己，家里的商店我还是给你守着，这样有了收入，你也有了后盾，如果哪天你不想在城里待了，想回来，小卖店也还在。"

德吉旺姆很感动，她同意了母亲的提议。

在茶馆里打工很累，收入也很低，同时也不是很受人尊重，但是德吉旺姆却干得兴致勃勃，任劳任怨。因为她进城打工的目的是想在城里待下去，而在城里待下去之前就得学会生存技巧，她现在在茶馆打杂，也正是生存技巧之一。

虽然收入少，但是退后一步是为了更好地前进。自己是来学习的，不仅没交学费，还有工资，多好！

渐渐地，老板看到了德吉旺姆的勤劳与务实，又将她的工资涨成了700元。

德吉旺姆当然不会满足于这区区700元工资。就算给她月薪开到1000元，她也不会满足。她工作认真负责，眼光却在工资之外。

她通过观察发现，在城里开一家茶馆挺赚钱的。虽然一杯茶仅需要1元钱，但是米林县的茶馆其实功能并不仅仅是喝茶，而主要是吃饭，所以正确的叫法应该叫茶餐厅——人们在茶馆里喝茶，打麻将，谈生意……接近饭点的时候，便在茶馆里吃饭。

聪明的她在茶馆里打杂，很快学会了如何经营茶馆，遂而她也想开一家茶馆。

刚进城时，德吉旺姆的初衷是在城里开商店，现在才发现，开商店与开茶馆相比，差得太远了。一件小商品在城里卖只能赚几毛钱，而开茶馆几乎是无本生意：一杯茶的茶叶值多少钱呢？卖1元钱的茶所用的茶叶连1角钱也没有。还有在茶馆里卖餐饮食品，也至少是翻倍赚。

再说，茶馆里也能开商店。

然而，当她通过工余去城里寻找自己开茶馆的位置之时却发现，要开茶馆并非是一件容易的事，因为要承租一家临街店面，自己要出的钱不仅仅有茶馆的租金、装修费、桌椅以及茶具、饮具、餐具，还有店面的转让费、员工的工资等等。这算下来需要很大一笔钱，而她手中并没有这么多钱。

半年以后，借了一点钱，外加自己投资的3万多元，她的茶馆还是开张了。

这家茶馆面积不大，在福州路附近一家菜市场里，生意还不错，一个月能挣 5000 多元。因为德吉旺姆会做藏面。

藏面，是传统藏餐中必不可少的一道小吃。你说它是正餐也可以，说它是小吃也可以。说是正餐，藏面的量不多，一般吃一碗不太容易饱腹；说是小吃，也属于面类，在茶馆面馆才有卖，没有街头小摊卖。

2007 年夏天，德吉旺姆认识了一个来自四川甘孜的藏族小伙子，长得很帅，比她大 4 岁，也是生意人，彼此相谈甚欢，便走到一起了，并各投资 6 万多元，合伙开了一家郎玛厅。

郎玛厅相当于歌舞厅或者酒吧之类，一般在晚上才开始营业，有歌舞表演，不需要门票，经营者主要靠销售酒水和小吃盈利。

郎玛厅里的歌舞表演不仅有笛子、六弦琴、扬琴、胡琴、串铃等专门的民族乐器伴奏，也有现代的电声乐器伴奏。进行歌舞表演者，有驻场演员或流动演员。

表演的内容既有丰富多彩的西藏民族歌舞，也有祖国内地歌舞和印度歌舞，以及西藏旧时宫廷音乐弹唱。演员的演出大约午夜零点半结束，然后是群众自发参与的自娱自乐活动，演员与观众手拉手跳圆圈舞、现代舞或唱流行歌曲。

然而，就在德吉旺姆怀上孩子后，她与男友之间的感情却出现了裂痕，并因此而分手了。他们合伙经营的郎玛厅也关门了。

德吉旺姆失去的不仅仅是自己的爱情，由于自己有孕在身，没有参与管理这家郎玛厅，不但没赚到钱，还欠下 9 万多元债务。

从来都是真情投入，未承想却就此迷失了自己。一直都将他当成自己的唯一，只因深情始终在自己的心底。

这段如火如荼却又最终破裂的感情，对从小便渴望真诚与爱的德吉旺姆打击很大。

最折磨她的是，她还没脸回老家。因为当初母亲和哥哥姐姐们得知她恋爱，并看了她的恋爱对象后，都表示反对，说他们之间并不合适。

不能回老家，那就只能在城里继续待下去。

要继续待下去，就得花钱，可是钱从哪儿来呢？

德吉旺姆当初与男友合伙投资开朗玛厅时，由于资金不足，她便将自己的茶馆卖给七姐了。现在挺着个大肚子去哪儿找工作呢？谁愿意招聘一个大肚子女人当员工？万一在工作的时候发生意外怎么办？

万般无奈，她又只能去求七姐，给七姐打工。

姐妹之间当然好说，她也很感激七姐收留自己。

于是，她便从这家茶馆的老板，变成了这家茶馆的打工仔。

可是，自己不是茶馆的老板，仅仅在茶馆里打工，工资又不高，什么时候能够还掉所欠的债务呢？

德吉旺姆是一个勤劳而节俭的人，然而如果仅靠在茶馆里打工，无论怎么勤劳和节俭，都很难还清债务。这个时候她突然很感谢母亲刚进城后不久便坚持要回村里去经营小卖店的决定，她现在才明白，在这个世界上，只有父母才是全心全意帮助自己而不求回报的人。

有母亲做自己的后盾，德吉旺姆在 2008 年生下孩子后没多久，便东挪西借凑来本钱，在米林县城又开了一家茶餐厅。

只要用心地经营，明天一定是美好的。德吉旺姆一直坚信这一点。

随着时间的推移，她终于还掉了所欠债务。不仅如此，还重新积累了一笔财富。

2012年的一天，有一个朋友对她说，拉萨比米林更好挣钱，不如一起到拉萨去挣钱。

想到米林县城是自己的伤心地，自己一直想到更大的地方去发展，拉萨比米林大得多，挣钱的机会也应该比米林多得多，因而2012年夏天，德吉旺姆便去了拉萨发展，与一个朋友各投资120万元，合伙在拉萨文化旅游创意园区开办了一家有歌舞表演、类似于朗玛厅的"牧人俱乐部"。

但是这家俱乐部在创办之前，并没有进行过系统的营收预算及风险评估，直到开张以后才发现其实没有之前想象的那样好经营：俱乐部养了20多个演职员，不算其他开销，仅演职员的工资每个月就要支付10多万元。

最关键的还不在这儿，而是前来消费的人很少，可谓门可罗雀。

总是入不敷出，不见赢利，这样的生意还怎么做？因而热血偾张开门的"牧人俱乐部"，最终在无情的市场寒风中，只艰难地维持了8个月，就关门大吉了。

投资120万元的德吉旺姆直接亏损了60万元。

这次，德吉旺姆也总结了自己生意做亏的教训：以前，没做过旅游生意的她，从来没有想过游客们从外地进藏来要消费什么，喜欢看什么，总以为他们喜欢看豪华表演。后来才了解到，其实不然，游客们进藏后最想看的是有藏族民族特色的歌舞表演，最喜欢看的是原生态的风景。

这次生意虽然失败了，但所亏的60万元也让她学到了一些管理经验。

这个学费交得实在有点多！

不过，得与失之间冥冥之中总会存在着某种关系。

在经营"牧人俱乐部"的时候，德吉旺姆认识了一些来自内地生意场上的朋友。当这些朋友得知她生意失败又重新回到米林县的消息之后，不仅对她深表同情，还想着法子帮助她。

有一天，一位在四川做生意的朋友对她说，林芝的特产藏香猪在内地挺受欢迎，她是林芝人，很熟悉哪里有藏香猪，如果她愿意的话，可以帮忙收购藏香猪，然后转手给他，他将之销售到内地的一些餐饮市场。

"我保证我们之间的生意做到一手交钱一手交货，不让你担任何风险！"

自己收购来了就能卖掉，不仅不愁销路，还能马上收款。

这太好了！

纯朴的德吉旺姆又一次相信了朋友的话。

不过，这次她的轻信没有失误！

靠这生意，她很快就挣了不少钱。准确地说，是财富呈几何级增长。

与此同时，在另一个生意朋友的引荐下，她又帮内地一家公司去收购林芝朗县核桃。

核桃在全国哪儿都产，但是朗县的核桃油脂丰富，最适合做护发产品。请德吉旺姆代为收购朗县核桃的这家公司，正是用朗县的核桃榨油，用以生产护发产品的。

这又是一单大生意，这家公司需要多少，她就收购多少，且能及时回款。

那一阵子，德吉旺姆虽然跑遍了朗县的山山水水，脚上磨出血泡，鞋跑烂几双，人累得瘦了10多斤，但她却很快乐，因为凭此生意，她赚得盆满钵满。

春霖熙熙，天地旷旷。

这是何等扬眉吐气！

转 行

甜美的爱情，不仅能够浇灌心灵，使幸福之花开得更艳，而且能够相互成就。

与高永乾恋爱之后，去那曲地区一家医药公司打工、来自拉萨市达孜区唐嘎乡穷达村的次仁曲珍，便深刻地感受到了这一点。

是的，她就是儿时想吃一顿萝卜馅包子而跟四姐及弟妹们一起用借来的高压锅煮萝卜，却被煮熟的萝卜汤烫伤肚子的次仁曲珍。

2009年5月，高永乾去那曲地区的巴青县办了营业执照，开了一家诊所。深爱高永乾的次仁曲珍也辞去了令人羡慕的工作，追随高永乾去了巴青县。

2009年11月，两人良缘喜结同心谱，携手走进了婚姻殿堂。

由于高永乾医术高明，夫唱妇随，夫妻和睦，两人因此赚了不少钱。

婚后的高永乾夫妇，每年都要到次仁曲珍的娘家拉萨市达孜县唐嘎乡穷达村过年。笑语欢歌辞旧，华灯爆竹迎新，喜庆的气氛好不热闹。

自己发家致富了，走过了人生穷苦的寒冬，但次仁曲珍每次回老家时看到依然贫困的家乡父老，心里总不是滋味。

而高永乾却是另一种感受。

次仁曲珍娘家人对高永乾很好，很热情，让他非常感动，春节的气氛也热闹。然而他心中却有遗憾，那就是餐桌上食物丰盛，但几乎全是肉类，而少有蔬菜，能买到的蔬菜大部分是从内地运进来的，价格比较高，他就想，岳父母家要是能像自己家乡那样冬天也能吃上蔬菜多好啊！

同时，高永乾也发现，虽然岳父母家土地不少，但收成却很低，一家几十口人的土地收入，只有区区1万多元。

"老公，你怎么了？身体不舒服吗？"

有一天，吃过饭小两口独处之时，次仁曲珍看到高永乾似有心事的样子，便关心地问他。

"没有，我身体好好的呢。"

"那我看你精神状态不太好呀！"

"唉，看着你们这儿这么多土地产量却这么低，而且当地百姓冬天没有蔬菜吃，市场上卖的蔬菜都是从外地运过来的，很贵，我心里有点难受。"

虽然读过大学，且从事医疗职业，但生长于农村的高永乾心里却有着深深的农耕情怀。

"那怎么办？"

"要是本地冬天也能出产蔬菜就好了。"

"哈哈，真要能种出蔬菜，农民还不种吗？"

"我觉得冬天也能种出蔬菜的。"

"天寒地冻的,怎么种?"

"天寒地冻有啥关系?可以搭建蔬菜大棚呀!"

"你的意思你想试试?"

"如果可以,也不妨一试,反正你们家的地不少。这样的话,至少我们明年再在你家过年的时候,就有蔬菜吃了呀!"

高永乾对种植业比较感兴趣,作为妻子,次仁曲珍是知道的。

"你的意思是咱们不开诊所和超市了?"

"我只是这样随便想,当玩笑吧。"

"老公,我觉得你的想法还真行!每天冬天,因为拉萨不产蔬菜,我们便没有蔬菜吃,要买外地蔬菜又这么贵。如果我们能够种出蔬菜来的话,不仅让当地百姓能够吃上蔬菜,而且说不定还能赚钱呢。"

"你的意思是我们试一下?"

"为什么不可以试一下?如果我们成功了,我们就干这个。如果我们失败了,还可以回过头去继续开诊所,开超市。"

"老婆,你说得有道理!我觉得除了种蔬菜,还可以种粮或种其他经济作物。"

"老公,你要真想改行从事种植业,我支持你!"

"是真的?"

"当然是真的!"

就这样,夫妻俩一商量,决定从城里回到次仁曲珍的家乡种粮种菜。

"如果真要改行,那种植面积仅有你家的土地还不行,还应该扩大。"

"嗯,我们想办法!内地不是有土地流转的做法吗?我们也可以尝试那样做。"

然而,理想要变为现实哪可能一帆风顺?高永乾与次仁曲珍夫妻俩刚准备把自己的决定付诸实施,便遭遇到了阻力和困难。

"你们在城里混得好好的,事业做得好,又能挣钱,干吗回农村重新当农民呢?"

两边的亲人朋友都如此感慨,表示特不理解。

"次仁曲珍你怎么能这样?你以前不是农民吗?你以前不是因为种庄稼苦才出去闯荡的吗?今天怎么刚刚吃饱肚子便忘了过去的艰苦?"

次仁曲珍的父母姐弟也坚决反对。

"你们说冬天蔬菜贵,可是你们不是能挣钱吗?又不是没有这买蔬菜的钱,干啥要重新把自己变回农民呢?"

"爸爸,我们决定回来当农民不仅仅是为自己吃蔬菜的问题,我们想为当地人民解决冬天没有蔬菜吃的问题。"

"这么多人,这么多年都没有解决的问题,你们怎么就相信自己能够解决呢?"

"我们想试试。"

"次仁曲珍,你以前是农民,你怎么没有试出来?你到城里去混了这么些年,根本就没有种过庄稼了,反而现在你还能试出来?"

"我老公喜欢种植业,他比我有经验。"

"他是医生啊!他以前搞过种植吗?他是名牌大学毕业的学生,应该是从小到大都在读书,大学毕业以后到了西藏,也是从事的与种植业无关的医疗职业,他怎么就敢确定自己能够在我们这一片土地上种出冬天的蔬菜来呢?"

"他以前在家乡种过地的,寒暑假的时候。"

"那你们也应该回到他老家甘肃去搞种植业啊!那边气候好,冬天能够种出蔬菜的。"

"我们放弃我们现在的事业,在我们家乡这片土地上搞种植业的目的,就是想在这片土地上种出冬天的蔬菜来,让我们大家都能在冬天吃上本地产的蔬菜。"

……

是的,次仁曲珍夫妻是经过深思熟虑的,因而亲人朋友的反对无效。

事业顺风顺水,却突然间要转行,这在旁人看来,确实有些无法理喻。

而对自己来说,从熟悉的一行转到相对陌生的一行,也的确存在着压力。

这对次仁曲珍与高永乾夫妻来说是如此,对索朗多布杰也是如此。

从1998年做到2008年,林芝县百巴乡章巴村的索朗多布杰的木料生意一做就做了10年,时间,让他旧貌换新颜,无论衣着,还是精气神。

虽然经历了多少从冬到夏,从春到秋,多少从南到北,从西到东的辛劳，这其中吃了多少苦头，经历了多少危险，只有他自己知道。不过，辛酸虽有，苦楚不少，回报却是丰厚的，生活也在辛劳的汗水的浇灌下，开出了幸福的花。

财富如阳光照进心里，驱走了贫穷的酷寒，喜欢求索的索朗多布杰却并不为此满足。钱当然是挣不完的，有一天，他发现自己的不满足似乎并不是单纯挣钱，积累个人财富的事情。他奇怪地发现，当自己钱多得够用了的时候，多得再也不担心吃不饱穿不暖、再也不会瑟缩自卑的时候，自己内心却并没有当初想象的那般快乐——总觉得还是有着遗憾，金钱呵护的时光，并非彩霞满天。

回首往事，贫穷在自己心灵上刻下了多少伤痕，只有他自己才知道，这一切，在如今已成大款的他的眼中，仿佛魇梦一场。

寒冷能被阳光驱散，但阳光却驱不散伤痕和记忆。

只有曾经贫穷，才知道穷人的不易，知道贫困的切肤之痛。

索朗多布杰发财了，成了村里致富的典型和人们谈论的主角，也从当初的"古巴"（傻子）变成了英雄。但他却越来越感到，自己要的不是走在故乡田野的小径上人们投来羡慕与巴结的目光，他要的不是被故乡人钦羡和高人一等的仰视，不是故乡人面前参天大树那种傲视众生的虚荣，而是一如往昔那般的亲近和没有距离。

走南闯北，也许自己沐浴的阳光更多，阅览的风景更多，但是阳光只能改变自己的形容，却改变不了自己的血脉。风景只能赏心悦目，自己在风景面前却永远只是过客。他明白，自己始终是故乡土地上的一株植物，因为自己的根始终深扎在故乡的土地。自己身上的气息就如同语言一样来自故乡的土地,阳光、风景、岁月都改变不了这早已刻进身体的元素,这无法拂去的年轮。

想到故乡,他的心就无比温柔,这片养育了祖父母、养育了父母,也养育了自己的土地,不能不让他感到温柔。同样,听到乡音,他就倍感亲切。听到乡音,他就明白自己跟故乡土地上的人们具有相同的气息,无论怎样,自己都是他们中的一员。

因而,在自己做生意的这10年里,他总是每年都会从自己所赚的钱中拿出一部分来帮扶村里的贫困人员。因而他被村民们奉为善人,且选为了章巴村村委会副主任。

这世间,财富不是永恒的,血脉才是永恒的。索朗多布杰在赚了很多钱,也倍感挺好赚钱的时候,却一直很冷静,也会想到万一某一天不好赚钱,坐吃山空的时候。

是的,再好的生意也会有个潮涨潮落。随着我国森林保护相关政策的出台,索朗多布杰便有了忧思——木头贩运将成强弩之末,如果继续将赚钱的方式锁定于此,必将难以为继。

事实上,虽然时代的进步使得各种商品的货流量相比于以前大了很多,但是因贩运木材越来越受到限制,通常他只能运输其他商品,赚点运费,这就使收益相比于以前,少了许多。

这一年的一天,林芝县县委副书记、县长才佳到章巴村检查工作时,也提到了这个问题,对他说:"索朗多布杰主任,目前国家已经不让伐木了,如果你继续做这个木材贩运生意的话,可能会越来越艰难。对此,你有没有啥想法呢?"

"是呀,我也正为此事犯愁呢。那怎么办呀,书记?"

"我觉得你要不搞单纯的运输,包括客运。要不转行搞旅游呀。"

"搞旅游?怎么搞呢?注册一家旅游公司或者旅行社经营吗?"

"也可以这样做。但是我认为最好的办法是搞旅游接待。"

"搞旅游接待?"

"对呀!可以在你们章巴村搞旅游接待。"

"可是我们村没有旅游景点呀?"

"没景点没关系,你们村不是挨着国道318线吗?一路上那么多骑行的人,以及在林芝旅游之后又前往拉萨的人,不都要从你们村经过吗?"

"我明白了,那就是建饭店,接待旅客吃饭。"

"不仅仅是建饭店,还可以建宾馆,搞文化演出。不过,你可以先从农家乐开始搞。我说的农家乐就是有藏家特色的藏家乐。"

才佳的一席话,让索朗多布杰一下子豁然开朗,顿觉这真是个金点子。

同时,索朗多布杰觉得,如果在村里搞旅游接待、搞藏家乐的话,就可以带领章巴村的村民一起脱贫了,这简直太好了!这可是他一直以来的心愿,这个心愿也是父亲格桑扎西在世时候的夙愿,曾经,父亲也反复地叮嘱他和他的兄弟姐妹们。这当然也是他自己作为章巴村村委会副主任肩上的重任。

从1998年到2008年的这10年间,索朗多布杰挣了200多万,再加上自己的货车,有300多万元,他觉得,用自己积累的资金搞一个藏家乐，应该是可以的。

"你运输做得好好的，却突然间要转行，你是不是疯了？"

得知索朗多布杰要彻底放弃自己的贩运生意，而改行做旅游接待，且要将全部积蓄投入其中的打算后，他的老婆生气了。

"这辈子嫁给你没少吃苦头，刚过几天好日子，你就想瞎折腾，将现在看起来还不错的生活打回到从前吗？"

"儿子，这个转行确实太冒险了，如果弄得不好，真会倾家荡产的。跑运输不是挺挣钱的吗？你为啥要转行呢？"索朗多布杰的母亲也对他说，"你要认真想想。"

倾家荡产倒不至于，不过家人的担忧还是有道理的：如果修好藏家乐后没有客源，那所修的房子跟普通房子有什么区别呢？如果那样的话，之前所挣的钱就将全部砸在这儿了。

不过，索朗多布杰觉得章巴村风景优美，又紧挨着国道318线，车来车往，只要自己的藏家乐经营得有特色，是不会愁客源的。何况，旅游业是新兴产业，而且这是政府支持的项目，问题不大。

他多次与家人解释、沟通，终于赢得了家人的同意。

曾经不被理解的理想，有了磁石般的吸引力及回应，这是何等快慰之事啊！

坚定的步伐

在家千日好,出门时时难。对游客来说,这是一个非常无奈又不得不直面的普遍存在的问题。因而,游客在旅游途中除了看美丽的风景,最期待的莫不过家的感觉:吃得舒适,住得舒适,玩得快乐,受尊重,能放松疲惫的身心。

索朗多布杰就想给游客打造这样一个旅游途中温馨的"家",把自己即将打造的旅游接待站或藏家乐打造成这样的一个家。

家,对谁来说,都是其心灵归依地。心中的家,即使远在深山,即使在天涯,即使在地球的另一边,都会令你心心念念,情愫绵绵,且不忘在合适的时间,不辞劳顿,跋山涉水,甚至远渡重洋地回归。

要在章巴村修建旅游接待站及经营藏家乐并不容易。索朗多布杰考虑到自己村里本来土地就少,修建旅游接待站和经营藏家乐不能占用良田好土,最好利用尼洋河畔不能做土地的河滩修建。

可是,河滩上稍微开阔一点的地方,却被道班在养护国道

318 线之时经年累月地刨出一个很大的坑，要在这里修房子的话，就必须将这个大坑填平才行，而填平的土又不能从良田好土里取，只得跑很远的路，去拉一些建筑垃圾。

垃圾也是放错了地方的资源，要用时就是宝了，即使建筑垃圾也是如此。要用就得花钱，起码得花运费。

虽然雄心勃勃，但索朗多布杰在修建旅游接待站和藏家乐的时候，还是采取的把稳着实的措施，一边修建一边经营，随着修建规模的扩大，经营规模也随之扩大。

这样有两个好处：一是资金压力不会有那么大，可以边投资边收益，并将收益作为投资循环递进；二是经营的过程也是旅游接待站及藏家乐业务试水的过程，效益好就加大投资，效益不好，则做相应的调整。

这个经营方式，也是索朗多布杰最终说服家人同意他转行做旅游事业的理由。

因而从 2009 年开始填土，索朗多布杰在修旅游接待站及藏家乐的同时，小饭馆也建立起来了。令他欣喜的是，小饭馆在对沿路过往的汽车司机及游客开放之后，生意挺好，这对他继续投资藏家乐，给予了极大的信心。

2011 年春，修建两年、投资 200 多万的旅游接待站终于开业了，这一年，他赚了 70 多万元，加上 2010 年所赚的 20 万，两年时间赚了 90 多万，差不多回本一半，这让索朗多布杰很高兴。

由于旅游接待站的生意还不错，因而索朗多布杰决定继续投资，将其规模进一步扩大，在原来只有餐饮和住宿的基础上，提高住宿的条件，扩大住宿的规模，同时增建藏家乐的重要组成部分——藏式歌舞的表演场地，使藏家乐真正乐起来。

然而，要扩大规模，当然就需要钱。索朗多布杰没想到，在建设项目推进的过程中，建筑材料的价格出现了上涨，他自己的积蓄竟然远远不够投资，资金出现了巨大缺口。

自己资金不够，向银行贷款也比较困难，怎么办？

工程就此停了下来。虽然已建成的项目继续营业，效益也不错，但是烂尾工程摆在那儿不仅是遗憾，还挺煞风景的。

最可气的是，这时村民们也有了两种表情：

一种人完全是看笑话，你不是钱多吗？你不是喜欢折腾吗？现在没钱了吧？没钱了好，大家一样穷，谁也不嫌弃谁。

一种人却跟他一样着急，投出去的钱所建的房子成了烂尾楼，没建好就不会产生任何效益，这些钱不是砸在这里了吗？

就在索朗多布杰焦头烂额的时候，同村的格桑主动取出自己的20万元存款，借给了他。邻村一个名叫拉巴的人也将自己多年存下来的10多万元存款全部取了出来，借给他用。

不仅如此，这两个人还到银行去帮他担保贷款。

他们为什么要帮索朗多布杰呢？是因为索朗多布杰曾经帮过他们。

以格桑为例。

格桑所存的钱是通过跑货运挣来的。

格桑学会汽车驾驶之后，便被索朗多布杰聘为司机，跟着索朗多布杰一起跑货运。再后来，格桑也有了自己的货车，既当老板又当司机，并逐渐发迹、赚钱。

而格桑最开始跑货运的那辆东风货车，则是索朗多布杰卖给他的。所谓的卖，其实是索朗多布杰以赊账的形式将汽车给格桑使用的："你现在没钱买我这辆车没关系，等你挣了钱再给我吧。"

实际上，当时索朗多布杰就是准备投资旅游业，才放弃货运业务的，而他卖车就是因为投资旅游业资金出现缺口。但他当时却没有将车以更高的价格卖给别人收现钱，而以赊账的方式仅以2.8万元的低价卖给了格桑。原因是当时格桑家的经济情况并不好，拿不出这2.8万元。

自己放弃货运业务之后，索朗多布杰不仅将自己的一辆东风汽车提供给了格桑，还将自己的业务也介绍给了格桑，他的义举让格桑很感动。

对此，格桑曾不止一次对索朗多布杰表达感激："哥，你对我的恩，我会记一辈子的！我知道你永远比我富有，尽管这样，如果什么时候我有能力帮助你，我一定会竭尽全力。"

一年以后，格桑还上了索朗多布杰卖给他的那辆东风汽车的钱。

继而，格桑又在索朗多布杰的鼓励之下，新买了一辆东风康明斯载货车。

渐渐地，格桑发达了起来，之后又买了翻斗车、挖掘机，招聘司机到建筑工地挣钱。

有了格桑、拉巴这样一些朋友的仗义支持，以及从银行中贷到的一些款做投资，索朗多布杰的藏家乐工地又恢复了施工。

索朗多布杰是一个生命不息追求不止的人，面对藏家乐可观的经济收入，他并没有陶醉于斯，而是力求好上加好。为了更好地搞好经营，他总是白天抓建设，晚上学管理。

除此之外，他还四处拜师，到一些效益较好的酒店、农家乐取经，并通过报纸、杂志、网络等途径，了解最新资讯，研究消费时尚，并将之用于自己的企业之中。

创业的困难虽然各有各的不同，但是所有困难对人的折磨都是一样的难受。

次仁曲珍与丈夫高永乾放弃已经经营得风生水起的诊所及医药超市，而从事传统种植业的决定，刚刚过了亲人朋友反对这一关，接下来又遇到了新的难关。

从事规模化的种植业，仅靠次仁曲珍娘家那几十亩土地肯定不行，只有进行土地流转，才能将现代农业的优势发挥出来。这也是他们准备转行之初便考虑到的，却没想到困难有这么大，所面对的问题有这么多。

他们决定先流转1000亩地进行试验。

土地流转的含义，是指拥有土地承包经营权的农户将土地经营权（使用权）转让给其他农户或经济组织。土地流转的实质是保留承包权，转让使用权。

为什么国家要鼓励农村土地进行流转呢？土地流转对农民有什么好处呢？

如果不进行土地流转的话，农民种自己的土地，基本上沿用的是传承千年原始的生产方式，粮食产量很低，经济效益也很低。如果土地进行流转的话，可以规模化地种植粮食或者经济作物，使土地的产出及经济效益大增，农民不仅有土地流转的费用,耕作流转之后的土地能拿一份工资,年终还有相应的分红……

总之,通常情况下,土地流转之后的总体收益远大于进行流转之前。

然而,一家一户的土地,突然之间要令其流转,这却不是一件容易的事。多少农民脑子转不过那个弯来:什么流转土地?这不是要抢我们的土地吗?

虽然政策规定,农民承包的土地是否进行流转,必须充分尊重其意愿,但次仁曲珍与高永乾还是又好气又好笑——这个世界上居然有不希望自己生活过得更加美好的人。

不过,他们冷静地一想之后,又释然了,心急肯定是不行的。因为当地百姓完全不明白土地流转的概念,必须耐心地给他们解释才行,否则租他们的土地给他们的感觉,就像自己的土地被抢了一样。

就算有的人明白这个土地流转是"租"的意思,且有了心动,却又担心在流转了自己的土地后能否拿到租金和年终分红。

为了让乡亲们相信自己所言非虚,他们甚至还请乡亲们派出代表,由他们出机票钱前往内地进行土地流转的地方参观。

生活好于从前,事实胜于雄辩,幸福的生活就在眼前,为什么要将之拒之门外呢?

乡亲们终于信了,愿意将自己的土地进行流转了。

当然,你要真不愿意进行土地流转,也没关系啊!

一切从自愿出发!

不过,凡事都有头羊效应,村子里最聪明、最有能耐的人都愿意将自己的土地进行流转，我的土地为何不敢流转？

万事开头难，虽然口舌费尽，但最终管用，这让次仁曲珍与高永乾夫妻还是感到欣慰。

于是2016年7月，次仁曲珍与高永乾经过多方筹资的麦之穗农业种植农民专业合作社终于成立了，合作社有成员15户，其中建档立卡贫困户14户63人。

有土地了，就可以开始种植了，对吗？

哪有这么容易的事！

把自己融入村民之中，藏语其实也是一道美味，能使人上瘾。

虽然自己跟着村民学习藏语的成绩不错，差不多与村民之间能够用藏语勉强交流了，但是身为山南市乃东区结巴乡格桑村驻村干部、第一书记的白伟伟心里非常明白，自己到格桑村驻村学习藏语不是目的，要让该村脱贫致富才是目的。

那么如何才能让该村村民脱贫致富呢？

这是他最伤脑筋，也最动脑筋的事。

琢磨来去，他决定把目光放在项目争取上。

因为要想秋天有丰硕收获，你得春天有种子播种才行呀！

即使一本万利，也要有那个"一本"才行呀！

天上掉馅饼的典故虽有，但是天上掉馅饼的奇迹绝对没有！

白伟伟是一个爱学习的人，懂的政策多，工作方法也多，也很有韧劲，有了想法，他不怕不能实现。

乃东区财政局局长才仁顿珠对此印象十分深刻。这个有能力的年轻人既让他兴奋，也让他犯难。

有一次为了争取一个项目，白伟伟守着才仁顿珠谈，让才仁顿珠叫苦不迭又十分感动。

那几天，白伟伟守在才仁顿珠的办公室，才仁顿珠忙，白伟伟不打扰；办公室有人进来找才仁顿珠，白伟伟便端茶倒水，然后出去转一圈，等别人一走，白伟伟又回到才仁顿珠办公室，继续谈自己的项目规划……

反正格桑村这个项目的事情没解决，白伟伟就守在财政局不离开。

就这样，在白伟伟的坚持之下，为格桑村申请了8万多元用于值班室和厨房的维修费用。之后，又申请到30万元用于能繁母猪养殖项目。

这些项目，成为格桑村集体经济发展破天荒的种子，在原始荒僻的村落里生长，为格桑村的脱贫致富注入新动力。

白伟伟带着村民们努力地行进在脱贫攻坚的艰难道路之上，但苍天却不合时宜地不时制造一些麻烦，阻逆脱贫的方向。

2016年7月，一场突降的暴雨引发格桑村二组擦沟段发生洪涝灾害。白伟伟闻讯，与村"两委"班子组织干部群众投入到防汛抗洪工作一线，挖填坑洞、搬运沙袋、清除路面淤泥，确保村民生产生活安全。

爱在奔流，灾情在退却，忘我地工作，也让白伟伟付出了代价：他的右脚被石头砸伤，鲜血直流，把他穿的凉鞋都染红了。

"天啦，白书记，你快看你的脚，这是怎么了，出了这么多血？"

村主任索朗达杰突然指着白伟伟的脚惊呼。

白伟伟装作没事:"没关系的,刚才被石头砸了一下。"

"你看血流得好厉害,而且脚也砸青肿了,快到村医务室去治一下。"

"这有啥?"白伟伟笑了笑说,"我曾是军人,军人有条铁律,那就是轻伤不下火线。"

"可是你现在已经不是军人了呀!"

"一日为军人,终生为军人。现在的抗洪抢险就是战斗,我哪能撤退呢?"

白伟伟说着,撕下自己所穿背心的一角,只对伤口进行一番简单包扎后,便忍着剧烈的疼痛,一瘸一拐地继续投身到防汛抗洪的战斗中。

虽然洪水最终退去了,村民们的损失也降到了最低,但由于白伟伟脚上的伤口当时处理得不好,感染了,灌了脓,上医院去治了一个多月才好。

2016年8月22日,白伟伟的脚伤终于治好了,但这天当他去医院取下脚上的纱布,给伤口拆线,准备快乐地开始健康人生的时候,却又因一件他突然知晓的事而昏了过去……

"在别人困难的时候能帮就帮一把,锦上添花容易做,难得的是雪中送炭。我要做一个雪中送炭的人!"

白伟伟在日记里这样写,并提醒自己这样做。实际也是这样做的。

看到村民们磨糌粑粉不方便,白伟伟又从第一书记经费中拿出1万元建造了水磨坊,自此,全村人都到这里来磨糌粑,省时又省力，也在磨糌粑的过程中，倍感他的好。

通过调研了解到格桑村幼儿园的孩子中午休息的条件不好之后，他又积极协调有关部门，为村里幼儿园的孩子们争取到了床上用品三件套，以及一辆运输用的电动三轮车。

有一天，白伟伟得知在山南市的堂姐对自己的网吧进行重新装修后，要变卖一批桌子、沙发，连忙前去讨要，并将之拉到格桑村里，送给有需要的人。

白伟伟不仅是一位实施脱贫攻坚的好干部，还是村民心中的活雷锋，修电脑、修家电、修太阳能电池、修汽车、换灯管……什么活他都干得有模有样。

一个书记，却成了村民的修理工，这令村民感慨不已。

当修理工当然不是白伟伟进行精准扶贫的措施和高明之处，他的高明在于他能够慧眼识未来。

八、慧眼识未来

曾经的经历对别人来说是一段故事,但对自己来说却是历练与磨难,是汗水也是泪水,更是感恩与成长。

聚宝盆

如同寒冷古老的土地上的两株傲立而又生命盎然的绿色植物，次仁曲珍与高永乾夫妻，给乡亲们带来了全新的景色与希望。

心与心的拥抱，拉近的不仅仅是距离，而是梦与梦的相连。他们不懈的努力，要的不是自己成为风景，而是要让家乡的每家每户都闪耀着欣喜与幸福的光芒。

他们在努力，这样的努力当然是艰难的，是逆着传统与气候而行的。

当乡亲们流转土地的观念开始转变以后，又一个问题出现了，那便是要支付土地流转金、要建蔬菜大棚，这两大问题令他们的资金出现了很大的缺口。

他们把自己多年在那曲地区巴青县开办诊所的积蓄全都用在了合作社的发展上，但还是不够，远远不够！

困难如大山横亘，挡住了前路。

愁眉凝结，忧思覆面。

"卖房！"

看到高永乾焦头烂额的样子，次仁曲珍对丈夫说："老公，我们将拉萨的房子卖了吧！卖了就有些钱了！"

"老婆，你小时受了那么多苦，这房子可是我买来让你享福的呀！所以，拉萨的房子是我们的根据地！根据地都没了，万一我们的种植业失败了，不是去处都没有了？"

"老公，你不会失败的！我们不会失败的！再说了，拉萨的房子是我们的根据地，这儿是我的娘家，也是我们的根据地呀！我能在这里长大，也能在这里变老！就怕你吃不了这个苦呢。"

"我老婆在哪里，我的家就在哪里。"高永乾说，"有老婆在，我就是甜蜜的，所以，我怎么可能吃不了这个苦呢？"

恩爱，是战胜困难的利器，也是深沉夜色中的火炬。

卖掉拉萨房子的事，夫妻俩又达成一致了！

不过，城里曾经的竞争对手，开始看他们的笑话了：这两人不是神经病吗？不是败家子吗？想到千百年都是那样平凡的土地里去刨出金子来，做梦吧？

嘲笑不可怕。理想在彼岸，现实与理想之间何止路途迢迢，更有千难万险。要干成一番事业，就得泅渡过嘲笑的海洋。

可是，卖掉了拉萨的房子，又岂够建造蔬菜大棚的费用？

不过杯水车薪而已！

而且，虽然夫妻俩天天泡在大棚里研究蔬菜，但是他们在前期建成的大棚中，对高永乾从家乡甘肃省天水市带来的大白菜、大葱、西红柿、茄子、南瓜、黄瓜、辣椒等蔬菜进行试种之时却发现，他们的种植技术并不成熟，蔬菜产量不高……

这诸多问题一时间让他们进退维谷。

游子的脚步，在他乡跋涉，书写着自己的精彩。但他乡的风景再新奇，再美丽，对情系故土的人来说，都逃不过别离。

2016年冬天，德吉旺姆利用春节假期，回到林芝市米林县派镇吞白村老家走亲戚，去达林村姐姐家玩。回到故乡，久违的记忆春枝勃发，这本来是一件很令人轻松愉快的事。然而德吉旺姆在路过索松村时，目光所及，令她惊讶不已，且自此心绪难平：

这是真的吗？几年不见，索松村仿佛被施了魔法，变得与她的记忆完全不一样。村民们不仅所住的房屋很漂亮，从以前的石头垒砌的破烂房屋，变成了高楼大厦，环境也变得十分整洁，而且村民的穿着与气色也都旧貌换新颜。

仿佛寒地蓦地出现了一处温暖如春的世外桃源，开出的一片馥郁的鲜花，闪亮了贫困雪野生活的人们。

索松村位于吞白村与达林村之间，也地处雅鲁藏布江西岸，以前比吞白村还要贫穷，为什么几年没回家，索松村变化这么大呢？

再一打听，才得知，索松村村民每家每户都建有客栈，以接待前往雅鲁藏布江大峡谷游览的游客。

深藏于群山之间的一道皱褶，只不过是狂泄而下的水的天堂，却没想到雅鲁藏布江大峡谷还是人们心中难得一见的无限风光。

其实雅鲁藏布江大峡谷并不简单！因为它是地球上最深的峡谷！

广义上的雅鲁藏布江大峡谷北起林芝市米林县派镇海拔约3000米的大渡卡村,经排龙乡的雅鲁藏布江大拐弯,南到海拔115米的林芝市墨脱县巴昔卡村,全长504.6千米,最深处6009米,是世界第一,远大于全球第三的帕隆藏布大峡谷,以及美国科罗拉多大峡谷、秘鲁的科尔卡大峡谷。

除此之外,雅鲁藏布江大峡谷拥有从高山冰雪带到低河谷热带雨林等9个垂直自然带,汇集了多种生物资源,涵盖了青藏高原三分之二已知高等植物种类,二分之一已知哺乳动物,五分之四已知昆虫,以及五分之三中国已知大型真菌。

雅鲁藏布江大峡谷劈开了青藏高原与印度洋水汽交往的山地屏障,使得青藏高原东南部由此成为一片绿色世界,甚至成为西藏江南。

而狭义上的雅鲁藏布江大峡谷指的是雅鲁藏布江大拐弯,即南迦巴瓦峰下的雅鲁藏布江大拐弯。近年来,崇尚自然与探险、前往雅鲁藏布江大峡谷无人区观景的游人越来越多,而要从林芝前往雅鲁藏布江大峡谷景点,索松村是必经之路,故而索松村村民发现商机,纷纷修起了客栈,以接待来自五湖四海的游客,也由此改变了过去一穷二白的面貌。

得知原委,德吉旺姆震惊了,原来家乡是一个聚宝盆啊!

索松村的变化也深深地刺激了她:自己家所在的吞白村,同样也是游客前往雅鲁藏布江大峡谷景点的必经之地。雅鲁藏布江吞白村段的江面平静,像一条柔美的翠绫,蜿蜒而招展。轻风习习,水波潋滟,野鸭游弋。在蓝天与大地间,在葱茏的群山护佑间,江景如画。而倒映在水面的洁白的云朵和耸翠的青山,则诠释着"离天最近，离污染最远"的自然风光……一切景致都是那么祥和而惬意。

而且跟索松村比，还多了一处天赐的景点，就是看南迦巴瓦峰倒影的最佳之地。

南迦巴瓦峰也是一种神奇风景。甚至是多少人心中的圣景。

"南迦巴瓦"，在藏语里有多种解释，有"直刺天空的长矛"之意，亦有"雷电如火燃烧"之意。南迦巴瓦峰主峰海拔7782米，高度排在世界最高峰行列的第15位，但它前面的14座高山全是海拔8000米以上山峰，因此南迦巴瓦是7000米级山峰中的最高峰，也有"冰山之父"的美誉。

南迦巴瓦峰虽然被万年冰山所覆盖，但其山脚却温泉处处，植物异常繁密，是理想的探险登山及疗养胜地。

南迦巴瓦峰充满了神奇的传说，其中一个传说是这样的：因其主峰高耸入云，众神便时常降临其上聚会和煨桑，那蓝天下如巨浪绵延神秘的旗云，就是神们燃起的桑烟。

又传说，南迦巴瓦峰的峰顶还有神宫和通天之路。神宫自然是令人向往的，而天堂更是传说中的理想世界，因而居住在雅鲁藏布江大峡谷地区的人们，对南迦巴瓦这座陡峭险峻的山峰，有着无比的推崇和敬畏。

南迦巴瓦还有一个传说：很久很久以前，上天派南迦巴瓦和弟弟加拉白垒镇守青藏高原东南部。加拉白垒勤奋好学武功高强，个子也是越长越高，心胸狭窄的南迦巴瓦唯恐自己的地位被弟弟加拉白垒超越，因而十分嫉妒，于是趁一个月黑风高之夜，杀死了加拉白垒，将其头颅丢在了米林县境内，化成了德拉山。

杀兄弑弟，属天道难容之罪。南迦巴瓦的恶孽遭到了上天的至重惩罚，不仅不能重回天庭，而且被化为冰山，驻守雅鲁藏布江边，永远陪伴着被他杀害的弟弟。

这个神话故事虽然很荒诞，但贴切地运用了南迦巴瓦峰与德拉山加拉白垒峰这两座山峰的特点：紧挨着如剑刺天的南迦巴瓦峰的加拉白垒峰顶，呈圆圆的形状，看上去像一座无头山。南迦巴瓦峰常年云遮雾罩，真容难露，则因为其"自知罪孽深重"，所以羞于见人。

从古到今，神秘就是吸引力，会激发人们探索的兴致。云朵中的南迦巴瓦峰仅仅给人们一副想象的翅膀哪行？一睹其真容才是内心的渴望。

那么，去哪儿能看清南迦巴瓦峰的本来面目？找准一个能睹其真容的位置就至为重要。

"要看到南迦巴瓦峰有那么难吗？我们村不但能看到南迦巴瓦峰，而且还能看到南迦巴瓦峰的倒影。"

曾经，当有人对德吉旺姆谈起看到了南迦巴瓦峰的真实面貌而表现得欣欣然时，她总会这样不以为然地说。

是的，如果南迦巴瓦峰身边的云雾散去的话，吞白村不仅是极佳观察点，还能看到其在雅鲁藏布江中的倒影。如果是傍晚时分，金色的阳光照在南迦巴瓦峰上的话，倒映在江水中的图像则更美丽，如诗如画，宛若蜃景。

阳光如瀑，德吉旺姆的心情如洗。震惊如鞭，打醒了她心中的灵犀：行走千里万里，我的相思原来一直在这里；成就层层叠叠，我的梦想却并没有远离。

曾经的经历对别人来说是一段故事，但对自己来说却是历练与磨难，是汗水也是泪水，更是感恩与成长。

感恩就是她的梦想，感恩也是她的追求。

以前自己家贫困万分，没少得到乡亲们的帮助，虽然没粮食吃的时候通常都是通过借的方式来渡过难关的，但是没有情分，人家怎么会借给她们母女呢？

再有，自己开小卖店做生意，并因此而走出了经济拮据的困境，支持自己生意的人不都是乡亲吗？

外面的世界日月如梭，家乡的时间却始终度日如年。现在自己富裕了，他们依然处于贫困状态，熟悉的一切仿佛照片定格。

她心里突然就难受起来，觉得这么多年在外打拼，钱是赚了不少，但是自己却是远离乡亲们的。而这一刻，看到索松村与吞白村之间巨大的差别，她才明白，自己纵然在天涯海角，情感却一直都是与乡亲们维系在一起的。

赚到钱以后，德吉旺姆在村里修了一座砖房，让母亲和自己有了一个稍微宽敞的栖身环境。但是村里乡亲改善住宿条件的人却并不多，除非极个别通过上山挖虫草、捡松茸挣了一些钱的村民。尽管如此，他们的生活状态却并没有得到多少改善，有不少人还生活在贫困线之下，为一日三餐而愁。

自己是一个感恩的人，应该把当初从乡亲们购买自己小卖店里的百货时自己所赚的钱当成种子一般记下来，加倍地还给他们。

这不是突发奇想。曾经的岁月，她也常琢磨如何报答乡亲们，并在逢年过节的时候给他们一些钱物。但是，她也一直觉得这还远远不够。

从达林村回吞白村的时候，德吉旺姆的感受更加强烈。因为从索松村往吞白村走要下山。在山上，一边是索松村漂亮整洁的楼房，一边是吞白村破破烂烂的村舍，两相对比，一界相连的两个村子仿佛隔着世纪。

贫富之间巨大的差别，如一把利刃对德吉旺姆猛烈绞心。为什么我们吞白村就比不过人家索松村呢？我们村的地理位置跟索松村差不多呀！甚至观景位置还要好一些呀！

回到家里的那天晚上，德吉旺姆心情低落，原本温馨的床却让她一夜辗转反侧。外面的世界正在发生着天翻地覆的变化，邻近的村子也是春风南渐，正焕发出勃勃生机，可是生养自己的村子怎堪如同与世隔绝，且贫穷依旧？

而且，她还发现，自己吞白村里的人，平常都去给索松村村民打工，洗菜、洗碗、打扫卫生，他们羡慕索松村的变化，也为自己能在索松村打工，且月挣2000多元钱而高兴，但是没有一个村民觉得自己也应该效仿索松村从事旅游接待，以改变穷困面貌。

德吉旺姆在难受和失眠的同时，一颗蛰伏的种子也在拼命地萌芽，她突然意识到了自己肩上的责任：那些从村子里出去上学的人，都先后参加工作了，户口也迁走了，变成城里人了，再也不是村里的人了；而自己却依然是村里人，即使自己赚了钱，在城里买了房，但自己的户口却始终没有迁出吞白村。那么，自己就有义务改变吞白村的贫困面貌，带领乡亲脱离贫困。毕竟自己比村里的其他人多了一些见识。

为了使乡亲们尽快摆脱贫困，德吉旺姆有了开一家藏家乐农庄的想法，想将自己这些年来所挣的钱投入到老家的建设当中。

老家的地理位置得天独厚呀！去哪儿找到第二处不仅是游客们前往雅鲁藏布江大峡谷景区的必经之路，而且也是观看南迦巴瓦峰及其在雅鲁藏布江中倒影的最佳之地？

德吉旺姆即刻行动起来，她希望自己倡议建立的藏家乐农庄，能让吞白村里每个村民都占股份，同时也参与到藏家乐农庄的经营与管理中来，以分红以及拿薪的形式来实现脱贫。

然而，从未出过村子的村民们的思想意识如同南迦巴瓦峰上的积雪与冰山一般，早已定型，僵化沉寂得难以动摇，又如何让一颗只有在春天才能发芽的种子突破冰山的厚度？

当德吉旺姆将自己的想法告诉给村民们后，村民们的表现却并非她所想象的那般兴奋：有的人觉得去索松村打工挺好的，又不出本钱，还能挣钱；有的人担心德吉旺姆是生意人，脑瓜子聪明，怕她的规划是想着法子骗大家的钱；还有的人说我家里根本就没钱，吃饭都成问题，你让我投资，我去哪儿拿钱来投资？

众说纷纭，一种寂寞一种尴尬在德吉旺姆身上蔓延。

这不仅是哭笑不得，而且还是一颗好心被排斥在幽暗边缘的无奈。

爱

怎么办？

是放弃？还是坚持？

众声喧哗，她的世界却一片寂静，莫名心痛。

放弃很容易！

如果放弃这个想法，自己在外面世界的生意也将越来越好，自己赚的钱也将越来越多。如果自己趁回家之机向村民们，尤其是向贫困的村民们捐钱捐物，村民们对自己肯定会歌功颂德感激不已。

坚持很困难！

如果自己坚持这个想法，前行道路上要克服的困难将会如这雅鲁藏布江两岸的高耸入云的山峰一样，层峦叠嶂。成功了，村民们当然开心；失败了，则会令自己所有的积蓄都打水漂，且会留下笑话和骂名。

当然，失败的可能性是没有的，她坚信这一点。然而，在坚持的过程中，极有可能吃力不讨好。

这个春节里的多少个夜晚，德吉旺姆都是如此辗转反侧，难以入眠。

纵然冰山坚如铁,也要将冰山劈开!因为自己的血管里流淌着吞白村的基因,也流淌着无法理性地对吞白村的热爱。

这里是自己根之所在,这里也是自己梦的原乡。想来想去的她,决定坚持下去。

自己不是被村民们视为村里最聪明的人吗?既然是最聪明,那自己的一些想法村民们当然不一定能够理解。但是如果自己脚踏实地地做出来,让村民们走出了贫穷,享受了红利,那他们一定会理解自己的初心的。

德吉旺姆决定找村主任,向村主任阐述自己的设想,希望得到村主任的支持。

村主任西络其实是很了解德吉旺姆的,因为德吉旺姆的父亲才让曾经是吞白村的支部书记,他们曾经一起共过事。可以说,西络是看着德吉旺姆长大的,也很喜欢这个漂亮、聪明、善良而又能干、有出息且很有想法的姑娘。

到了西络家一阵寒暄后,德吉旺姆进入了正题,向西络详细讲述了自己的想法。

德吉旺姆原以为上了年纪的西络的思想应该也比较保守,未必会支持她的想法,却没想到她的想法得到了西络的充分肯定。

实际上,当了多年村主任的西络看到隔壁索松村在几年之间发生的巨大变化,他早就如坐针毡,心里着急得不行,何尝不想带动本村百姓致富啊?

可是,要修建客栈得需要投资啊!投资从哪来?

再说,如果索松村修建客栈,吞白村也跟着修建客栈,这不是同质化竞争吗？这不是面红耳赤地跟索松村抢游客资源吗？吞白村要致富，得搞出吞白村的特色才行啊！不然只有那么多米，煮饭的锅多了，所煮出的饭不一样会因为稀而养不活人吗？

西络一直为此事犯愁，也一直没有找到切实可行的带领村民们脱贫致富的方法。如今听德吉旺姆这么一说之后，豁然开朗，拍案叫绝：吞白村要建的不仅仅是客栈，还是看南迦巴瓦峰的景点，还是民俗歌舞表演的场所，还是有藏家特色的农庄……

这比索松村那种单纯的修建客栈要有特色得多，这当然也就避开了与索松村客栈经营的同质化竞争。

因而，西络在听了德吉旺姆的讲述之后，当即表示："你真是个聪明的孩子！我对你的想法非常支持！我也会去做群众的工作。"

"感谢村主任信任！这确实是一个能够让全村人富起来的事业！"

"我相信！不过，要筹集建设藏家乐农庄的本钱可能也是一件很难的事，原因是吞白村普遍较穷。"

"我愿意将我所有的积蓄都拿出来办这件事！"

"嗯，那就更说明这件事会成功，也值得尽快落实！因为我相信你的眼光！"

没几天，村主任把全村人召集了起来，开会详细地解读了这个项目的优势，以及存在的极强可行性。当时也确实打动了不少人，并表态愿意参与这个项目的投资。但是也有不想参与这个项目者，认为劳神费力，不如做无本生意，去索松村打工；还有不少人自己不想参与，也不同意这个项目上马。

这个会议原以为不一定会有多顺利，结果是不仅不太顺利，而且挺尴尬。

要打开一扇门容易，要打开一颗心，确实挺难。村民们对自己的不理解，德吉旺姆一点也不意外，因为她认为要是一说就成，一拍即合的话，那么村里的发展也不至于等到今天她提出来。因而，她并不失望，她还特地问了不想参与这个项目，也不同意村里上马这个项目者的想法。

答复直截了当生硬无情，大意如此：我的日子不好过，我也让你的日子不好过；我自己不做，或者无能力做，我也不会让你去做。

这样的回答非常噎人，也令听者非常无奈。但德吉旺姆并没有生气，她心里明白，因为他们家里没有钱。

可是有的家庭有钱，也不愿意出钱，原因是他们看不到前景，不愿意担风险。

如果因为家里没钱就反对上马这个项目，其实这个问题很好解决，她说："我倡议搞藏家乐农庄，我希望每家每户都能出钱出力，但是我并没有严格地要求家里出不了这笔钱的村民也一定要出钱啊！"

这个时候，又有十分支持这个项目的村民说，谁愿意出钱就出钱，不愿意出钱就视为自动放弃；谁出钱多谁就占的股份多；不强迫谁入股，也不阻止谁入股。明知道今后会有红利，就算自己家里没钱，连去亲戚朋友家借这个原始投资都不愿意，那也怪不了谁了。也就是说一切看其是否愿意，这样就很公平。

说这类话者，也是做生意的，家里二三十万元钱都拿得出来，也都愿意进行投资。

但是这样的话，无异于在激化矛盾。

最开始的时候，德吉旺姆只是想建几栋别墅，或者建20多间房子，但是规格、品位一定要比索松村的客栈高一些，这样便能将游客的消费等级分出层次来，满足经济能力不同的游客的相应需求。

但是当西络召集全村人开会的时候她才发现，她让村里每户人家都出5000元钱投资，其实也是一件非常困难的事情。因为有多少户连5000元钱也拿不出来。在这种情况下，她觉得没必要将藏家乐农庄修得那么高档，而应该在项目的特色上做文章，同时让村民明白她并不是想自己赚钱，而是想带动大家一起脱贫致富奔小康。

她自己有100多万，这笔钱占到了该项目投资总额的百分之七八十，有的人也愿意出10万、20万，甚至30万，所占比例也能达到百分之几或者百分之十几，如果按个人投资占总投资的比例来分红的话，她的分红比例也应该占到百分之七八十。

这个意思是说，假如藏家乐农庄建成以后有100元红利的话，她一个人就能分得其中70—80元红利。其余百分之二三十，则被其他投资金额多的人分去了。

这样的分配本来合情合理。可是这样自己是赚了钱，却有违自己回家乡投资的初衷啊，那些真正需要帮助的人却没有得到帮助啊！

就这样，这天的村民大会争来争去一直没有结果。

看到天色已晚，德吉旺姆只好对村民们说："要不这事我再考虑考虑，过几天再说吧。"

这天晚上，回到家的德吉旺姆心里很不舒服，这么好，且能看得到利益的项目，为什么还有这么多异议？同时她也觉得，如果这个项目按投资多少来进行股份分配的话，那么那些真正需要帮助的人自己却没有帮到，这个项目又有什么意义呢？

面对这个尴尬的局面，她又重新盘算起来：要不所有的投资都自己出吧，自己有100多万，也能够修起两幢房子，自己投资后，再把这个投资按股份平均分配给村民们。

可是转念又一想，这样做也不好啊！自己一个人投资，这跟政府资助有什么区别呢？如果村民们没有感受到压力，他们怎么同心协力来经营管理这个项目？

德吉旺姆明白，在不少人心中有着这样的定式，凡是政府资助的项目，都缺乏主人翁精神：赚了钱是我们的，亏了又没亏我们的，亏的是政府的投资，无所谓。

事实上，不少政府投资民生工程的项目，最终却并没有达到预期效果，这是主要原因。

几天之后，德吉旺姆又与村主任组织村民开了一次会，说自己虽然投资的比例会占到总投资的百分之七八十，但是自己无论投资多少钱，都只占30%的股份，然后每家每户出5000元钱，并平均分配65%的股份。因为这块地是村委会的，所以村委会占5%。

德吉旺姆强调说，除了每家每户出5000元钱，其余的投资，虽不敢说能够百分之百地由自己马上解决，但无论差多少，自己都将尽最大的努力出这些钱。当然，如果自己实在筹不到钱的话，那也没有办法，只能筹到多少钱，便做多大规模。

她同时强调说，我们不要想政府给我们投资多少钱，或者我们不要政府给我们投钱，我们凭自己的资金来开发这个项目就可以了，因为我们自己投资才有压力，不努力经营不行。

会上，有一些家里有钱的人便想多投资一些，以便能够多占一些股份，到时多分一些红。但是德吉旺姆表示了反对，再次强调自己做这个项目的目的是让全村人平均得利，共同致富。

于是这些家里有钱想多投资多占股份的人便有意见了："那你为啥要占30%的股份呢？"

"毕竟我的投资要占总投资的70%—80%，而且是我的全部家当。如果你觉得不公平，那你也可以拿出占总投资70%—80%的钱来投进去，然后你占总股份的30%。而我出5000元钱，跟大家伙一起平分那65%的股份。"

德吉旺姆的话令那些人哑口无言。

德吉旺姆的提议，得到了大多数人的赞同。

这个时候村主任西络说话了："如果按投资金额所占比例来分配股份的话，德吉旺姆的投资金额能占到总投资的80%。也就是说，投资的大头都是德吉旺姆一个人出的，但她却只愿占30%的股份，大家还有意见的话就说不过去了。大家可以设想一下：她如果真想赚钱的话，去哪儿都能赚，为什么一定要回村来投资做项目？她这样牺牲自己的利益，就是为了带领全村人走出贫穷，走向小康。我觉得她很伟大！"

西络在村民心中很有威望，而且他所说都是实情，于是那些有意见的人也便彻底平静了。

这件事，就这样定下来了。

阴霾与自私，终于被公义刷新，人心的柔软，覆盖了情谊涣散冰冻的吞白村。

阻 厄

近抱一江水，远望两座峰。

冰山被劈开，春色逐人来。

2017年元月14号，寒气渐退的吞白村，藏家乐农庄项目开始启动，并开始了修路。

继而，在徐来的春风中，又开始建筑屋舍及场馆。

然而随着建筑工程的推进，100多万元投进去之后，却出现了资金缺口。

没办法，德吉旺姆只能自己想办法，筹措资金。她四处向生意朋友借钱，5万、6万、8万、10万……先后借了100多万。为了填补资金缺口，她将自己花28万多元刚买不久的凯美瑞轿车也折价14万元卖掉了。

2018年初，由于完全没有后续资金了，村民们自发地请求村主任组织大家开了一次会议，会议的内容是不能让德吉旺姆太辛苦地筹钱，要求按股增加投资，同时扩大项目规模，于是村民们的每股又从5000元增加到了25000元。

德吉旺姆感谢村民们对这个共同致富项目的支持。可是有三家贫困户哪出得起这么多钱呢？如果这样的话，自己的初心之梦便无法靠岸了。因而她决定自己出这笔钱，索性再次厚着脸皮去向朋友借了6万元钱，并将这笔钱用来为这三家贫困户代为投资。

貌似荒草连天，谁知光彩照人。

事实证明，德吉旺姆是很有眼光的。就在他们藏家乐农庄房子盖到一半的时候，一些企业纷至沓来。

为什么德吉旺姆坚定地要想做成这个项目，在自己的积蓄全部投进去还出现巨大资金缺口之时到处借钱筹措，其中一个重要原因就是，这些垂涎而来的企业，看中了吞白村得天独厚的地理位置，想将她正在修建藏家乐农庄的这块地买下来。

这些企业大多是央企，他们之前并没有发现一穷二白的吞白村还有这样一块宝地，当德吉旺姆的项目开始启动，相关建筑开始兴建之后，才蓦然发现，原来这个地方这么好。这哪是一块被荒草覆盖的乱石滩，这是一台天然的印钞机啊！

一个年轻女人在这里盖了这么大的房子，真有眼光！

一传十，十传百，来的企业越来越多了。他们带来大笔资金，想"种"在吞白村这块土地上，以便能使其变成无数倍的收获，使其能变成源源不断的资金泉水。

穷乡僻壤变成了香饽饽，这本来是一件令人欣喜的事。谁知钱来了，问题也来了。

由于陆陆续续有很多企业来打探这块地，想购买了自己开发，且开出了天价的购买费，于是村民们中便有人开始动摇了，想将这块地卖出去。因为如果将这块地卖掉的话，村民们马上就可以分红了。要知道这些觊觎此地的企业中，有一家企业愿意出资 2000 万元购买。

2000 万呀！这么多钱！

村民们算了一笔账，如果将这块地卖了的话，自己一下子就脱贫致富了。因为马上就能够分得几倍于自己在德吉旺姆倡导修建的藏家乐农庄上面的投资。

于是村民纷纷说，他们家要急用钱，所以还是将这块地卖了的好。

但是德吉旺姆却不同意这样做，她觉得这些急功近利的村民的这个想法很自私，也很可笑：他们每家每户在藏家乐农庄的投资方面只出了一点钱，而自己却出了 200 多万元钱，他们说卖掉这话当然挺轻松的，岂知这个项目，哪怕建筑过程中的一颗小小的钉子，都是她跑去买的，她倾注的感情太多，哪能说卖就卖呢？

"你们如果坚持要卖掉这块地的话，那卖掉这块地的钱要先将我的几百万投资还给我，剩下的钱全村村民再平分。"

德吉旺姆虽然口头上这样说，但其实她是坚决反对将这块地卖出去的。她这样强调的意思，无非是用激将法，让村民明白，如果这样操作的话，每人也分不了几个钱。

"这怎么可能？土地是村里的，每个人都只能占一份，所以企业买这块地的钱只能平分，不能搞特殊化。"

德吉旺姆没想到，自己一心为全村人脱贫致富着想，但关键的时候村民们却为了一己之利，毫不在乎她的生死，她不由得有些寒心。

不仅村民们希望将这块土地卖了，上级个别干部也有这个想法。

有一天，一个陪同一家大型企业的法人前来考察这片土地的干部对德吉旺姆说："你们在这里修了一些乱七八糟的什么东西？这么好的地方，这么好的观景点，你们这样乱盖乱建不是浪费资源吗？"

这位领导的话让德吉旺姆哭笑不得。虽然她没有辩解，毕竟人家是领导，辩解的话会被当成强词夺理，但是她心里却嘀咕开了：我们自筹资金，在自己村上的土地上盖房子，而且也找了权威设计单位，进行了严谨且科学的设计，怎么是乱盖乱建呢？

德吉旺姆不愿意卖这块地还有一个原因更重要：以前只要读了大学的藏族孩子，几乎都能考上公务员，或进城找到满意的工作。可是从来如此，并非每个藏族孩子都能考上大学，都能进城工作，他们考不上大学，或者读完大学之后在城里找不到满意的工作，或不适应在城里工作怎么办？我们这一代人是不是应该给他们留一些就业资源呢？

同时，这个藏家乐农庄项目也是一个很好的亲和剂。以前村里的各个家族之间经常为了一点鸡毛蒜皮之类的事，甚至几句话便发生斗殴，打得头破血流是常有的事，由个人冲突发展成家族争斗也是常有的事。但是自从有了这个项目之后，大家便团结了许多，毕竟这个项目是彼此共同的利益。因而，这个项目的存在不是很好吗？

再有，如果将这块地卖了，能够得到几倍于投资这个项目的一笔钱，可是有了这笔钱又能怎样啊？能将自己破旧漏风漏雨的房子重新翻修吗？而将这块地保住的话，那就相当于一颗经济种子，月月、年年都将会产生效益，那岂止是今后修建自家新房的事情那么简单？子子孙孙都会享受福泽啊！

最最尴尬的是，就在一些大型文化旅游企业对这块地虎视眈眈之时，德吉旺姆这个藏家乐农庄资金又出现了严重缺口：德吉旺姆投资了200多万元，村民们在追加投资后算下来，一共才300多万，还差几百万元。

而且，就算已经修得差不多的藏家乐农庄主体建筑可以暂停装修，但是施工单位的垫资不能一直拖欠吧？千里迢迢而来施工的建筑工人们的工资，总得支付吧？

这可咋办？

资源是资本，是财富，更是生产力。

为了让山南市乃东区结巴乡格桑村有更多的土地，白伟伟也在殚精竭虑夙兴夜寐地奋斗。

他请相关人才到村里进行了测绘，发现村里的戈壁只要平整之后，便能弄出2000多亩可以耕种的土地，这可是好资源啊！

为了使这个规划变成现实，他认认真真地做了可行性报告，并得到了广大村民的积极支持。之后，他发现乃东区财政局院子里有一辆停放未用的装载机，简直心花怒放：有装载机来打理平整戈壁，岂不比人工打理平整要事半功倍？

他又开始了游说与奔波，像春风缠绕大地，通过他的努力，最终免费借来了这辆装载机。

村民投劳，有机械化协作，这个项目很快便实施起来。

看到这片即将"开垦"成功的 2000 多亩土地，村民们垂涎欲滴，这时白伟伟说话了：这片土地每个村民都有份，因为今后靠这片土地赚的钱，归村集体所有，用于改善民生。

村民们干得更起劲了。

荒废了千年万年、被戈壁垄断的土地，在白伟伟的领导之下，在格桑村村民的齐心协力开掘之下，正在焕发出青春的活力。而白伟伟自己的春天，却在一步步默默地离他而去。

这事，令他的家人非常着急。

家里人一直催白伟伟结婚，并给他在吕梁老家介绍了一个女朋友，但忙于格桑村脱贫攻坚工作、忙于戈壁滩变良田工作的他，却一直抽不出时间回老家相亲。

"你都 32 岁了，还不结婚，连亲都不相，你怎么这么不懂事呀？"

有一天，在老家给白伟伟打电话的父亲冒火了。

"你说说，我们村里跟你同龄的还有谁没结婚呢？只有你一个人了啊！你同学的孩子都好几个了呀！你比他们差吗？你为啥不肯相亲，不肯结婚？你就不怕村里人嘲笑你父母的老脸吗？"

"爸爸，我现在是脱贫攻坚的驻村干部，任务重得很，哪有时间相亲呀？再等等吧！再说，这是啥时代了呀？32 岁没结婚的人也不少呢。"

"我不跟你说这么多，你要是还认我这个父亲的话，你今年就必须回来相亲！"父亲下命令了，"就算你等得起，人家姑娘能等得起吗？你这样做，我们如何对人家姑娘，对姑娘的父母交代？"

"好吧！好吧！爸爸，我利用今年年假回山西相亲吧！"

"反正就这么说定了！你不回来，看我怎么收拾你！"

脱贫攻坚的任务很重，父亲的话又不能不听，孝顺的白伟伟只能认真考虑这件事了，他决定利用2017年年底休年假的时间回老家相亲，同时把农村的房子装修装修。

虽然平时很忙，其实好几年没有回过山西老家的白伟伟，何尝不想念父母？不想念家乡？不想念家乡的亲人？不渴望拥有一个温馨的小家？不渴望与爱自己的人夜夜缠绵？不渴望有自己可爱的小宝贝绕膝？

人非草木，孰能无情？

夜深人静，思念家乡，思念亲人的他，脑海中总会潮涌起对故乡的无限牵挂。

甚至，情难自抑之时，会将手机里的家乡歌曲翻出来，放给自己听。

> 杏花村里开杏花
> 儿女正当好年华
> 男儿不怕千般苦
> 女儿能绣万种花
> 人有那志气永不老
> 你看那白发的婆婆
> 挺起那腰板也像十七八

其中放得最多的就是这首《人说山西好风光》。

不过，再想念、再渴望、再情难自抑，他也都是理智的，有所取舍的：对家乡亲人的思念，细想起来，那只能算是儿女情长，而脱贫攻坚，才是大气大义之事。我是吕梁人，有着光荣的革命传统，"男儿不怕千般苦，女儿能绣万种花"。自己全身心地投入到脱贫攻坚的事业之中，这也是吕梁精神的传承。

父母催得急，认真想想，这当然也是人生美好的事。

白伟伟感觉自己人生中美好的事，更应包括格桑村这2000多亩从戈壁中开垦出的、就要完工的土地。

2017年年底两桩美事即将顺利呈现，太棒了！

然而，当格桑村2000多亩戈壁中的土地刚刚完成开垦之时，决定利用年假动身回山西探亲的白伟伟，却累得病倒了。

这世间最能焕发生机的是什么？是金钱，是权利，还是地位？

是真爱，是挚情，是水土，是与阳光同行！

九、与阳光同行

虽然每走一步,困难都如影随形,堆砌在道路上的,还有寒冷的叠嶂,但是阳光一直在天空传递力量,阳光也一直在内心灿烂。

理想终会插上轻盈的翅膀,飞过关山。

浇 灌

出现问题不可怕,可怕的是没有解决问题的能力。

事业成功者,几乎都执着于这种人生哲学,且不辍前行。

正所谓"亦余心之所善兮,虽九死其犹未悔"。

跟德吉旺姆、索朗多布杰、白伟伟、周伟等人一样,次仁曲珍与高永乾也是实干家,出现问题就解决问题,在自己能力范围之内,绝不让问题堆积。

次仁曲珍与高永乾夫妻的爱情故事与奋斗故事感动了很多人,他们为使故乡的贫困乡亲脱贫的本心,也赢来了喝彩和帮助。

然而好的项目还需春风化雨。

对一片干涸的土地来说,最需要的不是讴歌,而是甘霖,而是雨露。

甘霖,能让贫穷的土地开出富裕的花;雨露,能使富有的土地结下智慧的果。

花朵,需有春天的温暖;果实,需要成长的过程。当次仁曲珍与高永乾遇到困难的时候,达孜区政府出手了。

高原贫瘠土地上种植业的绿洲模式开启之前，这是多情而又至关重要的浇灌。

达孜有"虎峰"之称，可见达孜区的自然条件有多恶劣，生态环境有多脆弱，这里是闻名全国的深度贫困地区，脱贫攻坚任务极其艰巨。

而唐嘎乡则属于达孜区偏远乡，人口多，没有任何产业依托，以前生活在这里的人们完全是靠种植业和上级的扶贫项目资助为生的。

之前，唐嘎乡依旧延续过去的传统养殖项目，在发展中摸着石头过河，寻找投资方、管理人才，以及市场等，都是横亘于眼前的难题。

自精准扶贫工作开展之后，唐嘎乡改变了工作方式，专门组建了扶贫专班，为每村安排一个包村科级领导，统揽各村扶贫工作，实行包村领导干部负责制。做到整齐划一，统一部署，牢牢树立"一盘棋"思想，成立了扶贫"六脱"专项小组，小组成员会聚精兵强将。不断加强队伍建设，及时将能干、善干、敢干的干部调整到扶贫一线，并将优秀大学生吸纳入扶贫队伍，因地制宜，多措并举，形成合力，共同攻坚。

同时努力争取到援藏基金和扶贫产业项目——1700万元的奶牛场项目，并引入达孜区内有实力的企业，将农牧民的牲畜集中起来饲养。

建立了饲养场，就需要饲料，唐嘎乡依托耕地面积大的优势，扶贫干部们引导种植大户与奶牛场建立合作，鼓励种植饲草，实现经济发展与脱贫致富双重目标。

这其实是一个很难的工作。因为农民们的传统观念是这样的：我的土地种青稞种小麦种土豆可以吃，我种饲草卖不掉怎么办？难道我吃饲草吗？

因而村民们并不愿意流转土地。

为了让村民转变观念，让先进的耕种技术开花结果，扶贫干部挨家挨户去解释沟通，在村民们冻土般的心里耕耘，一次不行就两次，直到相信并愿意为止。

扶贫工作，亦如队伍行进，得有先行者，或者引路人。达孜区在找准扶贫对象后，充分利用"能人"的能量及影响力，把"能人"作为扶贫的主力军之一，"先富带后富"。

人生少不了弯路，脱贫亦需导师。让"能人"引路，使故步自封的内心长出飞向夙愿的翅膀，不失为脱贫攻坚的一种很好的扶贫措施。

次仁曲珍与高永乾夫妻就是这样的"能人"。他们弃城市回到山野，回到这片贫瘠的土地，主动投身种植业，带动村民脱贫，这是极好的事，因而应予积极支持：

达孜区政府不仅连片规模流转2200亩土地给达孜区麦之穗农业种植农民专业合作社，以扩大种植，在他们资金出现严重困难之时，又投资560万元扶持他们，帮其建设10座现代化大棚和60栋拱棚。同时，又免费给他们提供二十几个品种的良种蔬菜。

有这么宽的土地，如果单纯用人工耕种的话，效率会很低，因而，达孜区政府又通过农机购置补贴政策，为他们配备了两台农用拖拉机、一辆净土蔬菜直销车。同时，拉萨市农牧局也投入

59万元，给他们捐助了一台收割机。

大门为次仁曲珍及高永乾而开。但这道大门其实又是一扇窗，窗的后面，是广阔的群众的利益，是当地百姓未来美好的幸福生活。

窗后的世界，是能望得见的美好图景，是智慧的人们情感的方向。为了支持这破旧立新的夫妻俩，中国科学院西藏研究所，以及中国农业科学院西藏研究所，也主动出击，积极帮助他们，派来6名技术员，优化种植技术，同时对现有土地的土质进行改良。

土地是生存之本，它最直接地与人类的苦乐相伴。改良土质，就是改变苦乐的比例，改大幸福的指数，加深美好的程度。

就这样，经过反复尝试，一次次发现问题、解决问题，不懈努力，终于让远道而来的蔬菜种子在唐嘎的土地上，在高冷的拉萨河畔，在关怀的海拔高度安了家。

这不是短暂的驿站，而是其生命的彼岸。

如花美眷，冷暖相伴，惺惺相惜，开枝散叶……

心血到处，有了令人惊奇的结晶。

白菜、西芹、西红柿、茄子、南瓜、黄瓜、辣椒……

各种蔬菜在雪原中傲然挺立的大棚里，在政府部门、农业专家、次仁曲珍与高永乾夫妻，以及转换观念的当地群众的精心呵护下，生机盎然地生长着，使这片古老的土地的冬天，焕发出了郁郁葱葱的春天之色。

希望在燃烧，热血在澎湃。

寒冬大棚里蔬菜们的春天，也就是次仁曲珍与高永乾夫妻脸上的春天。

他们的心花开了,芬芳荡漾的,还有绵延的光芒。

随之而来的,就是经过了纠结、焦灼、苦挨、望眼欲穿、折磨的,唐嘎乡穷达村乡亲们脸上的春天。

在春色之外的,还有抑制不住的心动和异口同声的艳羡。

耳听为虚,眼见为实,榜样的力量是无穷的。从那以后,越来越多的当地群众主动提出要将自己的土地流转到达孜区麦之穗农业种植农民专业合作社。彩旗飘飘,江山多娇,达孜区麦之穗农业种植农民专业合作社的发展实现了质的飞跃。

德吉旺姆又是怎么渡过难关的呢?

德吉旺姆不同意卖地,这块地便卖不成。虽然村民们有着不同意见,但还是十分尊重她的决定。之所以如此,一是她毕竟在这个项目上投入了血本,有发言权,二是她很受村民们喜欢。

在淳朴而又古老的村落里,真诚、热情、善良是最受欢迎的品质。

村民们喜欢德吉旺姆不仅因为她漂亮,因为她从小便懂事,还因为他们一家都受人尊敬,是公平、正义的象征。

如太阳的光芒,明亮温暖,直射大地。德吉旺姆的父亲才让去世前曾是村长,处事公平公正,而且大公无私,很受村民敬重。

如月亮清辉,温柔静谧,却又无限美好。德吉旺姆的母亲布鲁在吞白村,也因淳厚纯良佛口慈心而很有威望,是受人尊敬的民事纠纷调解人。很多村民解决不了的问题,都会请她出面解决，她的谆谆话语，总如和煦清风，能让浮躁的心灵变得宁静，化干戈为玉帛。

好人亦如光芒烛照，虽珠玉不能比。德吉旺姆的大哥白玛仁增就是这样的人，他去世前也是村主任，殚精竭虑地为村民办事，但这个一心为民的基层干部，却最终倒在了工作岗位之上，如蜡烛一般，留下了燃烧自己照亮别人的温度。

耳濡目染这样的家庭氛围，德吉旺姆做生意以后，也时常给一些经济困难的村民资助，把自己当成吞白村每个村民的家人。

爱的播种，是情感的收获。爱的播种，也是美与德的修行。

初　心

把困难关在心里，把热情留在脸上。

她总是如早晨的阳光，潮湿而又温暖。

在米林县城里做生意，尤其是在林芝市做生意后，德吉旺姆便被人们亲切地笑称"吞白村驻林芝办事处主任"。原因是吞白村村民只要到林芝，无论是看医生、住院、购物，还是卖货、找工作、去远方……差不多都会找她，在她这儿"报到"。之所以如此，是因为他们在城里所办类似之事，无论大小，都会让她帮忙。

美不美，乡中水。亲不亲，故乡人。无论是哪个村民来找德吉旺姆，她都笑脸相迎，竭尽所能地提供帮助。

尽管这个阵容如同走马灯，络绎不绝。尽管会耽误她的很多事。

其实，"吞白村驻林芝办事处主任"这个比芝麻还小的官，是德吉旺姆时任村主任的大哥白玛仁增半开玩笑半认真地给她封的，而且要求她务必做好。

"你这不仅是在帮吞白村的村民，也在帮我们那被大家颂扬的已经去世的爸爸，帮我们慈祥仁爱备受大家喜欢的妈妈，更是在帮没多少本事，没能带领村民走出贫困的我。因为吞白村村民能够过得好，是我们的心愿。"

白玛仁增曾不止一次这样对德吉旺姆强调。

"大哥，我知道的，您放心！这同样也是我的心愿啊！我会好好办好您交代的事情的，会把这个不拿一分钱的'主任'当好！"

来者不拒，宾至如归，自然"顾客"盈门。

村民如果到林芝，除了情不自禁地会去找热情的德吉旺姆帮忙，有时候白玛仁增还会主动要求到林芝办事的村民去找德吉旺姆帮忙。尤其是家里贫困的村民。

对这样的村民，白玛仁增会特地给德吉旺姆打电话，强调一定要好好接待，不能让这些村民自尊心受伤害。如果村民到林芝后差钱的话，白玛仁增还要求德吉旺姆代为支付，或者代为垫付。

中国人的名字，似乎与其命运有着某种冥冥之中未知的关联。虽然这未必有科学依据，但至少一部分人的名字是这样的，也可以这样解读。

德吉旺姆的"德吉"，在藏语里是"幸福"的意思，而"旺姆"在藏语里是"拥有权贵的女人"的意思，也有"仙女"的意思。在吞白村村民心中，他们在跟德吉旺姆接触的过程中，不仅能够感受到德吉旺姆的威望之"权"，享受到德吉旺姆待之的殊人之"贵"，更能感受到德吉旺姆如同仙女般带给他们的"幸福"。

德吉旺姆除了给村民们"幸福"的温暖，以及"权贵"的享受，有时候，她甚至被视为救命恩人。

2010年夏天，村民益西曲培的妻子多吉因为难产而被送到林芝抢救，德吉旺姆见到多吉已经水肿得严重变形的样子，且得知益西曲培身上无钱之后，便连忙为多吉挂号，交钱，找关系让她尽快住下院。

中国的好医院永远人山人海，要在极短的时间之内办妥这一切，其实并不容易。

然而，当多吉终于住进医院，一身是汗的德吉旺姆刚打算休息一下的时候，却发现益西曲培与多吉的随身物品除了一只碗以及半碗糌粑粉，别的什么也没有。

"你们只带了这点东西？"

她问益西曲培。

"只有这点东西可带，要买东西身上又没钱，我也很着急。"

益西曲培嗫嚅着说。

我的天啊，这样也敢住院！

但这只是德吉旺姆心里的感叹，她并没有说出来，表情上更没有表现出惊讶。沉默了两秒之后，她微笑着对益西曲培说："大哥，没关系的，您好好照顾多吉姐姐吧，这里需要的东西等不得的，我马上去给你们买。"

说完，她便即刻离开医院，去商场买盆子、温水瓶、香皂、碗筷，拖鞋……

孩子出生后，德吉旺姆又赶忙去给孩子买衣服、买尿不湿、买奶粉。

益西曲培夫妻不知道住院要花钱吗？

不是！是他们家里穷，是贫困户，实在没钱。

多吉宫口出血、身体水肿、生不下孩子之时，益西曲培夫妻俩从米林县到林芝市抢救，也是白玛仁增帮忙租的车。

知道他们没钱，因而在送走他们之后，白玛仁增又急忙给德吉旺姆打电话，要求德吉旺姆为他们夫妻付钱。虽然后来民政部门报销了多吉住院期间的医药费，但是他们夫妻住院期间吃的、用的、小孩的衣服，以及其他开销，都是德吉旺姆出的。

孩子终于出生了，多吉也得救了。这让心弦紧绷的德吉旺姆终于舒了一口气。

之后，她又帮忙为益西曲培夫妻的孩子跑出生证，上户口。由于出生证要填孩子的名字，当她问益西曲培夫妻给孩子取的什么名字时，夫妻俩感激地对她说："妹妹，这个小孩是您救的，小孩的名字就请您来取吧，好吗？"

虽然几次推辞，但益西曲培夫妻却始终坚持，德吉旺姆只好恭敬不如从命。

这让德吉旺姆很感动，这是一种无价的感恩，一种神圣的信任。她仔细思考之后，给这个还未出生便遭受磨难的小孩取名为洛桑次仁。"洛桑"是"思想纯洁内心善良"的意思，"次仁"是"长寿"的意思，希望这个孩子能够成为一个善良而长寿的人。

这其实不是德吉旺姆家第一次帮助多吉。

多吉命运多舛，父母早逝，跟年迈的奶奶生活，成长的过程饥一顿饱一顿，如一株风雨飘摇的野草，受了不少磨难。好不容易长大，应该可以自食其力了，谁知在还未出嫁之时，眼睛又生了病，流脓流血，甚是可怜。

由于奶奶拿不出钱来给她医治眼睛，纵然黑夜淹没了她的世界，她也只能痛苦地忍着。

慈良的人，不仅老吾老以及人之老，而且幼吾幼以及人之幼。多吉的痛楚，如利刃刺痛着一个人的心，这个人就是德吉旺姆的母亲布鲁。她要通过自己的努力，为多吉留住阳光明媚的世界。

这位自己也有病在身的老人，自此像待自己亲闺女一样关心多吉，带着多吉到处去要钱，并为多吉找相关的单位申请医药费资助。

善良如甘露，打动着一颗又一颗干涸的心，村民们纷纷伸出援助之手。

布鲁的善举，也感动了派镇的书记多布杰——他既以个人的形式，又以组织的形式，参与到了为多吉筹集医治眼睛善款的行动中来，并最终通过民政局，为之申请到了一笔施行眼睛手术的专项费用，使其恢复了光明。

多吉住院期间，布鲁不仅照顾多吉，那段时间的吃住等费用，老人也全部包干。

……

德吉旺姆这一大家子，在吞白村就是光明、正气的象征，因而他们在村民心中有着极高的威望。毕竟感恩图报的人还是占多数。

见卖不卖地的关键拍板人是德吉旺姆之后，便有觊觎吞白村这块宝地的企业人士对德吉旺姆说起了"悄悄话"："如果你愿意卖地,只要你开口说个数就成。"

"我不明白你的意思。"

"意思其实很简单,如果你同意卖这个地块的话,除了这块地的阳光金额外,还可以给你300万元顾问费。"

这是赤裸裸的行贿呀!

这么大的诱惑,确实让德吉旺姆有些动心,300万呀!300万什么事都可以做的。

但是她并没有马上答应下来,而是说:"让我想想吧,我明天答复你们。"

那个晚上,德吉旺姆一夜未眠,想了很多,思想激烈斗争的过程很痛苦。不过,最终她还是想明白了:自己确实是为了让村民们脱贫致富才来开发这个藏家乐农庄项目的,如果自己半途而废将之卖了,且还从中吃黑钱的话,这不仅有违自己的初心,又如何对得起父亲、母亲和大哥这样一心为公的人?

而且,假如这块地卖给外来的企业做旅游的话,他们一定会在雅鲁藏布江边设置疯狂揽金钓鱼景点。因为雅鲁藏布江里鱼很多,而且没有任何污染。在修建藏家乐农庄之时,便有不少来自内地的建筑工人去雅鲁藏布江里打鱼来吃。那时德吉旺姆便对他们说:"你们要吃雅鲁藏布江的鱼没问题,但吃多少才打多少,不能将这些鱼打来卖,因为如果打来卖的话,则杀生得太多了。"

除了担心杀生太多,德吉旺姆还担心在雅鲁藏布江里无休止地钓鱼、打鱼,会破坏雅鲁藏布江的生态,以及吞白村的天然环境。

吞白村这块地不卖的话,则不会出现这种情况——藏族是不杀生的。同时，经营管理权在本村，也不允许外来人士去雅鲁藏布江里疯狂打鱼。

这块地不能卖！

留着才能身临其境，有风景有生活。而卖掉，则是置之于枯萎，美好只能自此成传说。

锦上添花

黑暗深处徘徊,终于找到了方向,梦想有了抽穗拔节的气象。

虽然一夜没睡,但想明白了自己应该怎么做的德吉旺姆却精神焕发,立场异常坚定。

第二天天一亮,她又将自己所遇到的选择题告诉给了母亲布鲁。

"德吉旺姆,你做得对!妈妈支持你!"

布鲁虽然只是一个普通的藏族妇女,却深知集体、国家利益的重要性,因而心里十分正直的她想也没想便对德吉旺姆说:"这块地不能卖,这个钱更不能要!差钱没关系,可以向政府汇报一下眼前的困境,看政府能否帮扶一把。但是即便政府不支持,这个项目只能做这么大,这笔钱也不能要。钱不是万能的!"

"妈妈,你说得对!我再向政府反映反映,请政府支持这个项目,断了那些想要这块地的企业的想法。"

政府是干吗的?政府是为人民谋幸福的!何况,让吞白村的贫困户脱离贫困奔向小康,这是政治任务。吞白村有不少村民处于贫困线之下，如何对他们进行脱贫攻坚？利用其本村资源致富是最佳选择。通过能人来带动大家脱贫，这也是脱贫攻坚有力的措施之一。

政府十分肯定吞白村这个藏家乐农庄项目，也愿意拨款以解此项目出现资金缺口的燃眉之急。却觉得吞白村村委会所占的股权比例太少了，建议吞白村村委会所占比例应该达到15%。

这真是太好了！也考虑得太周全了！

于是德吉旺姆把自己所占30%的股权中拿出5%给村委会；其他村民将所占65%的股权中的5%拿出来给村委会。

经过重新分配之后，吞白村藏家乐农庄的股权比例如下：德吉旺姆占25%，除德吉旺姆外其他村民占60%，村委会占15%。

新的股权比例确定以后，政府部门作为扶贫补贴，拿出了450万元用于此项目的后续建设，一下子就解决了资金缺口。当所有建筑工程、装饰装修工程都完工之后，除了德吉旺姆，村里每家每户的投资也变成了26100元。

曾经，德吉旺姆没想过要政府出钱，也没想过政府能够出多少钱，但是在最关键的时候，政府的脱贫攻坚政策却这么给力，令她感动不已。

2018年3月27日，总投资897万元、取名"公尊德姆农庄"的藏家乐开业了。

自从开业以后，村民们便齐心协力，没有一个反对的声音，一个村子也真正成了一个温暖的大家庭。

公尊德姆农庄的效益还是可以的，从开业到2019年10月1日，由德吉旺姆和村民们投资的本钱基本上就赚回来了。其中

2018年赚了100多万，2019年赚了200多万。本钱赚回来之后，赚的钱就是净利润了，可以分红了。

还没有分红的时候，是不是贫困户的贫困状况就没有得到改善呢？

其实不是！

自公尊德姆农庄开始营业之后，家庭贫困的村民就开始享受红利，改善生活质量了。

德吉旺姆为此进行了细致的安排。这主要表现在以下几个方面：

可以到农庄打工挣钱。旅游淡季每天有20多人服务于公尊德姆农庄，旅游旺季在这里上班的人更多。

因为公尊德姆农庄是吞白村村民自己的，德吉旺姆给在农庄打工的贫困村民开出的工资比较高，4000多，5000多，6000多，且是月薪制。而如果村民们到隔壁索松村去打工的话，则是干一天拿150元钱，干一天活算一天工资。

公尊德姆农庄的大门需要一位保安值守，村里有7个贫困户，德吉旺姆便让这7个贫困户家里各出一位老人轮流值班，一个月工资3000元，包吃包住。

除此之外，她又在雅鲁藏布江江滩上设置了一个射箭的收费娱乐项目，收益不纳入农庄财务账户，而由贫困户独立经营，收入只归贫困户所有。

"自关而东谓之矢，关西曰箭。"从历史的羊肠小道中穿过风雨而来的工布响箭，是林芝独有的一种箭，在无数次的洗礼与升华中变得很出名。

林芝在吐蕃时期称为工布地区，范围包括今林芝、工布江达及米林等县。这个有着丰富自然资源的谷地培育出了林芝独特的历史、文化和经济。

工布响箭是工布文化中极具特色的传统产品。这种箭射出去之后能发出鹰啸长空般的响声。之所以会响，是因为箭头是木质圆锥体，周边有四个小洞，箭在空中快速飞行时空气穿洞而过，摩擦出连续的声音。

林芝森林植被丰富，各种野兽出没，最初它被普遍地认为是未开化的蛮荒之地，非流放与逃难者不往，其中很大原因就在于野兽太多，生活在这里的古人生死堪忧，时被野兽偷袭，命丧兽口。

人猎野兽，野兽猎人，二者互为食物。这种生死堪忧的人兽混战直到响箭诞生之后，才得以改观，人类才得以安宁。这种有响声的箭，即使一时没有射中野兽，但其响声通常与野兽的死亡联系在一起，也会威慑野兽，使其不敢靠近。

这种响箭尤其在夜晚很管用，犹如燃烧的火一样起着保护神的作用。因为夜色深沉，人类要射中偷袭自己的野兽很难，但随意性地射出一支响箭之后，箭的响声便会吓得野兽条件反射地落荒而逃，从而保住片刻的安宁。

其实位于雅鲁藏布江河套和雅鲁藏布江中游三大河谷之一的尼洋河谷一带的工布地区，有着优越的农耕和居住条件，以及丰富的森林及铁矿资源，是一片难得的富庶之地。这当然是后话，但这种有特色的、曾经被当地人祖先作为食物获取的重要工具以及保护神角色的箭，就一代代地传承了下来。因为这种箭与其他地方的箭有明显的区别，故而被其他地区的人们称为工布响箭。

工布响箭是神圣的，又是神奇的、传奇的。当工布地区的人们开始以农耕为主之后，射出响箭的娱乐性便大于了实用性。工布响箭不仅是射箭者的活动，更是大家共同的游戏，响箭离弦，发出空灵悦耳的响声，如雄鹰飞过天际，豪迈又威猛。

人们的目光随箭而行，每当呼啸声戛然而止，大家就可以看到几十米开外的靶心是不是被射中了。若有人射中，一同观看的人就载歌载舞庆祝一番。

嘉庆如斯，因此庆丰收、迎新年都少不了它。

不过，随着时代的进步，工布响箭的名气也落上了时间的尘埃，且在文明的进步中呈现衰败之势。

为了传承这一工布文化，留住时间深处的乡愁，同时为了让游客体验射击响箭的乐趣，感受工布的历史，更为了吞白村的贫困家庭能够及时得到经济收入，公尊德姆农庄特地设立了这样一个游乐项目：如愿尝试，花 10 元钱，就可以连射五箭。

靶子、箭、弓，以及场地等设施全由公尊德姆农庄备好，让 7 户贫困户外加 3 户家境比贫困户略好，却又比其他村民条件要差，且家中有老人病人的家庭，共 10 户轮流值守，所有收益归值守的人，生意好时，一天能收获 1000 多元钱。

德吉旺姆曾算了一笔账，从 2019 年 3 月到 2019 年 8 月的 5 个月时间之内，这 10 户人家仅这一项的收入就有 18000 元，也就是说每户每月有 3600 元的收入。这个收入，实际上便让这些贫困户脱贫了。

不过，在帮助乡亲们脱贫致富的过程中，德吉旺姆也遇到一些哭笑不得的事情。

公尊德姆农庄刚开张的时候，村民们还觉得挺新鲜的，但没干两天，就有不少村民受不了了，对德吉旺姆发牢骚，说他们很累，洗碗洗久了，腰痛；手泡在水里久了，皮肤泡软了，难看；洗床单被套也累，说洗衣粉伤手；打扫卫生说气味太大，不想服侍人；扫地拖地，怎么也弄不干净不说，还反问弄那么干净干啥……

这世间哪有不劳而获的美事？怕吃苦，却又不愿意改变自己，你就得一直吃苦！怕吃苦，你又如何摆脱贫困？

在企业上班，相比于放牧，以及农闲时待在家里或者闲逛来说，肯定是不一样的。因为上班得有上班的样子，上班得有上班的要求。这里有纪律管束，有时间限制，有必需的礼仪，有热情的态度……

德吉旺姆为此感到很头痛，也是创业之初始料不及的问题。

你什么都不愿意干，也干不好，你所挣的钱从哪儿来？我不可能白给你发工资吧？

就算我能够忍受你这种工作态度，给你发工资，其他认真干工作的人受得了吗？其他股东受得了吗？

如果农庄没有管理好，游客没有得到舒心的享受，肯定就会传播出去，自己绝不会再来，这也会影响收益呀。

就算你啥也不干我都给你发工资，可是这工资是从企业的收益里来的，如果企业没有收益，我拿什么给你发工资？

德吉旺姆突然明白，要改变贫困村民的生存状态，首先得改变这些贫困村民的生活态度才行。不然，你让他弯腰捡钱，他都会嫌累。

  分析原因之后,德吉旺姆觉得,这或许也是国家的扶贫政策太好引起的。因为国家除了月月给贫困户钱、粮、油,对贫困户连电视机、冰箱、洗衣机都会配送,福利太好,就使不少人因此变成了懒人,觉得自己即便什么都不做,躺着睡觉,躺着晒太阳都行,因为吃低保就可以不错地活着……

  又岂知,只有追求才能提升生活的品质?

摇风净更芬

这是给西藏自治区林芝地区又一次插上腾飞的翅膀。

这是林芝前进与发展的又一个春天。

2015年3月16日,国务院批准撤销林芝地区和林芝县,设立地级林芝市和林芝市巴宜区。2015年6月5日,巴宜区正式成立。

跟德吉旺姆一样,同在2016年,林芝市巴宜区百巴镇章巴村的索朗多布杰也配合国家行动,开始进行村民的脱贫攻坚行动,主动申请,与百巴镇党委、政府签订了《2016年度扶贫农发工作目标责任书》,帮扶本村精准扶贫户9户26人参与到藏家乐的经营活动中来,实现了每年人均现金收入10000余元,顺利完成了本村建档立卡贫困户的脱贫致富。

索朗多布杰参与扶贫事务的时间并非仅在2016年,实际上,自他开始经营藏家乐始,便有了这项自发的行动。而更早,是他开始贩运木材之后,只是当时他的周济不成体系。不过星星点点的善良,也是贫困暗夜中的风景。

后来,靠着勤劳与奋进,索朗多布杰成了远近闻名的致富能手,他的故乡之情,公益之心,更如莲花开放,在蓝蓝的天空下,焕发出美丽的光彩。

"自己富了,要还能带动大家富,才是真本事。"

这是索朗多布杰常说的一句话。

为解决群众富余劳动力就业,他从村民中安排60余人参与到藏家乐的经营中,并结合各自的特长进行业务培训,合理安排就业岗位。根据分工不同,这些村民每月每人可拿到2100—3000元不等的工资,藏家乐还为员工们提供有肉有菜的午饭,有效改善了这些村民员工的生活质量。

章巴村有贫困户9户,每家都安排了人到藏家乐上班,每个上班的人都至少有2400元的月薪,一定程度改变了贫困户家庭的贫困面貌。

索朗多布杰不仅帮助章巴村的贫困户,还帮助章巴村邻村的两户贫困户脱贫。

他对贫困户家庭说,我们村现在有藏家乐了,如果愿意来上班,我就会聘用。

在村里,尼玛一直跟索朗多布杰像兄弟一样。尼玛其实也挺勤劳,挺能干的。

尼玛家是边缘户。边缘户家庭就是家境比贫困户略好,比非贫户要差,介于贫困户与非贫困户之间的家庭。尼玛的老婆索朗卓玛身体有病,无法做农活,他们的两个小孩,一个在读大学,一个在读高中,家里全靠尼玛一个人干活、挣钱。然而2019年尼玛走路时不慎跌入沟里,将双腿摔伤,躺了几个月后,虽然腿伤有所好转,却再也无法干重活了。眼看着家里的经济状况一日不如一日，即将进入贫困户行列，于是索朗多布杰便安排他当了自己藏家乐的保安。

尼玛做保安后，每个月有2500元工资，这笔收入虽然不高，却在很大程度上缓解了他家的贫困面貌。

什么叫度日如年？曲珍对此的感受最为深刻。每每当寒风透过破败的墙体挤进屋里发出或尖细或轻叹的啸声，多像她内心凄惶的忧伤。

红颜自古多薄命，这本来是一个无稽的命题，却又一次落在了曲珍的身上。曲珍是带着两个孩子和一个老人生活的单亲母亲，不仅日子过得很困难，而且房子破旧、摇摇欲坠。最不幸的是，她又被查出身患癌症。蓝蓝的天空下，她的心里却阴郁无光，愁云惨淡，无人处，更有盈盈珠泪流。

面对这个缺少劳力的章巴村特困户，索朗多布杰看到眼里，痛在心里，急在行动上。

为了让曲珍家走出贫困的火坑和心灵的泥淖，他采取了多种帮扶措施：首先在自掏腰包，资助其4万多元的情况下，又通过不懈努力向各相关部门为之争取12万元对口资金，为其修建了新房。在房子建好之后，他又再次自掏腰包为其买了全套家具、家电。

索朗多布杰如此仗义，令曲珍十分感动。阳光是最正直的光明，但要照进每一个角落却并不容易。要知道，因为身为村副主任的索朗多布杰办事铁面无私，得罪过曲珍，曲珍也曾不止一次地说过索朗多布杰的坏话。

但是阳光始终是阳光，它不会因为你曾经咒骂过它而改变照射的角度。当索朗多布杰不计前嫌地帮助曲珍之后，曲珍彻底感动了，对索朗多布杰说："我以前错了，到处说你的坏话，更错了。我就快离开人世了，我的妈妈已经80多岁了，我的两个孩子又还不懂事，今后就托付给你了，请你多多照顾一下他们。"

索朗多布杰帮助的还不止尼玛和曲珍，章巴村家庭困难的他都帮助过。

村民白吉家生活困难，他自掏腰包1.6万元，资助其渡过难关。

村民加央盖房出现奖金缺口，他又自掏腰包资助1万元……

在章巴村藏家乐上班的村民有50多个，他们有的做保安，有的做服务员，有的做保洁，有的从事文艺演出……这些村民基本都是藏家乐正式营业之前章巴村的贫困人口，他们在章巴村藏家乐的务工收入，让家里脱了贫。

时间是古老的，天地始终是人类的父母；章巴村是古老的，山河始终是章巴村的父母。但古老的时间没有改变章巴村的贫困，古老的山河也没有改变章巴村的拮据。

改变贫困的是智慧，是能力，是善良，是科学，是索朗多布杰这样的"能手"，更是国家政策的光辉。

人们总习惯于有事时求菩萨保佑。这世间最灵验的菩萨其实并非全部来自遥远的时间与空间，有时候，他们也在我们身边。比如父母便是我们的活菩萨，只因显远不显近而常被忽略。比如不求回报帮助我们的善良的人，也是菩萨。

在帮助章巴村的村民们脱贫致富的同时，索朗多布杰心里也时时挂念着在自己饥饿的少年时代帮助过自己、关照过自己的旦增与妥炳寿一家。他认为旦增与妥炳寿就是自己的菩萨。因而他在忙碌的工作之余，打听起久未联系的他们的近况来。

这一打听，却令索朗多布杰懊恼不已，心痛不已。

这世间，没有什么人能追赶得上太阳，也没有什么人能够留得住时光。无论你多么有钱，也无论你多么有权。

在索朗多布杰昔年走南闯北忙忙碌碌地打拼之时，如水的岁月，已无情地冲逝了多少再也回不去的感恩。

心里一直赞颂他们，也为他们祈祷，但妥炳寿与旦增夫妻的命运却并不好。在这些年里，他们家遭遇了不少不幸。

首先是他们的大女儿得癫痫久治不愈去世了。接着他们的大儿子在拉木料的过程中，又不幸出车祸去世了。继而旦增的老母亲又因两个孙辈早逝，经受不住白发人送黑发人的残忍打击，郁郁而终，也去了天堂……

索朗多布杰一直想回报旦增及妥炳寿对自己的恩情，但那时自己都过得非常艰难，因而纵然有这样一颗感恩的心，却也没有这样的条件，只能寄希望于有朝一日有这个能力之后，自己再去付诸实施。

后来，当索朗多布杰通过跑货运挣到些钱想回报旦增与妥炳寿夫妇的时候，又得知他们在退休以后回妥炳寿在青海省西宁市的老家生活了。

最令索朗多布杰遗憾的是，当他费尽周折联系到旦增与妥炳寿夫妻在青海西宁的家的时候，却得知，旦增已经去世了。

唉，除了父母，曾经最关心自己的人去世了！这种痛无异于失去亲人般心的撕裂。

知恩图报的人的情感是有方向的，索朗多布杰想回报旦增的家人，但是旦增的儿子妥俊忠却总是说自己和父亲生活得不错，每次都婉言谢绝了他的好意。

一个要坚持，一个要拒绝。几次三番之后，妥俊忠对索朗多布杰说："我爸爸妈妈当年也没帮你什么，如果说他们对你比较好的话，那不过是他们内心善良的表现。而且，就算如此，其实他们并没有想过要得到你今天的什么回报。你现在想找机会回报我爸爸妈妈，知恩图报，其实也是一种善良的表现，我们继续在社会中弘扬这种善良就可以了。"

妥俊忠的话，令索朗多布杰感慨万千，又觉得所言极是。因而他愈发热衷于倾己之力，为章巴村的村民服务，尤其是帮助那些依然贫困的家庭。这也是当初才佳县长建议他在自己家乡投资搞旅游之时，他一口便答应下来的重要原因。

但是后来索朗多布杰通过进一步了解才得知，其实妥炳寿与妥俊忠父子的生活过得并不好。因为妥俊忠没有工作，妥炳寿的身体也不好。

明明自己的生活状态并不好，却还一次次婉言谢绝自己提供的帮助，并让自己帮助更需要帮助的人，这是什么人啊？怎么这么善良？这么有志气？

索朗多布杰心里既感动，更难受。他连忙给他们寄去了一些钱物，又千里迢迢赶往西宁，把妥炳寿父子俩请到林芝过藏历年。

……

这世间有两种风景，一种是静的风景，一种是动的风景。

静的风景是自然风景，动的风景是人文风景。

静的风景是大自然的造化。动的风景是人类的传承。

章巴村表面上是远离风景的。但其实藏家特点就是风景，因而章巴村远离的不过是静的自然风景。而藏家乐却是动的人文风景。

2017年10月，从林芝到拉萨的林拉高速公路全线通车以后，曲曲弯弯的国道318线传统的公路上车辆少了许多，但索朗多布杰的生意却并未受到影响。个中原因一是章巴村藏家乐已经成了品牌，二是章巴村藏家乐的人文风景特色显著，因而旅游团源源不断地来，在这里吃，在这里住，在这里看表演。

因为这里能给人一种宾至如归之感，那些只能沿着传统道路骑行的人，也喜欢来这里购买补给、休息，养精蓄锐以继续下一段旅程。

雪山的白，冰山的净，草原的绿，湖水的蓝，高山的巍峨，溪涧的深邃，沿海小镇的新，山地小镇的静，人造华美的"印象"，古老掉渣的"曲子"……

但凡游客，大多看过不少风景。

阅景无数，诱惑难求。

章巴村的藏家乐都有些什么特色呢？

游客们在这里可以欣赏到原汁原味的工布歌舞。

跟林芝市米林县吞白村藏家乐农庄的工布响箭一样，工布歌舞也是当地的特色歌舞。

在2008年以前，唱歌跳舞只是章巴村村民们的生活方式，当然，他们跳的是工布歌舞。

现在，这种落满时间尘垢的自娱自乐，如同富矿被发掘了出来，变成了村民们通向致富之路的高速公路。索朗多布杰从255名村民中精挑细选出20名能歌善舞的青年男女，组成了业余文艺演出队，由村里歌唱得最好的拉巴多吉出任队长，并编排了18个文艺节目。

虽然是原生态的乡村歌舞，但是档次却不低，可谓穿云裂石，嘹然动人。

这些歌舞如同一扇窗，能让游客看到雪山、草地、尼洋河的风光、逐草而居的藏家牧民生活、莺飞草长的春天景象、寒天霜地的蜡梅飘香……一歌一舞，一吟一唱，荡漾着酥油飘香的幸福，流淌着阳光明媚的欢乐。

不光游客觉得好看，2010年，这支业余文艺演出队还获得了林芝市第三届"爱我林芝、歌唱林芝、繁荣林芝"歌舞比赛（农牧民组）声乐金奖。

民族歌舞，当然得配民族服饰。

小伙姑娘们的演出服装很漂亮，配饰也很漂亮。但这不是时尚的服装及配饰，而是原生态的工布藏族服装。这些演员们身上的一条金腰带就要值四五千元。值钱的何止腰带？还有银项坠、手工编织的羊毛袍子、刺绣精美的锦缎礼服……

为了让服饰映衬工布歌舞的意韵，光配备这个业余文艺演出队的服装，章巴村藏家乐就花了36万元。

除了传承数千年的工布歌舞，章巴村藏家乐业余文艺演出队也不排斥包含现代元素的藏族音乐，也编排有适合时尚旅人欣赏的清新明快的歌舞。

这是另一种风格：在舞蹈队形的编排上，将工布歌舞与现代舞蹈巧妙融会，既弥补了民间藏舞略显单调的不足，又不失浓郁的藏族风情，有很强的观赏性。

当然，这里也有工布服饰可赏，模特们穿着工布服饰走秀，自己也可以穿着工布服饰留影。这里还有工布响箭可玩，在如鹰啸的声音中，追寻古代林芝的生存环境，感受古工布人的喜怒哀乐……

如果有兴趣，游人还可以住进工布风格的藏式民居，体验时光之远，聆听岁月之声。居藏民家，吃的、喝的都是林芝本地特色的餐饮，美味佳肴无一不是工布山珍。

虽然民族文化成了章巴村村民们的聚宝盆，但是与时俱进的管理必不可少。

为积极适应日益变化的市场环境，使章巴村藏家乐在经济高速发展的快车道上立于不败之地，索朗多布杰还通过调研走访、到外地取经、开设热线电话和设置"意见箱"等方式，征求广大游客的意见建议，并结合自身实际，借鉴好的做法和经验，不断创新自己的经营模式和经营理念。

章巴村藏家乐坚持来者都是客的朴素服务理念，不厚奢行，不薄简从。这里既有相对高档的酒店，每晚300多元；也有很实惠的旅舍，每晚100多元；最便宜的还有适合骑行者居住的15元钱一晚上的床位。

为何来者不拒？索朗多布杰认为，旅人出门在外，不仅要忍受水土之异对身体的搅扰,而且还要跋山涉水历险颠沛,所以能给之以家的温暖,便是最好的服务。

况且,对章巴村藏家乐来说,实际上只要有人愿意在这里住下,就有盈利。因为旅人只要住下了,就一定要吃饭,或者在藏家乐进行其他消费,为什么要厚此薄彼呢?盈利无所谓大小,只要不亏就行。

就这样,章巴村藏家乐每年能接待5万多游客。这对一个并非处在传统概念的风景之中的小山村来说,已经非常不错了。

通过自己的努力,章巴村的父老乡亲走出了苦寒的困厄,脱贫致富了,索朗多布杰很自豪。他觉得这是自己巨大的成就,也是自己巨大的幸福。

揽我入怀,不再流离,故乡恰若须弥。

如春阳灿烂,温暖乡亲,只因生他养他的这方天地,能许他澄澈的心灵。

十、澄澈的心灵

喜爱明朗澄澈的阳光，凌霜傲雪鲜艳夺目。
它代表着幸福吉祥，代表着美好情感。
格桑花，高原上生命力最顽强最美丽的花。
超尘拔俗，又食人间烟火，因而广受高原儿女的爱戴。

格桑花

土地都是一样的，不同的是气候和种子。

这就跟同一片土地既能出产英雄或伟人，也能出产懦夫与宵小一样。

章巴村古老的土地因索朗多布杰的奋斗和心血的倾注，工布歌舞在这里大放异彩。而琼达村古老的土地也因次仁曲珍及高永乾夫妻的新垦，而再见了"穷达"，焕发出腾达。穷达村也从此骄傲地更名为琼达村。

"琼"，既指美玉，又喻事物的美好，如《楚辞》中有"华酌既陈，有琼浆些"。

随着市场需求的变化，次仁曲珍与高永乾夫妻的麦之穗农业种植农民专业合作社，对自己的种植门类也不时进行着调整。面对高原地区长期以来传统种植业单一等一系列现实问题，他们紧盯绿色蔬菜的需求，按照"无公害种植"的现代化农业发展思路，除了大胆试种内地蔬菜等经济作物，改变蔬菜种植供销渠道不畅的现状以外，还开始了饲草饲料的种植，又与茅台集团合作酿造青稞酒。

几年来，达孜区麦之穗农业种植农民专业合作社通过种植技术改良和产业链条延伸等途径，经营范围不断拓宽、经营规模不断壮大、经济效益大幅增长，逐步形成了以青饲玉米、黑青稞、辣椒、大白菜、白萝卜等经济作物种植为主，大棚蔬菜和饲草种植为优的产业发展模式，合作社年创收从最初的30万元增长到如今的3000万元。

到目前为止，他们先后流转了7800亩土地进行大棚蔬菜、玉米以及饲草的种植，经济收入状况得到了明显改善，创造就业岗位180人次，带动建档立卡贫困人口500余人次。

村民们将自己的土地流转之后，光蔬菜基地，便有26人上班，年收入能够达到37000—38000元。因饲草基地存在季节性种植的问题，50多名临时工的工资平均也能达到15000—16000元。

除此以外，合作社每年还拿出30万元用来给村民分红，每人分红3000元，即便是残疾人、老年人，也都能够享受合作社的红利。以租赁当地群众和村集体用地的形式，累计带动本地群众和村集体实现增收近1000万元。

也就是说，村民们通过土地流转加入麦之穗农业种植农民专业合作社之后，每年的收入可以拿到三份：土地流转费用、务工工资和年底分红。而在他们未进行土地流转加入麦之穗农业种植农民专业合作社之前种青稞或麦子，一亩地的收入也就五六百块钱，这笔钱还不包括劳力投入，而现在光土地流转费用一亩地就能拿到900元，还能在家门口赚钱。

为了提升贫困群众的种植技能和致富本领，麦之穗农业种植农民专业合作社每年还开展3次种植技能培训,以帮助贫困户实现就近就业、稳定增收、尽早脱贫。

从一位普通农民,到成功的创业者,再到回家乡种植蔬菜、发展种植产业,次仁曲珍充分感受到了物质上的满足和精神上的快乐,她也有信心在自己创业的道路上走得更宽更远,并用心浇灌勤劳智慧之花,浇灌脱贫致富之花,浇灌民族团结之花,一步一个脚印地带领乡亲们走上了共同致富的道路。

格桑花,既喜爱明朗澄澈的阳光,又凌霜傲雪鲜艳夺目,是高原上生命力最顽强最美丽的花。它既代表着幸福吉祥,更代表着美好情感,超尘拔俗,又食人间烟火,因而广受高原儿女的爱戴。

次仁曲珍何尝不是这样的花?

在拉萨市达孜区唐嘎乡,回乡创业助力扶贫者,还不止次仁曲珍与高永乾夫妻,还有一些同样有爱心、有才能、有志向的人。

索郎扎西也是这样的有为青年。

索郎扎西曾是一名基层公务员,他在得知唐嘎乡实行科学种植之后小麦、青稞等农作物产量大幅提高,但农副产品的加工与销售能力却相对落后的状况后,便果断地辞去了旱涝保收,且会不断上升的职位,踏上了创业之路。

之后,他又借助达孜区创业孵化基地扶持,搭载"双创"平台,于2016年5月26日成立了拉萨卓索琪玛农产品开发有限公司,经营小麦面粉、菜籽油、糌粑等各种特色食品。

随着产品不断丰富,索郎扎西自己的财富不仅呈几何级增长,他们企业也吸纳了越来越多的贫困户群众成为员工。

让贫困的土地绽开富丽的花朵,让每一个村民唱出春风的和声。当贫困群众落满风霜的脸上渐生笑颜的时候,索郎扎西企业的口碑、企业产品的口碑、个人人品的口碑,也如他企业所生产的食品的美味一样到处传扬。

是的,一花独放不是春。百花齐放春满园。

在唐嘎乡,在距离琼达村不远的罗普村里,有一家名叫泰成乳业有限公司的养殖基地,该公司由达孜区净土产业投资开发有限公司和西藏泰成饭店共同投资成立,主要进行奶牛养殖和牦牛短期育肥,为市场供奶、供肉。

泰成乳业有限公司的副总经理马彦清是回族人,家族经营连锁清真餐厅,当唐嘎乡向外招商引资后,他便来到罗普村投资创建养殖基地。

泰成乳业有限公司的奶牛,是从青海翻山越岭而来的中国荷斯坦奶牛,存栏量600多头。

荷斯坦奶牛是老外,祖籍荷兰,与中国本土黄牛联姻的后代为中国荷斯坦奶牛,适应了中国的气候。该牛体格高大,结构匀称,皮薄骨细,皮下脂肪少,乳房特别庞大,乳静脉明显,年产奶量7000公斤以上。

泰成乳业有限公司能向拉萨市场提供品牌清真鲜纯牛奶2000吨,品牌系列酸奶1600吨,养殖基地年总产值达到1.2亿元。

拉萨市每年要消耗13万头牦牛,但这些牦牛主要从青海和甘肃运来。泰成乳业有限公司成立之后,其养殖基地有近万头牦牛不间断地进行短期育肥，这些被育肥的牦牛，处于温室之中，吃得好，喝得好，且不经风历雨，能在三到四个月就出栏，这样既可以给拉萨市场提供新鲜牛肉，也能一定程度降低牛肉价格。

泰成乳业有限公司不光自己赚钱，也有极强的社会责任感。该公司自成立始便将罗普村建档立卡的贫困户纳入扶贫任务，提供就业岗位10个，每人每月收入3500到4500元，同时还按照每人每年3000元的标准，给89户贫困户共348人分红，仅2016年和2017年两年，便共计发放了208.8万元的扶贫资金。

如今，琼达村与罗普村之间已经形成了产业链条，彼此间循环互助，互惠双赢。

因为罗普村泰成乳业有限公司的养殖基地要养奶牛、牦牛，就需要饲料饲草，琼达村麦之穗农业种植农民专业合作社生产的饲草正好可以为其提供。而泰成乳业有限公司的养殖基地奶牛与牦牛产生的粪便，通过干湿分离设备处理之后，则是饲草、粮食、瓜果蔬菜最好的肥料。这种彼此拥抱互为取暖的生态循环产业，既绿色环保，又相辅相成。

唐嘎乡目前已有四家企业，这四家企业产业的拓展仍在继续，以麦之穗农业种植农民专业合作社为试点，通过规划建设，又尝试着在其种植业的基础之上，增加观光休闲功能。

唐嘎乡也是黑颈鹤栖息地，有黑颈鹤保护区，这也是一个旅游亮点。麦之穗农业种植农民专业合作社则可以利用流转土地面积广阔、连片种植等特点，制造麦田怪圈以及进行其他艺术造型，打造成人工景观，吸引拉萨市区居民前来观光旅游，并享受采摘瓜果、参观蔬菜大棚、品尝特色食品等农家乐趣。

休闲旅游功能的增加，又将给当地百姓增加一份收入。

智志双扶是必由之路，只有"要我脱贫"变成了"我要脱贫"，贫困人口方能真正且长久地脱离贫困，走向小康。

在中科院、农科院的专家支持下，唐嘎乡先后有500余人次参加了玉米种植培训、蔬菜种植培训，同时还先后组织建档立卡贫困户参与挖掘机、饲草种植等技能培训，培训达300余人次。

2019年，西藏泰成乳业有限公司组织贫困户开展奶牛养殖培训100余人次，唐嘎原种藏鸡养殖有限公司开展藏鸡养殖培训100余人次……

从2016年至今，唐嘎乡百姓的收入来源，已从曾经的单一种地，发展成为青稞、饲草、生态旅游等多产业多渠道，因而贫困综合发生率从10.73%降至0.09%，贫困人口人均可支配收入从2855元增长到约13500元，脱贫人口已经实现"两不愁""三保障"目标。

颓败委顿的面貌渐渐远离，旧日阳光晒不暖的心，在今天时代的丹辉中明媚起来。

藏家乐了

阳光下汤汤流水畔的这片古老的土地，也曾有欢声或尖叫，欢声来自工布响箭的猎捕范围之内，而尖叫则是工布响箭忘记保护他们之外。

但现在的欢声与尖叫，却是脱贫攻坚政策下幸福突然而至的情感撞击，是行进在宽阔的国道上与全国人民同步的快慰惊叹。

自林芝市巴宜区百巴镇章巴村藏家乐农牧民专业合作社成立伊始，章巴村全村62户村民中，有58户参与藏家乐入股，入股资金从几百元到1000元不等，为感激群众的帮助，年底由章巴村藏家乐农牧民专业合作社按入股资金翻倍分红到户。

除了帮助村里贫困人口脱贫，每年在三大节日期间，索朗多布杰都会对村里的贫困母亲、三老人员、困难家庭进行慰问，慰问金额累计达30000余元。

与此同时，读书很少、在从事企业的经营管理之时深知知识重要性的他，还十分重视教育，累计向百巴镇中心小学捐款20000余元。

为了激励章巴村的青年学生积极进取奋发有为，他还制定锦上添花的奖励制度，只要本村学生考上大专，就给予3000奖金奖励；本村学生只要考上本科，就给予5000元奖金奖励；本村学生只要考上研究生，就给予8000元奖金奖励。

为及时兑现贫困户劳动后的收获，让汗水的辛咸调味美好的生活，让格桑花的芬芳浸淫生活的单调，2019年10月20日，章巴村藏家乐农牧民专业合作社召集11户建档立卡贫困户发放2019年度工资，此次共发放贫困户工资13.7541万元，直接带动章巴村8户建档立卡贫困户和3户周边建档立卡贫困户户均增收1.2503万元。

发放过程中，贫困户每个人的脸上都洋溢出幸福的笑容。这种微笑，是绵延的甘霖浸润，是缭绕的温暖气韵，也是曾经心绪飘零的转折。

"我们收获的不只是工资，而是对生活的信心。我们依靠自己的双手享受扶贫产业带来的成果，我们靠自己的努力与汗水吃到的饭真香，挣到的钱真踏实，未来我们一定会更加努力地奋斗。"

是的，奋斗高过虔诚地祈祷焚香。

因为只有阳光方能把沧海演绎成苍凉，把苍凉生长成花朵，把花朵转化灵犀，把灵犀升华为顿悟……

章巴村藏家乐农牧民专业合作社志智双扶的理念，亦如尼洋河谷的风，滋养着这片土地上的山山水水，使村民们在本地就可以依靠自身的劳动巩固脱贫成果，实现人生价值。2018年建档立卡贫困户及边缘户兑现工资共计246041元整，2019年截至10月份，兑现工资共计137541元整。

这一成果是十分可喜的。看到村民们拿到钱的高兴劲，索朗多布杰心里也如同吃了蜜，对他来说，这是人生中最有分量和最有价值的旅程。因为真正的幸福不是存在于温室里，而是在广阔田野中的每一处每一隅。

章巴村藏家乐农牧民专业合作社一路走来也是坎坷的，风刀霜剑如四季轮换。不过，索朗多布杰执着于奋进的真理和爱的世界。

一个人的人生是短暂的，一个人的人生又是漫长的，一个人的人生如果没有爱，那这样的人生是短是长又有何意思？与其寻山拜庙，不如心中住佛。

奋进也是如此。人生奋进如鸡蛋，从内部突破是生命，从外部突破是死亡。在索朗多布杰的努力下，最终以夙兴夜寐的坚持，一步步地还清了开办合作社的欠款。

而政府，则是呵护生命的力量。2016年，章巴村藏家乐农牧民专业合作社在政府精准扶贫资金180多万元的浇灌下，最终建成了1000平方米的综合游客接待中心。

如今，章巴村藏家乐农牧民专业合作社占地面积达到了2万多平方米，总投资达1720余万元，共获得国家项目资金484.93万元。这家特色显著的藏家乐农庄，现有客房44间，床位82张，年接待游客达50000余人次，年收入超过300万元。

每天都会绽放，每天都有春季，索朗多布杰如同路灯，照亮乡亲们致富前行的路。

索朗次仁是林芝市巴宜区市场监督管理局副局长，被派到百巴镇章巴村任第一书记，与索朗多布杰接触很多，也十分了解。

他对索朗多布杰的扶贫义举盛赞有加:"曾经,他是章巴村村民眼中的傻子,但他致富以后以德报怨,立志给全村人带来幸福,确实挺令人感动!"

贫穷,食不饱穿不暖,形容凋落,内心凄然,行为处事瑟瑟缩缩,曾让索朗多布杰倍感卑微,也因此于众声喧哗之中成为被嘲笑的"古巴",成为不被人待见的傻子。

这段摧折身心不堪回首的经历,留给他的却不是浩浩仇怨,而是贫困的无奈。这段生活落寞阴郁的日子,也让他看到了善良的力量和抗争的必然。

经过不屈奋进并率先脱贫以后,财富的积累吸引而来的艳羡的目光中,他不再是傻子了,而是人中龙凤,以及石头开花的传奇。

这种转变并非朝秦暮楚的随意,这种转变岂止令人扬眉吐气?

这是一种经年累月被忽视的实力得已证明的高度体现!这是一种久被压抑一朝复原的被尊重的释然!

但扬眉吐气的索朗多布杰没有沾沾自喜,他心里明白,自己要的不是这个迟到了几十年的形象本真的证明,要的是章巴村全体村民的共同致富。他坚信没有了贫穷就没有了凄惶,没有了贫穷也就没有了误读。因而他毅然决然地成了章巴村的致富带头人。

在林芝市巴宜区食药局工作的马永明,是章巴村走出去的人,他也对索朗多布杰予以了高度的评价:"他确实是一个能干的人,也是一个了不起的人!"

索朗多布杰除了经营藏家乐，还因为种地技术好，被巴宜区发展成为科技特派员。

为了帮助其他村民种好地，使章巴村更加欣欣向荣，他在田边、村委会、家里随时随地举办培训班，向村民传授科技知识、作物的常见病防治技术，鼓励村民靠自己的双手，科学经营，勤劳致富。

现在，章巴村从老人到刚毕业的学生，人人都有科技致富的意识，在索朗多布杰的带动下，全村所有精准扶贫户，都顺利脱离贫困。

就这样，索朗多布杰成了章巴村经济发展的主心骨，村民有什么问题都愿意向他求助，而他也总像太阳光芒一样，温暖着大家，毫无保留地帮助大家。

经过10多年的建设，章巴村藏家乐经营规模不断扩大，不仅从原来单一经营旅游产品，逐渐演变成为集餐饮、娱乐、风俗体验、体育竞技、农家住宿为一体的多元化企业，而且还逐步走向了科技化、正规化、规模化，并在章巴区开设了与汽车篷垫有关的洗涤相关分公司。

贫穷是什么？

贫穷不仅仅是饥饿、衣不蔽体和没有房屋，贫穷也是不被需要、没有爱和不被关心。

贫穷更是一个狡猾而又残忍无情的小人。脱贫不易，防止返贫也难。索朗多布杰深知这一点。不过，他也有信心带领章巴的村民们，共同走向更加富裕、更加团结、更加稳定的发展道路。

熬过了寒冬般的贫苦日子，按理说辛苦了十多年应该好好享福了，但山南市琼结县下水乡措杰村支那组的支张央宗勤劳惯了，并不想闲着，除了干农活，她还经常去工地打工，搬砖、和灰、搬钢筋，每天能挣120元钱。

对支张央宗来说，这个收入是以前想也不敢想的，但她并不满足。2017年春，她听说下水乡乡政府办了一个免费焊工培训班，又积极报名去学习焊接，以便能在建筑工地，或者其他需要焊工的地方打工。

培训老师说，从某种程度上来讲，一个技术证就是一个装美食的饭碗，一份如泉水般持续不断的收入。

果然，取得焊接施工证以后，支张央宗去打工的时候，收入相比于之前大大地增加了，每天能挣200多元钱。

同时，她和儿子白玛朗杰还享受了看护森林的扶贫政策关照，每人一年也有3500多元的收益。

看护森林其实很简单，并非是一整天都要去守着森林，而是隔一段时间去巡逻一下，保证森林不被人偷伐，树苗不被牛羊啃吃就行了。

到2017年底，支张央宗全家5个人的低保收入有11000多元钱；支张央宗和白玛朗杰的生态补偿岗位收入有7000元；考上西藏职业技术学院的曲珍，享受"三免一补"政策，每年能拿到10500元的资助金；正读高中的次仁央宗享受着教育"三包"政策……就这样，支张央宗一家光扶贫政策收入就有27000多元钱。

长大后的白玛朗杰平时帮着母亲分担家庭重担，除了在家和母亲一起耕种7亩田地,还和母亲就近务工,就这样两人一年也能挣三四万元。

2017年,支张央宗一家人均可支配收入达到16000多元,远远超出2016年度脱贫标准规定的3840元。

于是,2017年底的一天,白玛朗杰微笑着对支张央宗说:"妈妈,国家爱我们,我们也要爱国家才行。"

支张央宗不知道儿子要说什么,因而只能附和着说:"是的,我们要爱国家!这也是我一直以来对你们的教育!"

"我们家以前好穷啊,连饭都吃不饱,但现在的日子好好啊!今昔对比,我觉得现在非常幸福!"

"以前我们家那么穷,多亏了国家帮扶我们!"

"是的,国家帮扶我们,就是国家爱我们。现在我们一家走出了贫困,在国家的关怀之下过上了好日子,我们也应该爱国家,替国家着想。"

"儿子,妈妈明白你要说什么,我也是这么想的。"

"妈妈,你明白什么呢?"

"妈妈听你说出来吧。"

"好吧,妈妈,我觉得我们家现在一年能收入近10万元,日子已经奔小康了,应该不要低保了,应该退出低保了,把低保的待遇让给更需要的人。"

"你舍得呀?这个事我琢磨了一阵子了,就想哪天跟你商量呢。因为算下来,我们家如果退出低保的话,一年会少收入近2万元,我担心你会舍不得,正想着用啥办法说服你呢。"

在2018年,A类低保已涨至一年3000多块,支张央宗家五个人全都享受 A 类低保。

"妈妈，我肯定舍得。你想嘛，当初我们家那么穷，如果并不穷的人占着低保的名额，我们家哪能享受到使我们渡过难关的低保呢？"

"那好吧，这事就这样定了！"

"妈妈，要不要与两个妹妹商量商量呢？"

"可以跟她们说说。但是，她们在读书，又没挣钱，她们的花销是我们俩挣的，我们愿意退出低保，是我们愿意多劳累一些，愿意多付出一些，所以这实际上跟她们也没啥关系，我们能保证她们有钱用就行了。"

"那好吧，我们向村里打脱贫申请吧，早点摘掉贫困户帽子，我们全家人脸上也有光呢。"

之后的一天，当儿女们都齐聚之时，支张央宗对儿女们说："现在政策这么好，我们有手有脚，通过自己勤劳的双手已经脱贫了，我们家应该申请解除低保。这也是我与白玛朗杰商量的结果。"

她的提议得到了曲珍与次仁央宗的同意。

于是，经过支张央宗申请，村民代表大会评议，村、乡、县三级的审核与公示，县扶贫开发领导小组审定，支张央宗家最终光荣地退出了低保以及贫困户名册。

他们勤劳脱贫并大公无私执意退出低保的举动，令干部群众十分感动。

迸发自心灵的光芒，照亮了一大片赞许的眼睛。

美酒的滋味

这不是单曲循环的小调,而是丰腴圆润的协奏曲。

一串美妙的音符中,还有令人感动的朗嘎,和她的丈夫洛松益西。

2017年2月27日清晨,起床后准备打水洗脸的周伟,刚一开门,便被朗嘎及洛松益西一左一右地抱住了手臂。

"大爷,大妈,这是怎么啦?"

睡眼惺忪的周伟丈二的金刚摸不着头脑。

"今天是藏历年啊!"

周伟这才想起,原来,这天是藏历新年。

"你们这是?"

"对呀,我差点忘了此时我们要做什么了。"藏族大爷说着,忽然想起了什么,"我们要给你献哈达!"

藏族大爷献过哈达之后,藏族大妈马上又将手上端着的酒给周伟献上。

这样的礼节,真是太高了!

惊喜!意外!

激动！感慨！

"我们现在天天见面，你们怎么这么客气?"

"在藏历年到来时，我们要感恩最尊贵的朋友！要与最尊贵的朋友一起分享幸福与快乐！"

"大爷，大妈，你们太客气了，你们才是我最尊贵的朋友啊！"

"真的，你是我们一家的大恩人！我们永远忘不了你对我们家的这份恩情！"

"大爷，大妈，我不是你们的恩人，你们的恩人是我们的政府，是我们伟大的国家啊！"

"对！对！对！我们家的恩人是我们的政府，是我们伟大的国家，但你也是我们家的大恩人呀！"

"哎呀，你们二老这样做，我真是诚惶诚恐！"

"快别客气了，今天请到我家吃饭吧。"

夫妻俩在献过哈达，给周伟敬酒之后，又一左一右地拉着周伟的胳膊，请其到他们家里吃饭。

两位老人的家，正是"精准扶贫幸福茶馆"。

来到精准扶贫幸福茶馆，周伟再次被震撼了，美酒、美食何其多呀！

只见老人家两张藏式茶几拼成的桌子上，摆满了美食、美酒、美饮：风干肉、生牛肉、水果、饮料、啤酒……仅啤酒的种类就准备了好几种，有拉萨啤酒、百威啤酒、雪花啤酒等。

因为知道周伟不喜欢喝啤酒，喜欢喝白酒，他们特地为周伟准备了包括青稞酒在内的好几种白酒。

除了酒，饮料的种类也有好几种，有橙汁，有可乐，有雪碧，有雪梨汁……

落座以后，两位老人再次给周伟倒上了酒，敬了过来，泪水婆娑地说着感激的话。

酒不醉人，人自醉。

这一刻，周伟也哭了。

他既是感激得哭了！也是感动得哭了！更是感慨得哭了！

这动人的一幕，是那么感人肺腑。

藏历年是藏族人民的传统节日，既神圣，又隆重；既富有仪式，又动感。就如一棵古树上的花，开一千遍也不令人厌倦。

藏历新年从每年藏历正月一日开始，三至五天不等。为了过好这个日子，藏族同胞往往从藏历十二月中旬就开始做相应的准备工作，每家每户都会陆续用酥油和白面炸油馃子（卡赛）。

油馃子的种类很多，有耳朵状的"古过"，有长形的"那夏"，有圆形的"布鲁"，等等。

接近年关，每家都要准备一个画有彩图的长方体竹素琪玛五谷斗，斗内装满酥油拌成的糌粑、炒麦粒、人参果等食品，上面描上青稞穗、鸡冠花等。并准备一个彩色酥油塑的羊头。

跟山南市琼结县下水乡的支张央宗一家一样，有着无私与大爱情怀，在自己家庭的贫困状况得到改善，在感激周伟的同时，2017年8月，朗嘎也在与洛松益西商量之后，主动提出退出低保："我们现在已经脱贫了，已经生活得很幸福了，我们一家每个月的收入都有近万元，完全够吃够花了，把低保让给更需要的群众吧。"

他们的举动，让周伟及达孜区民政局的领导干部很感动，觉得他们的情感真纯朴，心地真善良。

是的，他们跟周伟一样，是善良的人，心地如高原阳光一样透彻。试想，如果不善良，他们就不会收养妹妹的三个女儿了。

为自己劳动，胜败都能接受，压力相对较小。

即使自己曾经几起几落，一亏上百万，甚至被打回"原形"，依然含笑着挺了过来。

但为集体做事却没有这么轻松、不能这么轻松。这是全村人的利益，全村人不仅要靠这个生活，还要靠这个脱贫致富。

因而压力如同榨汁机，压榨着韶华和身心！

林芝市米林县派镇吞白村的公尊德姆农庄开始产生效益了，村民们也全都脱离贫困了，但是德吉旺姆的身体却累出了病，气色很不好，胃也不好。

要知道，德吉旺姆的父亲才让就是死于胃病的。

与男友分手以后，德吉旺姆也交了几个男朋友，但觉得对方要不太大男子主义了，要不就是缺乏冒险精神，彼此性格不合而无法相处。

每每如此，她索性没再找男朋友。

情感生活没有另一半，德吉旺姆并未觉得有什么不好，起码少了不少烦恼事，她觉得跟女儿与妈妈在一起生活也挺好的。

德吉旺姆的母亲布鲁有心梗、脑梗，好在有她这个好女儿的照顾与调理，身体的健康状况在一天天变好。医生甚至说，布鲁的身体状况是一个奇迹，说她脑袋里有很大的一个血栓，按理应该整个人都瘫痪了，但她却没有。老人除了记忆力不是很好，不仅思维正常，还能生活自理。

"老人的身体健康以及寿命其实跟儿女的孝顺有着密切的关系。你妈妈多亏有你这么一个孝顺的好女儿！她真幸福！"

医生不止一次这样当着母亲的面夸赞德吉旺姆。

"做儿女的对老人好，这是应该的。没有父母哪有我们？这是多大的恩啊！"

德吉旺姆很感恩自己的母亲，母亲在那么艰难和穷困的情况下，能把自己养大，这份大恩永远也报答不完。

公尊德姆农庄开业以后，忙碌的德吉旺姆常常在太阳还没有升起的时候就出门上班了，而晚上回家时往往都已是深夜十一二点了，她只好请母亲帮忙照看女儿。

为了公尊德姆农庄，德吉旺姆觉得对不住母亲及女儿。由于她与母亲以及女儿没住在同一个房间，因而祖孙俩经常说，她们连她的面都难得见到，根本就不像是一家人。

大地的冰雪准备消融的时候，春节也就临近了。

高原的春来得缓慢且不明显，高原的冬去得缱绻且藕断丝连，但春节的热烈却不输内地。

2018年春节前，周伟又从自己工资中拿出600元钱，打算买一些米、面、油、砖茶送给朗嘎一家。这是帮扶，是习惯，是情谊，是礼节，更是欢乐的祈祷与祝福。

然而由于年终事太多，工作太忙，没有及时购买这些东西，他便在春节这天将之封成了一个红包送给朗嘎和洛松益西。

恩人之恩是一辈子值得铭记的。但是恩人的帮扶哪能永无止境？

这次，朗嘎与洛松益西怎么也不收这个红包了，理由是他们家已经脱贫了。

"你帮我们太多忙了，我们家一直感恩你呢，应该我们给你送红包才对啊！再说了，我们家现在生活已经相当好过了，怎么能再收红包呢？"

"对呀，何况你现在的日子也过得不好，还遇到了那么大的困难……按理说，我们应该帮你才对……"

是的，周伟也遇到了只能流泪却又不便言说的很大的困难……

如今，洛松益西在达孜区民政局当门卫，除了包吃包住，每月还有3300元的工资收入，朗嘎的精准扶贫幸福茶馆每个月也有净利润2000多元；朗嘎的大侄女洛桑已结婚，与老公阿奴都在达孜区五保集中供养服务中心工作，每个月也有4300元收入；二侄女德吉曲宗则在湖南长沙民政职业技术学院读书，生活费学杂费政府全包；三侄女拉姆德吉，则在拉萨市柳梧中学就读，读书的学杂费生活费也是政府全包。这一家子从当初的赤贫，变成了如今的小康，用朗嘎的话来说："真是做梦也没想到！做梦也会笑醒！"

幸福从天而降，热烈拥抱朗嘎一家，这既得益于国家精准扶贫及脱贫攻坚政策，也得益于周伟呕心沥血为他们的付出。

自与朗嘎一家结对子以来的三年多的时间里，周伟在正常的上班之余，几乎将全部精力用在了对朗嘎一家进行精准扶贫的爱与关心的事业之上。

周伟的扶贫工作成绩有目共睹,也被人夸赞有加。然而却少有人知道,在这几年与朗嘎一家结对子的过程中,他不仅将工资的一部分用在了这项伟大的精准扶贫事业之中,自己的生活过得捉襟见肘,而且他的家庭也因为他太过投入扶贫事业而解体了。

周伟很爱妻子小燕。在他心中,小燕就是他的家。可是有时候爱也不能仅仅体现在语言之中,否则就显得苍白无力。

富贵,可能滋生出爱情生活的第三者。但贫穷本身,却是爱情生活的第三者。所谓贫贱夫妻百事哀。

由于周伟收入不高,小燕又没有工作,家里经常缺东少西,花钱也得掐指细算,拮据的经济令夫妻之间难免生出口角,致感情出现裂痕。

虽然好夫妻,不是一辈子不吵架,而是吵架了还能一辈子,但无论怎样的夫妻吵架,都会对爱情伤筋动骨。夫妻之间吵架的原因如果能够调和,也许不会产生感情裂痕。如果不能调和,就不仅会产生裂痕,裂痕还可能越来越大。

家里经济状况窘迫,一个人认为简单的生活能过就可以了:毕竟纵有华屋千间,一夜只睡半张床;纵有良田万顷,一日只需吃三餐。无论琼浆玉液还是美食珍馐,人吃之后几个小时都会变成屎尿;华服熠熠,仅为人之装饰。

而另一个人却过不惯清贫的生活,觉得贫穷是最可怕的恶魔,是最严重的罪行,贫穷带给她恐惧、焦虑和不安定的心理,这怎么调和呢?

2017年6月,周伟与小燕终于在又一次大吵之后开始了分居。2018年夏，忍无可忍的小燕又向周伟提出了离婚。

"老婆，能不能不离婚呢？如果有哪个地方我没有做好，我可以改的。"

小燕为什么要与自己分居，为什么要与自己离婚，个中原因没必要再探讨。但既绝望又不甘心的人，往往会做出最大的努力。

"你改不了！还有，别叫我老婆，我没有你这样的老公！"

"……我能改的。我也相信今后的日子会越过越好的……"

"你在精准扶贫与朗嘎一家结对子这件事上这么投入，把家里弄得这么穷，你怎么改？你自己还这么穷，却拿自己家里的钱去扶什么贫？你去为别人扶贫，怎么不为我扶一下贫？为这个家扶一下贫？再说了，就算我能容忍，我父母怎么看？我妈不是一直就觉得你穷吗？我妈给我的压力有多大，你知道吗？"

确实，丈母娘不止一次以穷为理由毫不留情地羞辱周伟，这样的羞辱不仅让周伟焦头烂额，也是周伟与小燕之间婚姻出现裂缝的最大原因。

小燕的话如一瓢冰水，让周伟清醒了许多：就算自己强扭住这段婚姻不离，可是短时间之内，自己能够"脱贫"吗？如果不能，那这样的婚姻不一样是痛苦的，是名存实亡的？

两人就这样办了离婚手续。

拿到离婚证，走出民政局婚姻登记大厅，与小燕分道扬镳，各自背道而行的那一刻，周伟突然非常伤感。

他曾是铁骨铮铮的军人，戍守高原，再苦再累，流血流汗，都从来没有流过泪，但这一刻，他的眼泪却不争气地落了下来，怎么也止不住……

虽然离婚了，但是考虑到小燕在婚姻存续期间跟着自己受了苦，同时她又没有工作，因而周伟又一次性地给小燕补偿了3万元钱。

是的，周伟到处去借了3万块钱来给小燕。

男人嘛，自己苦一些没关系，不要让自己爱过的女人觉得自己伤害了她。

3万元钱，这对家在四川农村，自己又刚刚参加工作才几年，且不时拿自己工资中一部分钱来进行精准扶贫的周伟来说，无异于一笔巨款……

什么时候能还清这笔钱啊？

这就是洛松益西口中所说的周伟所遇到的困难。

困难何所惧？奉献此生无憾。

同样的爱，许以我心，更有高原绝唱。

十一、高原绝唱

嶙峋的高原,回荡壮怀之歌。
感动,从灵魂里温暖地逸出。

肺水肿

雪山矗立，不坠凌云之志。

艰难如斯，唯其勇毅笃行，方显英雄本色。

在拉萨市达孜区，正是因为有一个又一个周伟这样的扶贫干部在不辍努力，有次仁曲珍高永乾夫妻、索郎扎西、马彦清这样积极参与扶贫的能人，该区的扶贫工作取得了显著的成绩。

可喜的是，2018年10月，经国务院扶贫开发领导小组组织第三方评估机构专项评估检查，并报请国务院扶贫开发领导小组审批之后，达孜区已成功实现脱贫摘帽。

扶贫是一项伟大的事业。但凡伟大的事业，要取得成功，都不容易。

为了扶贫，周伟幸福的家庭解体了，他的奉献令人揪心，令人感动。

不过，相比于周伟来说，还有一些扶贫干部的付出，比他的小家解体，还要严重。

"如果独大个人得失，这样的人生其实是一种空洞的、软弱的、麻木的、无病呻吟、自我沉醉却又索然无趣的人生。"

白伟伟时常这样警醒自己。他在乎的不是自己，而是脱贫攻坚工作，是山南市乃东区结巴乡格桑村村民们的幸福生活。

2017年12月10日，忙于脱贫攻坚紧张的任务，忙于处理年前脱贫攻坚事务身体不舒服的白伟伟，并没有在意，以为只是个小感冒，吃点药，多喝水，养养就会好的。

以前有点小痛小疾，也是这样处理的。因而一向身体很好的他并没有把生病放在心上，始终坚持在工作岗位上。

但是由于工作强度太高、劳累过度，没有好好休息，他这次的感冒却越拖越严重，身体还发起烧来。

2017年12月14日下午，感觉到头痛得厉害，意识到自己的病有些严重的白伟伟，请假去了山南市，到诊所看了病。

医生在给他做了体检之后说："你又咳嗽又发烧，感冒有点严重呀，要注意休息。"

"谢谢医生，我会注意休息的！"

但是吃了药之后，心里想着工作的白伟伟并没有住院观察，而是立即返回工作岗位，为报销村里的工作队经费四处奔波。

这次感冒确实有些厉害，医生所开的药物并没有赶走白伟伟的疾病，相反还越烧越厉害。

他觉得可能要输液才行。因为除了发烧，身体还乏力，呼吸还困难。

2017年12月16日下午，忙完工作后，白伟伟又拖着不适的身体，到诊所输液。

就这样连续输了两天液。

疾病噬咬着身体，工作又不能停，也不愿意停，这是一场拉锯战。身上的高烧仿佛跟白伟伟较上劲一般，始终不退。

可怕的不仅仅是程度越来越深的咳嗽，还有越来越乏力的气喘。2017年12月18日，白伟伟还咳得咯血了。

"咳了这么些天，喉咙咳破了，咳出点血丝很正常。"

他不着急，也不担心什么，因为这种情况以前也有过。

但是这次医生却着急了，呼吸困难，咳嗽咯血，这是感冒吗？

"不能再这样输液了！我们这里医疗条件有限，你的病不能拖，应该去大医院诊治！"

"可是我的工作任务很重呀，村里离不开我呀！"

"离不开也得离开，没有身体怎么工作？"医生近乎跟他吵了，"你如果不去大医院诊治的话，我敢肯定，再过几天，你就会坚持不住了！我请问你，万一是肺水肿怎么办？"

"不会的，我在高原待的时间又不是一年两年，早就是西藏人、高原人了，怎么会因为一点感冒就成肺水肿呢？"

白伟伟虽然口头上这么说，但是他心里还是有些害怕：呼吸困难、发绀、阵发性咳嗽伴大量白色或粉红色泡沫痰……这确实有肺水肿的特征。

于是在医生不容商量的坚持下，他于当天去往山南市健民医院住院治疗。

不幸言中！

山南市健民医院在对白伟伟进行检查之后发现，他的感冒由于延误治疗，真的引发了高原肺水肿。医生立即对其采取利尿、强心等药物治疗，并给予吸氧、镇静治疗。

然而山南市健民医院医疗条件也有限，见白伟伟的病情越来越严重，几个小时后，医生建议他务必转院，并于2017年12月19日凌晨两点，将他转到了西藏自治区军区总医院进行治疗。

得知白伟伟生病住院，且转到了拉萨的医院抢救的消息后，他的一些同事、战友特地赶到医院看他，但他却若无其事地安慰大家："没事的，你们不用担心我，也不要来看我，以免影响工作。我这么年轻，曾经是军人，身体棒得很，住几天院，输几天液就好了。"

真的没事吗？

疾病是个凶残的家伙，它们疯狂扑来的时候，哪管你身体棒不棒，或者曾经有多棒？

感冒发烧的程度愈发严重，肺水肿病情也越来越严重。

不幸的事就这样令人难以置信地发生了。

虽经过两天的努力抢救，白伟伟还是停止了呼吸，生命永远定格在了他对山南市乃东区结巴乡格桑村脱贫攻坚的事业上。

多么年轻，才32岁啊！

奉献的时光，正将一个个闪亮的日子叠加在格桑村这一片神奇的土地之上，白伟伟的离去是那样仓促、那样突然！

上天无情，生命无常。

白伟伟生命的遽然消失，一定有着万般的无奈。

一定带着对山南市乃东区结巴乡格桑村来不及绘好蓝图的遗憾，带着对格桑村脱贫攻坚未尽工作的深深热爱，带着对格桑村村民及家人亲朋的缱绻不舍，带着自己年轻生命对祖国美好明天的无限期待……

"勤奋、踏实、吃苦耐劳、积极向上、头脑比较灵活、沟通衔接能力强。"

这是白伟伟留给曾跟他共事的领导、同事的印象。

虽然从城里的区财政局到格桑村驻村只有两年多时间，但是白伟伟脱贫攻坚的成绩却不小，格桑村也因此而发生了很大变化。

在这两年多的时间里，白伟伟为格桑村做的贡献历历在目：申请到了10万元经费，改善了村委会的办公条件；村里公务用车有故障，他自掏腰包花费1万多把车修好；争取到2万多元资金为村卫生室装上窗帘，避免药品曝晒……

在他的带领之下，经过不断努力，格桑村的集体经济收入由2015年的3.5万元增加到6.5万元。2016年的经费全都用到了脱贫攻坚的刀刃上：其中44970元用于为全村提供收割机加油费，剩余60030元则用于为村里的奶牛购买饲料。

2017年，除了购买饲料，白伟伟还为村里购买了6头母牛、5头短期育肥公牛，进一步促进了村集体经济的发展。

自从白伟伟驻村以后，格桑村村民的人均收入便发生了很大变化，由2015年的8792元增加到12973.12元。

因为工作出色，2017年，白伟伟被评为山南市乃东区优秀工作人员和山南市优秀驻村工作队员。他生命中最明亮的时光，刻在了这片他厚爱的土地之上。

冰雪鉴心

即便刹那芳华,却也流光溢彩。

在西藏自治区脱贫攻坚战役中,牺牲的人不只有白伟伟。

拉萨的街道非常干净,上午的阳光,在行人的脸上起伏、跳跃,有一种朝气与祥和被反射,将原本空阔的街道装得满满的。人们匆匆行走,各思其事,少有言语,却用激情与梦想浓墨重彩地书写着各自的生活。我怀着洗礼般的心情,走进西藏自治区脱贫攻坚指挥部采访,挖到了很多故事,内心也深受震撼。

"我没事,吃点降压药就好了!"

每当自己高血压发作,平静的大地在他眼前出现旋转,身边的人劝他上医院治疗治疗之时,他总是这样若无其事地说。

纯粹的阳光,从白云装点的天空倾泻下来,灿烂地照着他真诚的脸。

他说着,便从身上掏出一个小瓶子来,倒出两颗药投进张开的嘴里,咕嘟一声吞下。

有水就喝几口,没水就算了。

说这话的人,名叫赵义康,是西藏昌都市卡若区埃西乡党委副书记、乡长。

赵义康是云南人，1972年4月生于大理市剑川县一个白族家庭。1993年7月参加工作后，身为农民的儿子，他的情感没有远离农村，远离故土，因而时时处处均以勤俭朴素的本色要求自己。

为了与村民打成一片，为百姓分忧解难，真正做到与百姓心连心，跟山南市乃东区结巴乡格桑村的驻村第一书记、山西人白伟伟一样，赵义康自2014年10月担任埃西乡乡长之后，不仅不间断地深入群众中了解群众需求、困难，收集民意，同时还把群众作为老师，把田间地头当课堂，刻苦自学自己人生的第三种语言——藏语，从日常生产生活到政策理论，从简单词组到整段、整句，边学边记，边学边悟，边学边用。

通过一段时间的学习，他的藏语水平显著提高，差不多能与群众自主交流。

脱贫攻坚战役打响以后，为了取得埃西乡全乡贫困群众的第一手资料，赵义康逐村逐户核实贫困群众，虽然起初困难重重，也碰了不少钉子、吃了不少闭门羹，但在他面前，办法总比困难多。贫困户不在家，他甚至追随到牧场，一边帮忙放牧，一边与其聊天、了解情况。人心都是肉长的，以情动人，且是提供春风般的温暖，牧民没有不被打动的。

就这样攀高登峰跋山涉水，经过三个多月的摸底，他终于掌握了全乡250余户贫困群众的具体情况。

掌握贫困群众的数据不是目的，与贫困群众的心在一起，才是目的。想尽办法帮助贫困群众才是目的。

2015年夏，在下乡到邦迪村调研的过程中，赵义康发现部分群众存在吃水困难的情况，一天中有半天时间都在为水付出，便忧心如焚，开始了四处奔走，寻找水源。

当得知离邦迪村最近的一处水源点分布较为密集，可以作为取水点时，便不顾山高路险，决定第二天前往查看，并提取水样供有关部门化验。

这所谓的最近有多近呢？

不是咫尺！

"赵乡长，那个地方不通公路，步行要走近5个小时，山路很不好走的。"

村民很感动的同时，也善意地提醒赵义康说："要不还是算了，就算那儿的水可以饮用，可是离我们村太远，怎么将那水送进村呢？"

"只要能让大家喝上干净水，哪怕走一天一夜也值得。"赵义康坚定地说，"如果确定那儿的水可以饮用，那就再想办法将之送到我们邦迪村来。办法总是想出来的嘛！"

回到乡政府后，赵义康一夜辗转反侧，思考的都是这个水源和取水的问题。

水，是生命之源。

没有水，这个世界便没有生命。

没有生命的世界，是寂静的，可怕的。

水，对濒水而居、负阴抱阳、背山面水的人来说，其重要意义感受不深，但对缺水的人来说，却是要命的。

得尽快为邦迪村村民解决饮水问题。

第二天一大早，赵义康不顾连续多日出现的重度高血压症状，带着邦迪村干部，踩着晨曦，翻山越岭地朝水源点出发了。

一路快走，终于在徒步4个多小时后到达了水源地，并取到了水样。

"虽然有点累，但今天真的高兴！"

下山的过程中，他对同行人员说。

是的，太高兴了。

大家纷纷附和。

但是大家却不知道赵义康说这句话还有一个没有表达出来的意思：他在下山之时，感到头晕得厉害，视线也模糊，脚下的路更在摇荡。

他不敢想这是不是自己的高血压症状加重了，只安慰自己是兴奋所致。

那一路，他视水样为心肝宝贝，多次跌倒，但水样始终被他紧紧地抱在怀中，像抱着刚出生的孩子一样。

惊心动魄的事并没有发生在下山途中，而是在快到达主干道时。

刚刚到达主干道，他就突然倒在了地上：他晕倒了！

随行人员连忙将他送往医院。

颇有戏剧性的是，在送往医院的途中，他又醒了。但醒来之后他的第一句话却没有关心自己的身体怎样，而是问："我们取的水样呢？"

因为他发现自己先前一直拿在手中的水样不见了。

在下山途中，怕所取水样发生差池，掉下山去，他一直不舍得将之给同行人员拿。

"乡长，水样在呢！我们好好保管着的，现在下山了，不用担心它掉下山了，你关心一下自己的身体吧！"

得知水样还在，赵义康安心了，但谁也想到，他却提出了一个不合理的要求："我现在不是醒了吗？我们先把水样送到卫生防疫站检验吧，不要耽误了群众饮水。"

他的要求，令同行者哭笑不得，又感动不已。

"邦迪村村民饮水困难的问题存在的时间已经不是一年两年了，早一天晚一天没关系的，现在救治你的病才是最重要的，刻不容缓的啊！这毕竟是高血压！"

"我的身体自己知道，没啥事。村民的饮水问题才是大问题！我是乡长，听我的！"

无奈，人们只好先将水样送到卫生防疫站检验，然后再将他送到医院救治。

医生在对赵义康的身体进行检查之后告诉他说，虽然这次晕倒没有出现大问题，但是他的高血压已经比较严重了，不能太累，要多休息，不然容易出事。

赵义康却没有听进医生的话。住院期间，他的关注点在另一件事：水样的检测结果。

令他高兴的是，他们所取水样符合饮水标准。

电话中得知这个消息后，他高兴得叫了起来。

"别激动，高血压是不能激动的。何况你现在正在住院治病呢。"

正在给他测血压的医生提醒说。

没想到他却对医生说:"我要出院!"

"你要出院?你这个情况怎么出院呢?"

"是的,我要出院,我要去争取资金,尽快实施这个饮水项目。"

就这样,邦迪村村民喝上了干净健康的饮水。

2015年冬的一天深夜,一阵电话铃声响起,把赵义康从梦中惊醒。

接起电话,那边传来岗村村长急促的声音:"赵乡长,向格的4头牦牛一直未归,把他急坏了!"

"我马上来!"

接过电话后,赵义康翻身下床,拿起电筒就要出发。

这时妻子问他:"这大半夜的,什么事啊?"

"岗村村民向格的4头牦牛还没回家,我得去帮忙找找。"

"深更半夜的,你去哪儿找呀?牦牛是牲畜,哪儿都可能去,你怎么找?能找到吗?"

"找不到也要找啊!向格是建档立卡的贫困户,这4头牦牛就是他的全部家当,一家人全指望着这几头牦牛生活呢!没有了这4头牦牛,他们家的日子便没法过了。"

说着,他就开门出去了。

"那你多穿点衣服,山里冷!"

"衣服穿多了,行动不方便,再说这事很急,耽搁不得,万一牦牛在山里出了事,就有大麻烦了,就这样吧。"

说着,他"咣"的一声关上了门。

到了乡政府院子以后,他又叫醒了驾驶员跟自己一起去寻找这4头牦牛。

在从乡政府到岗村的路途中，赵义康多次要求驾驶员在保证安全的前提下加快速度。

到达向格家中时，已近凌晨1点，他一边安慰向格的家人，一边安排寻找方案。

5分钟后，他带队开始进山寻找。

一路上，微弱的电筒光亮既照路，更在满山晃悠，伴随着雪地里嘎吱嘎吱的声响，一步一步地寻找着牦牛的踪迹。

冬夜的山地雪野，银装素裹，险情四伏，稍有不慎就可能踩虚脚坠入山崖。

由于出门时走得急，赵义康所穿衣服不多，现在到了雪地，他被冻得瑟瑟发抖。

"乡长，要不你回去休息吧，你穿这么少，我怕你冻出病来。"

这时跟他一道的向格的老婆卓玛既感动又关心地说。

"我不回去！越是天冷越是要尽快找到牦牛！我是指挥员，我在，大家才有战斗力！"

卓玛听到这句话之后，哭了："乡长，你对我们家真好！"

"应该的，我是一乡之长，我不对村民好，我对谁好？"

说完这句话后，赵义康又对大伙大声说："天寒地冻，是挺冷的，大家克服一下，等找到这4头牦牛后，我到时请大家吃饭。"

"好！"

"好呀！"

"赵乡长，你穿这么少都不怕冷，我们怕什么冷？"

"乡长,你对百姓这么好,几头牦牛走失你都这么上心,我们就是再冷也不怕!"

……

温暖的声音得到了热烈的响应。

"我们分头寻找,向格带一队人,我与向格的爱人卓玛带一队人。"

功夫不负有心人。在经历了将近 5 个小时的寻找,到天蒙蒙亮时,赵义康终于找到了向格走失的牦牛。

当他与卓玛等人牵着牦牛回到村子之后,才知道向格他们那一队人马因为没有找到牦牛而提前回去了。

见自己都没找到的牦牛失而复得,向格感动得哭了,他竟然一下子给赵义康跪了下去,以行磕头大礼致谢。

一个夜晚似一个四季,让他感受到了生活的冷暖;一个夜晚亦如一本台历,让他情感的页码如波浪翻卷。

猝然离去

是何样的感动才能令一个大男人下跪致谢？

这哪是4头牦牛的事？这是一家子的生存之事，一家子的生命之事！

对于僻居山野的藏家村民来说，没有比生存与生命更重大的事了！

"兄弟快起来！快起来！"赵义康始料未及，也愈发感受到了贫困群众生存的不易。

"牛回来了，以后还有什么困难尽管给我说。"

他连忙扶起向格。情动于心，他自己的眼里也有了泪花。

胜利完成牦牛寻找任务之后，赵义康心里无比高兴。

然而当他返回乡里后才发现，自己的腿已经被冻伤，且冻得站不起来了。

"赵乡长成了赵瘸子！"

一瘸一拐的他对同事开玩笑说。

看到赵义康冻得青紫的腿，赵义康的爱人心痛极了："昨天叫你多穿点衣服，你不听，现在知道有多痛多难受了吧？"

"没事的，这就是个冻伤，我就不信还好不了？"

就这样经过了大半个月，赵义康的腿伤才逐渐恢复正常。

邦迪村村民的饮水问题，不过是身为埃西乡乡长的赵义康为群众解决饮水问题的个案而已。除了顺利完成邦迪村的饮水工程，他还多方奔走筹措资金，并亲力亲为先后为哈拉村建了母亲水窖、为达青村完成了饮水工程、为蒙普村建设了灌溉水渠……

而为群众解决所反映的重点难点热点问题，更何止百件！

由于埃西乡自然条件不好，有的村庄"一方水土养不活一方人"，村民如果不换个生存环境，要想脱离贫困基本不太可能。

西藏自治区地域广阔，人口稀少，居住非常分散。有时候从一个行政村到其所在乡镇，距离甚至有上百公里，村与村、户与户之间也常常相距十几公里。面对这样一个居住分散的状况，要为群众配套基础设施和公共服务，不太现实，也不太科学。

比如一个地方只住了两户人家，如果政府为其修一条公路、修一所学校、修一家医院，这样的投入成本真的就太高了。因为有了医院，有了学校，还得有医生，有老师的配套。最关键的是，医院开着得有病人才行，学校开着得有学生才行。

如果这些地区的气候条件还非常恶劣的话，生活在这里的人们不进行易地搬迁，是无法和全国人民一道进入小康社会的。

可是，要让祖祖辈辈生活在同一个地方的村民进行易地搬迁，却又是一件极为困难的事。因为人是感情动物，在一个地方生活久了，往往对其生存环境有着复杂且深厚的情感，一草一木，都在其故事时空之中，更何况那里还有祖辈的印迹。因而故土难离。

要让村民过上好日子,就必须让这些群众搬迁才行。

为了让埃西乡个别不适合人居的地方的贫困群众,能早日享受易地搬迁扶持政策的福泽,让贫困群众实现搬迁得出来、住得下去、生活有依靠,相比于之前的生存状态有获得感、幸福感,赵义康多次组织群众召开村民大会,讲解政策、征求意见、动员搬迁。

这件事说起来轻松,但在地广人稀、高山缺氧的西藏却是一件很不容易的事。

顶风雪、冒严寒、忍饥饿,反复奔走……这是常态。

而且除了动员拟搬迁群众,还要周密考虑安置区的选址,搬迁群众的就业、收入及生活来源,对口产业、行业部门的衔接等诸多问题。

当村民搬迁之后,还得经常实地走访,了解搬迁村民的生活状况。

为建设埃西乡绿色通道,赵义康又积极协调、多方奔走,以经济林木为重点,大力开展绿化埃西行动,扛起铁锹、锄头,与群众一道绿化1999.4亩土地,栽种榆树1500株,各类果树等经济林木5000余株。

自此,埃西乡村民不仅有了自产水果吃,而且一到夏天,绿树成荫的景象令人心旷神怡,也成了附近乡镇热爱旅游的人们的网红打卡之地。

赵义康对埃西乡的村民关怀备至,但对自己的家人却关心不够。

他恪守"奉献不言苦,追求无止境"的人生格言。面对基层工作纷繁复杂、工作量大、群众工作难做的实际状况,他总是义不容辞,知难而进,兢兢业业,默默奉献,从不叫苦叫累。但家在城里的他,为了脱贫攻坚工作,与家人总是聚少离多,时常几过家门而不入。

在进行脱贫攻坚的过程中,赵义康经常头晕。每当此时,他就知道高血压又在作祟了,因而马上吃一点降压药。由于这个方法屡试不爽,总能起到一些作用,故而他并不重视。

然而,小病不治拖成大病。

2016年4月10日,为加快当地脱贫的步伐,实现生态产业建设,在废寝忘食地处理精准扶贫项目选址建设及新农村易地扶贫搬迁工作的赵义康,又感到头痛难忍,站立不稳。

他再次从随身所带的药瓶里倒出几颗降压药吞下。

谁知这次降压药却失灵了,他头痛的程度并没有减轻。

"我就不信,你这次还能要了我的命?"

他这样对高血压赌气。

他没有停下工作休息,也没有去医院检查身体,而是坚持要把手上的工作做完。

可是这次高血压却不再让他做完手上的工作了。当天晚上10点,他头痛得先是手不听使唤,继而一下子倒在了地上。

同样没有休息的同事见状,急忙把他送往医院抢救。

谁知,抢救也没作用了——他已因长期处于高强度的工作状态,而由高血压引发脑血管破裂,并导致颅内大面积出血。

虽经医护人员三天的全力抢救,他仍不幸离开人世,终年44岁。

"只有想群众之所想,急群众之所急,群众才会接纳你,认同你,支持你。才使自己以后的工作更加顺手,才能最终回归到服务为民的这个出发点上,才能真正地把扶贫工作干扎实,干出成效。只有自己倾尽全部精力才能让群众过上好日子,才能推进埃西的发展。"

斯人虽逝,理念犹存。

为了脚下这片土地的繁荣富强,为了埃西乡农牧民的富裕安康,为了自己肩上的责任和义务,赵义康在平凡的工作岗位上默默无闻,无私奉献地干着不平凡的事情。虽艰辛而无怨,虽憔悴而无悔,朴实无华,任劳任怨。

一代又一代人缺水吃的村庄有水了,一代又一代人的穷困面貌改变了,一代又一代人的幸福指数飙升了……

然而带领他们奔向美好的人却不在了。

赵义康的猝然离去,令埃西乡多少人震惊,惋叹,痛哭……

自发为他送葬的人们排起的长队,有好几百米。

当然最伤感的人是赵义康的爱人,没有人能感受她内心是如何肝肠寸断。

如果不相见,便可不相恋

如果不相知,便可不相思

如果不相伴,便可不相欠

如果不相惜,便可不相忆

……

这是桑吉平措作曲并演唱的一首名叫《相见》的歌曲，歌词是仓央嘉措所写。这首歌是赵义康与她最爱听的，曾经的他们经常相拥而听，恩爱往事流连，百听不厌。

然而，没有了赵义康，之前动听又隽永的歌曲，原来是这么令人心碎。

她不敢听，又忍不住听，可是每次打开来听，都会悲泪成河……

"我的世界写满你牵挂，随风飘洒四海为家，任凭风吹和雪打，雪莲花啊雪莲花……"

这首名叫《雪莲花》的歌曲，也是赵义康与她喜欢听的歌曲，此时再听这首歌，她除了满脸是泪，心中还有一朵蓦然升起的盛开的雪莲……

十二、盛开的雪莲

　　如同藏地雪莲，真诚、坚韧、纯洁，给人们带来希望。

　　他们的奉献与精神，也将生长在雪域高原，在蓝天下传播，在阳光中传承。

酥油灯

好人总令人落泪。

或令你感动得落泪，或令你感怀得落泪。

得知白伟伟去世的消息后，格桑村党支部书记旦增白玛哭了，格桑村村主任索朗达杰也哭了。虽然他们共事的时间并不长，不过两年多，但是他们却深深地喜欢上了这个汉族小伙子。

白伟伟的突然离去，让整个格桑村都沉浸在巨大的悲痛中。

蓦然回首，不觉潸然泪下。

人们不敢相信，这么年轻，还没结婚的他怎么就这样离他们而去了。

"他办事认真负责，有军人作风，肯下功夫，雷厉风行，值得我们学习。"

斯人已逝，触景生情，白伟伟的离去，不仅让格桑村的百姓倍感哀痛，也令乃东区财政局的同人落泪惋惜。

白伟伟驻村以后，只要是村里的事，只要是有利于脱贫的事，只要有好的想法，他便会马上行动，不达目的不罢休。

无论白天还是黑夜，无论室内还是室外，村民们目光所及，处处都是关于白伟伟的忆念：看到平整的 2000 多亩土地，就仿佛看到了他的身影；每当去水磨坊磨糌粑，水磨吱吱嘎嘎的声音，就像是对他离去的呜咽；太阳能热水器坏了，电视坏了，摩托坏了，便会情不自禁地想到他……

"你怎么舍得离开我们呀！以前我儿子的电脑坏了，没人会修，你得知后，当天就利用休息时间来我家里，不仅把我儿子的电脑修好了，还教儿子相关的电脑维护知识。可是今天，我儿子的电脑又坏了，我该找谁修呢？兄弟呀，我真的很悲伤！"

得知白伟伟因脱贫攻坚而牺牲的消息后，村民普布卓嘎哭得难以自抑。

白伟伟生前在格桑村驻村，但他去世的消息却让桑嘎村一个名叫赤列更才的大男人痛哭流涕："兄弟啊，听说你得病之后，我心里很着急，就想这两天到医院看你，没想到你这么快就走了！你曾救过我的命，我一直想报答你，现在你不在了，你让我该如何报答你呀？"

那次抗击洪灾中受伤的脚经过一个多月的治疗，终于伤好了，2016 年 8 月 22 日，白伟伟来到医院给自己脚上的伤口拆线。之后，当他快乐地作别医生，准备踏上归途的时候，却看到一个妇女拉着一名医生的手哭得很伤心，絮絮叨叨地请求着，甚至一下子跪在了医生的面前。

这是怎么了？他停住了脚步。

"医生，请你们救救我老公！如果他不在了，我们的家也塌了，我也不想活了。"

白伟伟从这个妇女断断续续的哭诉中得知，她老公得了肝癌，病情危急，做手术的过程中大出血需要输血，却一时找不到相同血型的血液，如果没有相同血型的血液输入她老公体内，她老公就有生命危险。

这个妇女的老公就是赤列更才，是桑嘎村的一个贫困户。

"大姐快起来！快起来！"医生一边拉赤列更才老婆的手，一边安慰说，"我们已经给上级医院打了电话，请求支援血液。同时也在想办法寻找与你老公血型相同的人为他献血。"

"那找不到怎么办？是不是我老公就没救了？"

"不会的！不会的！我们正在努力！"

明白是怎么回事后，白伟伟走了过去，对医生说："医生，我是O型血，可以献血的。"

"太好了！太好了！"

赤列更才的老婆一把抱住白伟伟的手，犹如为老公抱住救命稻草。

"你是O型血？可以献血？"

"是的，我是O型血，万能献血者。"

"可是要献400毫升血液啊，你能行吗？"

"能行的，你看我的身体多棒，以前是军人，所以没问题的。"

白伟伟后来说，其实当时他心里也不太踏实，在内地献400毫升血不算什么，这可是在海拔4000米的高原呀！但是如果自己不给赤列更才献血，赤列更才便没救了，自己献血怎么也不至于没命。

"感谢您伟大的爱心！要不不献这么多吧。"

先是怕白伟伟说自己愿意给赤列更才献血是随便一说，担心他不当真。现在看到白伟伟当真且很坚决之后，她却又犹豫了，担心白伟伟献血后身体出问题，因而又反对他献这么多血。

"我今年才31岁，又曾是军人，身体棒得很，所以没问题。再说了，我如果不献够400毫升血，如何救得了赤列更才大哥？"

白伟伟的执拗，令医护人员动容，更将赤列更才和赤列更才的老婆感动得哭了。

就这样，他为赤列更才献上了400毫升鲜血。

然而，献过血之后的白伟伟还没走出医院，脸色苍白的他就晕倒了，之后被众人扶起，又是给掐人中，又是喝葡萄糖，苏醒过来的他在医院的椅子上休息了好一阵，才勉强能行走。

"兄弟呀！我的命都是你给的呀！你对我们这么好，你怎么舍得离开我们呀！也许你不给我献血，你身体的免疫力就不会降低，就不会得肺水肿，也就不会牺牲，是我害了你呀！我要将你的照片放大，挂在我家里，为你上香……"

赤列更才絮絮叨叨的哭声，令人断肠。

"白书记呀！现在日子越来越好了，都还没来得及说声谢谢，你却走了。"得知白伟伟去世的消息后，洛桑卓玛也悲伤欲绝，"你对我们家这么好，我要让我小女儿益西卓嘎将你的故事写成文章，记在心里。"

"不相信，白书记还那么年轻，怎么会这么快就走了。"

"只是感冒了，要是抽空检查下身体，也不至于早早就去了。"

"这么好的人，怎么就没了呢？他还这么年轻，帮助了我们这么多，没想到……"

白伟伟生前许多的同事、朋友，以及村民们，都无法接受他永远离开的现实。

但，这就是事实，悲痛的事实。

能否接受都是如此。

任何伟大都来自平凡，任何伟大也成长于平凡，任何伟大更成就于平凡。白伟伟就像一颗引人注目的流星，在曾经接触过他的人们心中，耀眼地闪亮过，留下温暖且透彻的光辉，然后自己却永远地消失在了黑暗之中。

为了纪念白伟伟，2018年的春节、藏历新年，格桑村没有一家人开展任何庆祝活动。

不仅如此，许多村民还在家里为他点燃酥油灯，祈福念经。

长明的酥油灯，摇曳着发出柔和的光，在藏族同胞的信仰里连接今生来世，为心中的亲人照亮往生天堂的路。

铺路石

脱贫攻坚的光芒洒满高原,我在光芒中记录闪耀。

晋美,藏族,西藏自治区日喀则市南木林县拉布普乡采琼村党支部书记。

采琼村毗邻色吾寺沿线,交通便利,客流量大,脑中充满智慧的晋美在不折不扣地执行精准扶贫脱贫攻坚有关政策的过程中,发现了商机,他先后带领群众新修便民桥41座,使全村道路通达率达到98%。

晋美开始这样做时村民们不理解:上千年我们都是马驮牛运人背,有什么不好?

我们有什么东西需要运输的呢?难道牛马要在公路上行走才能运输东西吗?这是不是太脱离实际,太注重形式了?

有修这些公路的钱,不如直接发给我们,让我们吃好点穿好点多好啊!为啥要修这么好的路?讲什么排场?

但是当路修好之后,村民们才明白了,晋美这样的举措是多么有远见!

因为晋美这样做的目的就是要让村民们通过开办农家藏餐

馆，发展餐饮业；修建便民旅舍及休闲农庄，发展旅游业；跑货运客运，发展运输业……没有公路，怎么行？

晋美这一举措，令参与其中的村民户均年收入超过20万元。

道路通达的好处还不仅于此。继而，晋美又在村里建起了采石场，使古老的采琼村破天荒地有了属于自己的企业。

采琼采琼，"琼"不就是美玉吗？玉不就是石头吗？

采琼村开采石场，这是顺应天意啊！

晋美这一大招，又使集体经济每年能收入10多万元。

采石场的诞生与存在，不仅顺应天意，也衍生了运输、销售、装饰装修等相关配套服务，从而使村民人均年收入达到1万余元，并因此改善了生活，脱离了贫困。

村里的贫困面貌大改变之后，村民们对晋美尊崇至极。但是晋美却并没有在如海洋般的赞誉中沾沾自喜。

他明白自己要的是全村人共同富裕！要干的事业是让全村人富上加富！

他注意到脱离贫困的村人大多数人都住上了漂亮的新房，但有少部分人虽然温饱问题解决了，住房条件却还很差，他又帮助22户贫困群众新建住房，集中搬迁贫困户115户。

"以前我们多穷啊，看到远道而来的人们吃穿都好，真是羡慕极了！感觉人与人之间差别真是太大了！但是现在不同了，我们也彻底脱贫致富了。"村民拉巴顿珠说，"我们以前真是做梦也没有想到能过上这么好的日子。"

按说，修桥补路，积善成德，当长命百岁，但苍天不开眼。

2016年7月3日凌晨，晋美为了本村易地搬迁和民房改造工程，到南木林县县城进行木材切割和购买采石场空压机油料，谁知途经热当乡与达那乡交界处时，遭遇特大洪水袭击，他连同所驾驶的车辆被冲至拉布河而不幸殉职，刚过花甲的生命戛然而止。

这样的好人说没就没了，泪雨如滔滔洪水，从村民们的眼眶奔流而出。

这是苍天不开眼，还是苍天需要这样的好人啊？

泪问苍天，苍天不语。

送葬那天，自发前来送别的村民排着长长的队伍，或手托哈达，或手捧鲜花，一路呜咽一路悲，有的人甚至哭得直不起腰。

晋美的人生是俊美的，他生前不仅受到了村民的爱戴，而且多次被县、乡评为"优秀村党支部书记""优秀党务工作者"等，去世后被追认为中共日喀则市委、中共南木林县委"优秀共产党员"。

岁月虽然会改变山河，改变容颜，改变生命的存续状态，却改变不了英雄人格留存于心的温暖。因为南木林县拉布普乡采琼村在几年间所发生的翻天覆地的变化，村民生活脱贫致富的美好，居住环境今非昔比的优美，与晋美的心血与奉献息息相关。

睹物思人，心情撕裂，慨叹的同时，人们无不扼腕。

就从这一天起，有一块碑，立于南木林县拉布普乡采琼村村民的心中，这块碑的名字，便叫晋美。

次旺平措，藏族，西藏自治区日喀则市扶贫办驾驶员、萨嘎县驻村工作队队员。

次旺平措长年驰骋于雪域高原，在执行各项任务时不挑肥拣瘦，无论是节假日还是深夜，始终做到随叫随到。在单位人员不足的情况下,他也总是主动请缨,连续两年在平均海拔4600米以上的萨嘎县驻村。

由于工作忙,他有时一个月都回不了一次家,与妻子和儿子的见面时间很少,对此妻子时有怨言:"老公,你心中还有没有我们这个家呀?还有没有我和你儿子呀?"

"当然有呀!你和儿子就是我的精神力量!"他总是笑着安慰妻子说:"现在是全国脱贫攻坚的关键时期,只有每个人都有舍小家顾大家的精神,为脱贫攻坚尽一份力,才能打赢这场脱贫攻坚战,老婆你要多理解呀!"

听了次旺平措的话之后,他老婆突然双目含泪,一把抱住他:"老公,我就是想你,也很担心你,你太累了!"

"没事的!累总比不累好!再说,我这干的可不仅仅是工作,而是积德积善呀!"

"那你一个人在外要照顾好你自己,好好吃饭,好好睡觉,不要太累了。"

"我会的!只有休息得好,才能工作得好!"

事实上,自2016年打响脱贫攻坚战之后,由于脱贫攻坚工作任务重、时间紧,次旺平措承受着越来越大的工作压力,要做好按时吃饭,好好睡觉几乎是不可能的事。

2016年11月7日,次旺平措又一次短暂回家之后准备出发,妻子为他一边收拾东西一边半开玩笑半认真地说:"唉,我好命苦,这又是一次漫长的等待与煎熬。"

"哪会呀!要不了多久我就会回来的。老婆,我们现在有吃有穿,很幸福,但是我们要站在贫困村民的角度想想呀,他们还在为衣食犯愁呢!"

"老公，我理解你的工作！但我和儿子也需要你扶贫呀！反正你早些回家吧！"

"老婆，我会的！这次是陪同自治区脱贫攻坚第三方评估组开展检查评估，用不了多长时间的。"

是的，通常情况下，用不了多长时间就可以回家了。

但是这一次，次旺平措却食言了。

2016年11月23日，次旺平措在日喀则市亚东县陪同自治区脱贫攻坚第三方评估组开展检查评估时，突发心肌梗死，在送往日喀则市急救途中不幸去世，年仅45岁。

噩耗传来，次旺平措的爱人一下子晕倒了。

"老公啊，你说话不算话呀！我以为这是你的又一次出差，以为这是自己的又一次等待，不承想这一次却成了我们的永别！你说用不了多长时间就可以回家了，可是你却永远地离开我们的家了，从来没撒过谎的你这一次为什么要撒谎？

"你什么都好，就是太不爱惜身体了，平时我担心你，你总是那句话，你说自己的身体自己知道，健康着呢。你这是怎么知道自己身体的呢？

"我对不起你呀，老公！平时你忙工作，顾不上回家，我总是责备你，却对你关心不够。你偶尔说你自己身体不舒服，感到很累的时候，却没有想过是不是你的身体出问题了，却没有想到陪你到医院去检查一下……"

次旺平措的爱人醒来之后，更是哭得涕泪横流，呼天抢地。

次旺平措永远倒在了脱贫攻坚的征途之上，为脱贫事业奉献了宝贵的生命。他没有惊天动地的壮举，没有光照日月的业绩，但他却用自己的工作，诠释了脱贫攻坚的力量。

雪　莲

西藏是一个美丽的地方，也是一个神奇的地方。

大自然在慷慨地馈赠瑰丽风光的同时，也赋予了无尽的残酷、苦寒与艰涩。

生活在这里的人们是艰苦的，工作在这里的人们也是艰苦的。

西藏自治区是从旧西藏走过来的。这个"走"，在可见的时间概念里，是翻天覆地的。

"短短几十载，跨越上千年。"

艰苦虽然天定，但奋斗是艰苦的天敌。

面对艰苦不怕吃苦，身体缺氧不缺精神。

再恶劣的环境，也不能阻挠西藏各族人民对美好生活的向往。

再艰苦的条件，也阻挡不了西藏干群脱贫攻坚工作的坚定步伐。

自脱贫攻坚战打响以来，西藏自治区先后有17万人次的扶贫干部深入一线驻村，他们的身影贴近百姓的心灵，风刀霜剑无情割裂粗糙的容貌里,是高寒缺氧摧毁不垮的铮铮铁骨。他们与百姓同吃同住同生产,同思同想同悲喜,然后扶贫扶心扶志更扶智。

小康,有了光明的心境和峻拔的向度,方能叩门而入。

这犹如一颗颗种子,一种信念与向往开枝散叶,光照四方。

汗水在流淌,心血在浇灌。为贫困群众服务是至高无上的职责。

蔚蓝的天空下,历史的清寒在改写。

灿烂的阳光中,幸福的花儿在绽放。

就这样,贫困被一步步地移出了西藏。

因为工作忙,任务重,多少扶贫干部从自己的工资中掏出钱来帮扶建档立卡的贫困群众。

多少扶贫干部为了让建档立卡的贫困群众早日脱贫致富,一个月难回一次家,屡过家门而不入。

多少扶贫干部为建档立卡的贫困群众易地搬迁,或为产业项目的申报及建设累出了病,却不愿意离开工作岗位去治病。

多少扶贫干部急建档立卡的贫困群众之所急,想建档立卡的贫困群众之所想,殚精竭虑,夙兴夜寐……

贫困是一个古老的名词,扶贫是一个古老的话题。

夙,一抹斜阳清风里。这是一项沿着人类历史长河绵延而下渴望蝶变却始终难以遂愿的伟大的事业;愿,原本有心花难开。这是一项一代又一代古人皓首穷经依然无法撼动旧貌重建新颜的艰巨的事业。

要成就一项伟大而艰巨的事业,又何止流血流汗那么简单?

据不完全统计，在近年来西藏自治区的扶贫事业中，先后有23位参与扶贫攻坚的干部职工献出了自己宝贵的生命。

这些牺牲的扶贫干部，有的倒在了路上，有的倒在了工地上，有的倒在了办公室……

米玛卓玛，1985年8月4日生于西藏自治区日喀则市，2010年参加工作后，在日喀则市仁布县帕当乡从事精准扶贫及民政工作。

因工作表现出色，于2016年4月被借调到仁布县扶贫办工作，次月再被借调到日喀则市脱贫攻坚指挥部。

自2015年脱贫攻坚战打响之后，怀有身孕的米玛卓玛，不顾自己身体的不适，调研与扶贫的足迹遍及全乡6个行政村。

在调研与扶贫的过程中，她随身携带工作日志，以"5+2"（从周一到周五的5个工作日，加上周六、周日两天）、"白+黑"（白天加夜晚）、"8+X"（每天8小时工作时间加上X小时的加班时间）的工作模式，白天奔波在6个村之间，认真负责地将贫困户和非贫困户的家庭状况一一进行记录，晚上在办公室核实贫困户的基本信息并录入系统，做到了系统内外一致、上下一致。就这样，通过她的努力，精准地识别了帕当乡281户建档立卡贫困户1138人。

同时，无论再累，她每天晚上都会写扶贫日记，详细记录着每天的扶贫工作动态。日积月累，记录下了厚厚的一大本。

2016年年初，米玛卓玛在孔培村调研之时，发现一位年过七旬的五保户老人生活过得很艰难，于是连忙自掏腰包给老人购买生活用品及衣物，令老人感动不已。

遗憾的是，2016年6月，因劳累过度，米玛卓玛不幸倒在了工作岗位上，经多方抢救，她腹中的孩子和年仅31岁的她，永远离开了这个美好而忙碌的世界。

2018年，日喀则市仁布县帕当乡顺利完成脱贫攻坚任务，大家在庆祝之时，也忘不了米玛卓玛打下的数据基础，纷纷双手合十，含泪为她祈祷。

米玛卓玛31岁便倒在了脱贫攻坚的工作单位上，牺牲之时年龄之小，令人痛惋。同样的辛劳，同样的奉献，比她还要小一岁的藏族帅小伙达瓦的牺牲，也令人心碎。

达瓦，藏语里是月亮的意思。达瓦本人也长得像月亮一样秀气。

达瓦是西藏自治区日喀则市仁布县然巴乡扶贫专干，在担任然巴乡扶贫专干期间，跑遍了全乡的9个行政村、40个自然村和197户贫困户，逐家逐户调研累计达500余次，形成调研材料5篇，提出建设性意见建议10条。

2013年3月底，他白天到各村入户采集信息，晚上到乡政府加班加点将信息录入系统。

那些日子里，达瓦身体经常出现不适的情况，但他都如白伟伟那样，每次都只吃点药，或者简单休息一下，便又接着工作，最终导致不幸发生。

2013年4月1日，他终因突发脑出血，经抢救无效去世，年仅30岁。

30 岁得脑出血，令人震惊。

30 岁，正是人生黄金年龄，万事皆欣欣，但却突然如油灯在飓风中熄灭。

噩耗传开，多少人叹惋。

达瓦卓嘎，也是一位在脱贫攻坚战役中牺牲的年轻人，她牺牲之时，比米玛卓玛和达瓦的年纪还要小……

1990 年出生的藏族姑娘达瓦卓嘎，是西藏自治区那曲市索县赤多乡扶贫专干、县脱贫攻坚指挥部产业脱贫组工作人员。自参加工作以来，达瓦卓嘎严格要求自己，主动担当、积极作为。她的足迹遍布全乡所有村居。通过深入调查，她掌握了第一手资料。由于工作业绩突出，她被抽调到县脱贫攻坚指挥部工作。

然而 2016 年 12 月 20 日，因投身脱贫攻坚工作而未得到及时诊治的肠癌细胞转移，医治无效而去世，年仅 26 岁。

张杰果，汉族，西藏自治区地勘局地热地质大队工程师、日喀则市江孜县龙马乡宗卓村驻村工作队队长。2018 年 3 月 14 日深夜，43 岁的他不幸去世。

为了藏族同胞尽早脱贫，自 2015 年 12 月开始，张杰果连续三年主动驻村。驻村扶贫期间，他把驻地当故乡、把村民当亲人，经受了海拔高，条件艰苦等考验，走村入户，深入农户调查摸底，足迹遍及宗卓村 30 多户。

他帮助村民科学种植、推广良种，并在家门口为 11 名群众联系务工岗位。

他带领驻村工作队队员协调项目资金 10 多万元修建水渠。

李云峰，男，汉族，西藏自治区林芝市朗县扶贫农发办副主任，始终不忘初心、牢记使命、任劳任怨、攻坚克难。在担任扶贫办副主任期间，先后为登木乡比邻村、崩嘎村、多龙村、登木村申请了总投资 190 万元的牦牛养殖项目。项目建设完成后，带动 4 个村建档立卡户 123 户 347 人每年每户增收约 400 元。

他时刻把贫困群众的需求放在心里，帮助他们解决了一个又一个难题。几年来，他坚持每周都去结对帮扶户家走访，宣讲扶贫政策、帮助发展产业、申请危房改造、解决就医和上学等具体困难。

这么好的人，身体不适也因坚守脱贫攻坚岗位未及时上医院就医，而于 2016 年 4 月 25 日去世，年仅 39 岁。

索南罗布，1957 年出生于西藏阿里地区革吉县，1969 年参加工作。时任阿里地区扶贫开发领导小组办公室（农业综合开发办公室）党组书记、副主任。

索南罗布自担任阿里地区扶贫办主任以来，始终心系贫困群众生产生活，以改善贫困群众生产生活条件为重点，他经常轻车简出，进村入户开展扶贫调研，阿里 140 多个村子和居委会，无不留下他的足迹。

在他的带领下，自 2003 年至 2010 年期间，先后申请落实各类扶贫项目 450 个，资金 2.85 亿元，为改善农牧区基础设施，增加贫困家庭经济收入，提高贫困群众自我发展能力付出了心血与汗水。

索南罗布为了贫困群众，为了扶贫事业，委屈了自己的孩子，顾不了生身父母，辛苦了深爱的妻子，也忙坏了自己的身子，虽然身患多种疾病，却一直坚持带病上岗，恪尽职守。

不幸的是，2014年11月29日，他在参加纪念孔繁森同志牺牲20周年座谈会的途中突然倒地，因公殉职。

西藏自治区国家安全厅副调研员、昌都市贡觉县则巴乡哈池村第一书记达瓦泽仁，因工作劳累过度，身体长期透支，积劳成疾，于2019年1月9日突发疾病，抢救无效不幸去世，年仅48岁。

达瓦泽仁在担任哈池村第一书记期间，任劳任怨，积极履职，协助乡政府落实各项惠民资金60多万元；协调修建48万元的水利项目1个；修建30万元桥梁1座；解决了电网架设和电话信号覆盖问题，结束了哈池村不通电、无信号的历史；积极发展"卡若香猪养殖""奶牛养殖""牧草种植"等多个产业项目；带动44户64人脱贫；协调2万多元帮助贫困户；为残疾人组织捐款3000元；向农牧民儿童发放衣物200余件……

在西藏自治区，为脱贫攻坚事业牺牲的人还有山南市扎囊县吉汝乡节念村村副主任顿珠，那曲市色尼区尼玛乡热扣村村委会委员塔杰，昌都市丁青县觉恩乡绒通村党支部书记昂多，昌都市丁青县当堆乡人民政府聘用干部扎西，西藏自治区脱贫攻坚指挥部办公室职员徐璐，昌都市洛隆县孜托镇人大专职主席团主席、加日扎村驻村工作队队长卓伦卡……他们用生命和热血谱写了一曲曲扶贫奉献之歌。

人是感情动物，扶贫干部为了自己的脱贫致富而牺牲后，人们不仅悲泣流涕，还自发地为之送葬，自发地在春节及藏族新年不搞任何喜庆活动，自发地点酥油灯，上香诵经……

在西藏自治区从事脱贫攻坚事业的干部职工，就如同藏地雪莲，真诚、坚韧、纯洁，给人们带来希望。

而他们一腔挚诚奉献的事迹与精神，也将如雪莲一样，顽强地生长在这片雪域高原之上，在蓝天下传播坚强不屈的意志，在阳光中传承坚忍不拔的品格，在时空里书写旷古烁今的藏地胜景。

十三、藏地胜景

　　整洁的街道,气派的洋房,分给自己的房子不仅客厅里摆放了全新的藏式家具、现代家电,厨房里有崭新的天然气灶,有抽油烟机,还有独立的卫生间……

　　真是太好了!好得连做梦也想不到!

双木成林

苍茫不该是苍凉，空阔岂容成空洞？

喜马拉雅能阻断印度洋的暖湿空气，却阻不断华夏大地的温煦春风。

在全国脱贫攻坚的伟大号角吹响以后，西藏自治区从上到下积极行动了起来，立足改善各族群众民生福祉、巩固民族团结，着眼高质量、长期稳定脱贫，扑下身子、摸清根源，因地制宜、精准施策，瞄准"两不愁、三保障"靶标久久为功，立下了确保到2020年贫困人口全部脱贫的军令状，让高原的每一寸土地都洋溢着祖国的爱。

那么，西藏自治区的脱贫攻坚战是如何进行的，有什么特点呢？

对西藏这样的集中连片深度贫困地区，要打赢打好脱贫攻坚战，是一件相当不容易的事情。但是西藏自治区将脱贫攻坚作为头等大事和第一民生工程，谋划好了精准扶贫精准脱贫的顶层设计，以脱贫攻坚统揽经济社会发展全局，用精准扶贫精准脱贫方略全面解决区域性整体贫困问题，并理顺真抓实干有效帮扶的体制机制，从组织保障、政策体系、队伍力量等多个方面发力，对脱贫攻坚帮扶资源进行整合，以确保各项帮扶政策贯彻落实好，走出一条具有西藏特点又高效有力的脱贫攻坚之路。

高原的高，不仅仅指海拔高度。脱贫攻坚战开始之初，西藏自治区便率先设立了高规格的省级脱贫攻坚指挥部，这如同一个省级单位的司令部，上传下达，零距离对接。因为脱贫攻坚指挥部下设办公室、产业组、搬迁组等11个专项组，所有工作组集中办公、专项落实。各市、县、乡镇也成立了相应机构。按照"区负总责、地市直管、县抓落实、乡镇专干"的管理体制和"工作到村、扶贫到户"的工作机制，层层分解目标任务，排出时间表、挂出作战图，构建了责任清晰、各负其责、合力攻坚的责任体系。

紧密结合本地实际，西藏自治区还出台了健全的执行体系，建立了严格的考核办法，编制了科学的系统规划，制定了可行的工作方案，形成了"1+N"的覆盖图谱，以发挥政策"1+1>2"的协同效应，保障西藏自治区打赢脱贫攻坚战。

在深入开展创先争优强基惠民活动的基础上，尽锐出战强化基层帮扶力量，将定点扶贫职责交由驻村工作队承担，实现驻村干部对所有村（居）的全覆盖，帮助群众出主意干实事，推动扶贫政策措施落地落实。

顶层设计完善之后，各项帮扶举措就得以更好贯彻落实，各方帮扶力量也得以形成更强合力，一项项既具西藏特色又充满群众智慧，还有良好脱贫效果的创新做法便在雪域高原落地生根，并开花结果。

而在具体实施精准扶贫脱贫攻坚方略之时，则严格按照因地制宜、因人因户因村施策的工作要求，以发展生产脱贫一批、易地搬迁脱贫一批、生态补偿脱贫一批、发展教育脱贫一批、社会保障兜底一批的"五个一批"为内容，精准施策提高贫困人口的参与度和受益水平，让帮扶措施有效地传导到"最后一公里"。

"绿水青山，就是金山银山。"这十个字既强调了人所赖以生存的自然条件的根本性，也概括了人所追求的物质条件的必要性。只有在保障生存环境的根本性的基础之上，才能实现可持续发展。也就是说，生态保护与建成小康社会是统一的、密不可分的。

对自然环境而言，扶贫从来不是在远行，而是在靠近。人类并非生活在太空，保护环境就是保护自己。西藏自治区是全国唯一省级集中连片贫困地区，也是世界上少有的生态优势地区，有名的生态脆弱地区之一。因而整合各方资金，进行生态保护的扶贫，便成为精准扶贫脱贫攻坚的重要手段。

这世间最宝贵的资源是什么？是生态！为了保护生态，又能使百姓脱贫致富，西藏扶贫部门先后拟定了《西藏自治区"十三五"时期脱贫攻坚政策建议》《西藏自治区关于支持贫困县开展统筹整合使用财政涉农资金试点工作的意见》《西藏自治区"十三五"时期生态补偿脱贫实施方案》等6项政策制度，对于推动西藏农牧区贫困人口通过参与生态建设脱贫提供了科学有力的制度保障。

在"生态补偿脱贫一批"的具体实施方面，立足生态优势，结合现行生态保护政策及重大生态工程，采取政府购买服务等多种方式，面向建档立卡贫困人口中有劳动能力的群体进行扶贫。

事实证明，让贫困群众受益于生态保护的过程，享受到生态保护的成果，并从中脱贫致富是一条行之有效的途径。

南木林县雅江北岸生态示范区就是一个贫困群众受益生态保护过程的典型例子。

南木林县隶属于西藏自治区日喀则市，地处冈底斯山脉东段河谷地带，整个地形为东北高，西南低，绝大部分地区海拔在3790—4952米之间，境内山峦起伏，由极高山、高山、中山、河谷、湖泊、冰川及沙丘等地貌单位组成。最高点是位于县境东北部的扛宗马山峰，海拔6043米，终年积雪不化。最低点为湘曲河与雅鲁藏布江的交汇处，海拔3704米，相对高差2339米。山腰及河谷均沿南北走向延伸，南部山体褶皱强烈，基岩裸露，地表疏松，沟蚀严重，山麓坡前洪积扇与坡积裙广布，沿雅鲁藏布江一带为多风地貌；北部高山耸峙，河谷深切，山顶冰川刃脊发育，境内冰蚀湖众多。

位于雅鲁藏布江北岸的南木林生态示范区在植树造林之前，曾经是一片寸草不生的戈壁荒滩。冬季风呼呼肆虐，吹走岁月的时候，也带来了扬尘、扬沙，那些日子，村民家里的桌子上、床上不一会儿就会积上一层沙子，如有雅兴可以在上面画画，写字。然而睡一觉之后起床，鼻孔里却塞满了沙子，这却没有诗意。

对曾经的环境，南木林县林业和草原局局长次仁顿珠刻骨铭心："我小的时候，我家所在的雅鲁藏布江两岸全是戈壁荒滩，那时候江上没有桥，过江摆渡的时候，风刮起来，前面一米处的人都看不清。因为怕风沙，这一带居民的窗户还没有普通小汽车的车门窗大……"

雅鲁藏布江、怒江、拉萨河、年楚河、雅砻河、狮泉河，这"两江四河"是西藏生态安全屏障的重要组成部分，必须保护。在南木林县域内雅鲁藏布江北岸的南木林生态示范区，便是其中一块试验地。

南木林生态示范区总规划面积42万亩，计划2017年完成。该示范区造林绿化工程正式启动于2014年3月29日。

这项工程启动以后，人们在这片古老的戈壁栽上了新疆杨树、榆树、柳树、藏川杨树、沙棘等各类苗木。

双木成林，林下示禁，禁云：斧斤以时入山林。

栽树容易护树难。所谓"三分种树，七分管护"。

栽上了树，就得有护林员。在雪域高原、高寒、荒漠化地区开展植树造林，尤其如此。

南木林全县有护林员800多人，全由建档立卡的贫困群众担任。而南木林生态示范区4.8万亩森林中，这样的护林员有60多名。他们在林业专业技术人员的指导下负责对森林进行灌溉、施肥、修剪、病虫害防治、围栏维护、冬季树木养护、涂白和防火等工作。

这些护林员，每月有1300元工资，其中500元是绩效工资。除此之外，如果参与植树的话，每天还有120—150元的收入。因而每到植树季节，该县艾玛、多角、卡兹乡各村群众都会踊跃前来植树造林。

除了经济上增收，当地百姓还能从改善后的绿色生态中获益。

一土为王，王人点金，金言：明日即刻出地王。

经过近5年来的造林绿化，南木林生态示范区已变成一望无际的高原"绿洲"。绿化有了，环境也有了，现在再有风来，怒号依旧，但沙子基本上没了。

次仁旺堆是南木林县德庆村的村民，也是南木林生态示范区护林队伍中的一员，他和村民们每日七点左右从家出来守卫和管护区内的一草一木，对这份工作，他越来越感受到了护林的意义："以前我们村里走在路上，都感觉会被风刮走，现在刮风除了呼呼作响，一点沙子都吹不起来，居住环境那完全是两个样，现在感觉特别幸福。"

令人惊喜的是，这片林子不仅防风固沙成效显著，随着生态环境的改善，生态效益也凸显了出来。

在植树造林的基础上，南木林生态示范区又通过土地修整，在戈壁上开垦出大片良田，建设了牧草种子驯化基地315亩，人工种植饲草4.7万亩，牧草品种达76个之多。每年春季，示范区都能向牧区提供数万吨饲草，在解决牧区春季饲草的同时，也帮助南木林县贫困群众有效增收。

在西藏自治区，像南木林县这样，发动群众参与生态建设，使之从生态保护中受益的例子还有很多。

亚东鲑鱼被誉为高原人参。其营养丰富，肉质鲜美，且无肌间刺，蛋白质含量高、胆固醇含量低，含有丰富的氨基酸、不饱和脂肪酸，被称作脑黄金的DHA、血管清道夫的EPA含量高于其他鱼类数倍。

亚东鲑鱼属西藏自治区二级野生水产品保护动物，这种鱼目前在我国仅生长于日喀则市亚东县上亚东乡至下亚东乡 20 公里范围内,是亚东独有的高原冷水鱼种。野生的亚东鲑鱼是不能捕捞食用的,必须保护。人们要想吃到这种美味,只有通过人工养殖才行。然而由于该鱼孵化成功率低,养殖难度大、技术含量高,多年来,仅能小规模人工养殖。

在精准扶贫脱贫攻坚战役中,为使贫困群众通过参与亚东鲑鱼养殖产业实现脱贫,亚东县有关部门整合资金,并与上海海洋大学合作,科学攻关,扩大了鱼苗繁育规模,使种鱼规模由上万条一下子扩大到了 50 余万条。

自此,亚东县 6 个乡镇的 642 户贫困户 2232 名贫困群众,通过直接或间接参与鲑鱼保护及养殖产业,每月能从中获益 1000 元以上。

在生态脱贫过程中,西藏对护林员、野保员、情报员的生态补偿脱贫岗位实行精准控制,要求岗位要与建档立卡贫困户一一精准对应;生态补偿脱贫岗位实行额度控制,即新增和腾换岗位补助标准为每人每年 3000 元。

而且,生态保护政策性扶贫岗位也不是终身制,对那些已经稳定实现脱贫、建档立卡销号的贫困人口,则按规定退出扶贫岗位、取消相应补偿。

就这样,西藏自治区通过新增及腾换岗位的方式,落实林业生态保护、草原生态保护、野生动物保护等各类专兼职生态补偿岗位 50 万个,让有劳动能力的建档立卡贫困人口和农村低收入人口,通过参与生态环境保护和建设的形式,就地就业,实现了体面地、有尊严地脱贫,让贫困人口吃上"生态幸福饭"。

大搬迁

有一种情结会一生相随,这种情结便是故土情结。然而并非每个人都会一生与故土相伴,个中原因是工作需要,爱情使然,或者人往高处走。

树挪死,人挪活。背井离乡是为了更好地生活。当故土无法给予自己幸福的时候,为了能更好地生活,就得搬迁。

搬迁,分为相对集中搬迁,也就是本乡内的聚居区,以及易地搬迁区。

西藏自治区在"易地搬迁脱贫一批"的具体实施方面,制定了易地扶贫搬迁安置点选址要靠县城、靠乡镇、靠中心村、靠景区、靠产业园区、靠交通要道的"六靠"原则,方便安置点选点规划、方便基础设施建设、方便公共服务配套、方便群众发展产业、方便交往交流交融的"五方便"原则,以及避让地质灾害隐患、避让地震断裂带的"两避让"原则,并严格开展环境影响评价、地质灾害危险性评估、社会稳定风险评估等工作,以确保扶贫开发区和易地扶贫搬迁点选址的科学性、严肃性、合理性。

易地扶贫搬迁是脱贫攻坚的关键硬仗。这句话在西藏被诠释得跌宕起伏尤为具体。

西藏有些地区自然条件的恶劣，没有亲身来到之前很难想象——高寒、缺氧、干旱、贫瘠、灾害，人类生存发展的基本条件几乎都不具备，是真正意义上的贫中之贫、坚中之坚，且往往无业可扶。

易地搬迁的主战场在日喀则、昌都、那曲，这三个地区集中了西藏自治区的贫困人口和深度贫困村，是西藏贫困程度最深、扶贫成本最高、脱贫难度最大的区域，搬迁任务也最重。

"三岩"在藏语中意为岩山环绕、地势险恶之地。封闭险恶的自然环境和极度缺乏的生产资料，使得昌都市"三岩"片区贫困发生率高达60%以上，是西藏自治区搬迁面积最广、涉及人员最多的区域，有1.16万人将跨市整体搬迁。这里也因此成为西藏易地扶贫搬迁的难中之难、艰中之艰。

而整个西藏自治区，需要进行易地扶贫搬迁的贫困人口有20多万。

这是一场脱贫大迁徙，从藏北高原到藏南河谷，从珠穆朗玛到雅鲁藏布江，高海拔、偏远闭塞、生态脆弱、地方病高发地区的农牧民，都在政府的妥善安排和组织下，有序地向生产资料富足、公共服务和基础设施相对完善的地区聚集。

为此，西藏自治区在充分利用中央支持政策的基础上，结合各地实际，尊重群众意愿，先后出台了《西藏自治区"十三五"时期易地扶贫搬迁规划》《西藏自治区易地扶贫搬迁项目管理暂行办法》，以系统思维谋划搬迁与产业、安居与乐业的协调，将易地扶贫搬迁与城镇化、新农村建设、产业、就业、教育、医疗统筹考虑，凭借这一突破口，彻底解决"一方水土养活不了一方人"地区的脱贫问题。

是不是穷山窝里的人都往城市，或者往具备优质土地资源的地方搬迁呢？

这当然不行，毕竟现有的城市和优质土地资源吸纳能力有限。

如何更好地安置搬迁人口，这不是走形式，更不是一搬了之。

人不是物品，挪个地方放在那儿就行了。这些建档立卡的群众挪了地方要生活，而且是相比于之前生活的地方要更好地生活、更幸福地生活、更富裕地生活。这是"易地搬迁脱贫一批"的根本目的。

否则，动员这些贫困群众搬迁干啥？

施行搬迁安置的脱贫方式，目标是"搬得出、稳得住、有事做、能致富"。搬迁聚居区，不仅修建了配套齐全的扶贫惠民商品房，也配套了现代养殖业、种植业、加工业、服务业中的一种或几种，以为搬迁贫困户提供便利的创业平台，保障脱贫成效。

这些现代养殖业、种植业、加工业、服务业不是凭空产生，而是切合当地特色产生的，或者本身就是当地特色。在这方面，西藏还探索出了一些切实可行、因地制宜的措施。

比如依托大型水利工程新增灌区的措施，便为其中一种。

2019年9月12日，国家172项重大水利工程西藏萨迦县拉洛水利枢纽大坝顺利封顶。

拉洛水利枢纽位于西藏日喀则市萨迦县境内，雅鲁藏布江右岸一级支流夏布曲干流中游。

拉洛水利枢纽及配套灌区工程是国家"十二五"规划重点项目，为大（2）型Ⅱ等工程，也是西藏水利发展史上投资最大的水利工程。工程以灌溉为主，可为申格孜、扯休、曲美、聂日雄四大灌区提供水源，同时兼顾供水、发电和防洪，并为改善区域生态环境创造条件。

该工程由大坝、泄水建筑物、电站、灌溉引水隧洞等组成，水库总库容 2.96 亿立方米。自 2014 年 6 月 8 日开工，经过了两年多的建设，于 2016 年 9 月 30 日成功实现截流。

对于这片突然出现的高原平湖，或许"神女应无恙，当惊世界殊"。

不过，当惊的不仅是这项工程的伟大，还在于这座大型工程，能在修建的过程中吸纳当地大量贫困劳动力就业。更重要的是，建成后将极大地改善下游农牧业生产条件，新增的约 42 万亩灌溉面积，能安置农业人口 4.1 万人，为扶贫搬迁提供富庶的生存环境。

吉隆，在藏语中为"舒适村""欢乐村"之意。

吉隆县位于西藏自治区西南部、日喀则市西南部。南面和西南面与尼泊尔相邻，边境线长 162 公里，北面以雅鲁藏布江为界与萨嘎县相邻，东面与聂拉木县搭界。雅鲁藏布江、东林藏布河、吉隆藏布河贯穿吉隆县全境，形成了约 300 平方公里的吉隆盆地。

吉隆县辖两镇四乡，吉隆镇是吉隆县所辖两镇之一。该镇与尼泊尔接壤，处在喜马拉雅山中段南麓，吉隆藏布下游河谷。

吉隆镇，被誉为"喜马拉雅后花园"。

从吉隆县城所在地、海拔约 4200 米的宗嘎镇前往吉隆镇的过程，差不多是一个欣赏风格迥异的风景的过程。

这一段路不长，只有 70 公里，但海拔落差却达到 1400 余米，沿途有千年雪山、有高山草甸、有彩虹瀑布、有幽涧河谷、有亚热带丛林……

河谷夹岸峰陡壁峭，涛声隆隆，云蒸霞蔚。随处古树参天、藤萝缠绕、植被葳蕤……置身其中，恍游仙界。

自上而下的路，基本上是沿河谷而行，而路到了吉隆镇之后，另一端所连接的，则是尼泊尔。这看似普通的路，却贯穿整条喜马拉雅山脉，谓"天赐之路"，也是"蕃尼古道"。

这条古老的路，叠加着历史的故事，一直以来便是中国与尼泊尔交往和通商的要道。相传在 1300 多年前，尼婆罗（今尼泊尔）的尺尊公主远嫁松赞干布，就是从这里进入西藏的。

尺尊公主入藏，带来了大量的工匠、僧侣，为西藏经济和文化的发展做出了一定贡献。

此外，据说公元 8 世纪，印度佛学家宁玛派祖师白玛穷乃也是由此道进入西藏的。

当然，这条古道不仅有"迎亲道""商道""官道"之称，也是一条"战道"。

小的战争不说，历史上，仅大的战争就发生过两次——廓尔喀率士兵入侵西藏。清政府曾派遣名臣福康安统帅由多民族战士组成的部队反击，最终把侵略者赶回了老家。

吉隆镇的显著标志是吉隆口岸。

吉隆口岸既是传统的中尼边境贸易口岸，也是中尼最大的陆路通商口岸之一，有着悠久的对外贸易历史。

为了发挥吉隆镇的边贸口岸优势，1961 年 12 月，国务院决定在吉隆设立海关，批准口岸开放；1972年，国务院批准吉隆口岸为国家二级通商口岸；1978年，吉隆口岸被国务院确定为国家一类陆路通商口岸；20世纪80年代初，由于口岸基础设施建设滞后等诸多因素，口岸功能基本停滞；2014年12月1日，吉隆双边性口岸正式恢复通关；随着国家"一带一路"倡议的实施，2017年4月，吉隆口岸扩大开放为国际性口岸；2018年1月，被国务院批准增设为药材进口边境口岸。

如今的吉隆镇，每年都有10多万人出入境，因而吉隆镇上，随便一家边贸商店，一家餐厅，一年也能挣几十万元。

就是这么好的地方，成了搬迁户的搬迁点之一。这也是日喀则市包含吉隆县萨勒乡、定结县陈塘镇等几个镇在内的，作为"4·25"地震恢复重建的试点之一。

组织农牧民施工队、引进建材企业驻点销售、政府统一地材价格……一系列措施，保证了灾后重建工作与易地扶贫搬迁工作的互融互推。

蓝蓝的天空下，飘荡着欢乐的颂歌。

明媚的阳光中，洋溢着幸福的笑脸。

这是2018年10月31日上午，发生在阿里地区札达县札布让村村民广场上动人的一幕。

这是由石家庄市对口援建的札布让边境小康示范村回迁庆祝仪式热闹进行中的场景。

札达藏语之意为"下游有草的地方"，该县位于西藏自治区西部、象泉河流域，是阿里地区边境县之一，也是国家级深度贫困县之一。

搬迁，对札达县来说，则是另外一种模式——对边境一线乡镇采取易地扶贫搬迁安置与边境小康示范村建设相结合的办法，全部进行就地改造。

2017年，西藏自治区制定《边境地区小康村建设规划》。经与阿里地委行署、札达县委县政府商定，河北省委省政府、石家庄市委市政府决定，将石家庄市对口支援的札达县札布让边境小康示范村作为石家庄市重点援藏项目，予以打造。

札布让边境小康示范村项目包括札布让、卡孜、波林三个作业组，共100户350人。三个作业组均位于古格王国都城遗址脚下，距县城15公里，旅游资源得天独厚。

古格王国又称古国王朝，其前身可以上溯到象雄国。古格王朝大概从9世纪开始，在统一西藏高原的吐蕃王朝瓦解后建立，到17世纪结束，前后世袭了16个国王。它是吐蕃王室后裔在吐蕃西部阿里地方建立的地方政权，其统治范围最盛时遍及阿里全境。古格王朝不仅是吐蕃世系的延续，而且使佛教在吐蕃瓦解后重新找到了立足点，并由此逐渐达到全盛。

因为古格王朝在西藏历史上具有重要意义，因而札布让边境小康示范村的建设目标是充分利用古格王国都城遗址的资源优势，打文化牌、吃旅游饭、唱民俗歌、走小康路，将其打造为冈底斯国际旅游圈的重要节点。

根据建设规划，札布让边境小康示范村总投资9639万元，分两期建设。第一期为拆迁重建81户。

为了让拆迁重建的这81户村民能在严冬到来之前搬进新居，工程工期限定在了从2018年5月10日至2018年10月31日的175天之内。在这有限的时间之内，要求完成拆迁、施工、建设的任务，实现"当年拆迁、当年建设、当年竣工、当年回迁"。

为了按期完成工程项目，河北省援藏干部以及札达县乡村三级干部"战斗"在拆迁一线，与群众同吃同住同劳动，帮助群众搭帐篷、搬家具、生炉灶，仅7天便完成了全部81户的拆迁任务。

由于有足额并及时到位的资金予以保障，施工队伍进场后不仅凝心聚力热火朝天，而且还倒排工期，挂图作战，即使晚上的工地也是灯火通明。

随着时间的推移，一栋栋别墅似的小楼便逐渐拔地而起……

在2018年10月31日的回迁仪式上，石家庄市向札达县捐赠札布让边境小康示范村建设资金4000万元。

村民回迁并不是目的，脱贫致富才是目的，守土固边才是目的。因而与之配套的相关致富产业也在进一步推进：投资500余万元的旅游防洪大坝建成；投资2000余万元的札布让文化活动中心拔地而起，将成为展示当地民俗文化、体验民族风情的平台；投资2000余万元的游客服务中心封顶，将成为接待四海宾朋，打造藏西名镇的标志建筑；投资350万元的村居基层组织活动场所标准化建设竣工……

相应地，供水、道路、照明、绿化等系列工程也在陆续跟进。

就这样，一个设施完善、旅游兴旺、民俗独特、文化悠久、宜居宜业的旅游小镇，逐渐成形。

位于喜马拉雅山西段，与海拔6656米的神山冈仁波齐峰遥遥相对的纳木那尼峰，海拔7694米。该山峰被藏族同胞称为"圣母之山"或"神女峰"。

纳木那尼峰东面唯一的山脊被侵蚀成刃脊，十分陡峭，形成了高差近 2000 米的峭壁。相比而言，西面的山脊呈扇状由北向南排列，坡度较为和缓，峡谷间倾泻着五条巨大的冰川，冰面上布满了冰裂缝和冰陡崖。

在纳木那尼峰西侧，孔雀河上游的河谷地带，水草丰美，其间散布着普兰县普兰镇仁贡村的各个村组。

最引人注目的，是坐落在一处小山坡下的尔岗组 19 户易地扶贫搬迁新居。整齐划一的两层白色小楼、矗立的路灯、平整的路面……颇有现代化小区的风范。

以前尔岗组的村民全部住在海拔 4200 米的小山沟里，居住的都是低矮、阴暗的砖木结构的老房子。由于地理位置偏僻，草场离家很远，冬季放牧点要到圣湖附近，群众生产生活成本很高，辛苦一年下来，挣不了几个钱。特别是一到冬天就大雪封山，极端恶劣的气候，让群众吃尽了苦头。

有一年村里连续下了很多天雪，雪厚得跟电线杆一样高，全村人出不去，外面的人也进不来，与牧场又失去了联系，跟孤岛一般。由于担心突然雪崩而致人死亡，为了安全，有的村民甚至暂时搬回到山上的洞窟里居住。

由于地理位置偏僻，交通信息闭塞，自然灾害频繁，冬季风雪严重，2016 年，尔岗组被列为普兰县易地扶贫搬迁村，其中 14 户 75 人为易地扶贫搬迁，5 户 26 人为同步搬迁户。在各级政府、部门的通力协作下，群众自筹合理资金并出工，尔岗新村主体建筑建成以后，村里的活动场所、路灯、简易垃圾填埋场、公共厕所、引水工程、高低压架设安装等附属设施，也陆续配套。

搬进新居的村民无不感慨：以前生活的环境好差呀，现在搬进条件这么好的河边来，住进这么好的房子里，真是太幸福了。

我爱我的祖国

我带着满身的尘垢
步步叩向你
冈仁波齐　冈仁波齐
我抛开尘世的嘈杂
轻声呼唤你
冈仁波齐　冈仁波齐
你无数次出现在我梦里
让我战栗　无法呼吸
我虔诚地匍匐你脚下哭泣
冈仁波齐　冈仁波齐
啊啦呀啊啦呀
你是世上最美的圣山
雄伟壮丽
……

这是一首名叫《冈仁波齐》歌曲的歌词，歌唱的就是冈仁波齐这座雪山。

冈仁波齐在藏语中意为"神灵之山",在梵文中意为"湿婆的天堂"(湿婆为印度教主神),是世界公认的神山,同时被中国西藏雍仲本教、印度教、藏传佛教,以及古耆那教认定为世界的中心。该山并非这一地区最高的山峰,但是只有它终年积雪的峰顶能够在阳光照耀下闪耀着奇异的光芒,夺人眼目。据说佛教中最著名的须弥山也就是指冈仁波齐。

因被无数中外游客和信教群众神往,冈仁波齐也衍生出了景点的功能。这对于世代居住在冈仁波齐脚下的普兰县巴嘎乡岗萨村群众来说,这里是他们的家,是过上小康生活的依存。

脱贫攻坚工作启动以来,巴嘎乡利用国家投资,在岗萨村旁建起了由"4·25"地震灾后重建和易地扶贫搬迁两部分群众组成、共70套房屋的新村,这些房屋根据每户具体的人口数目,进行60平方米、80平方米和100平方米三个等级分配。

岗萨新村背靠冈仁波齐神山,房屋设计充满民族特色,每户墙面和屋顶都涂有精美的装饰,水电路讯等设施也配套完善,群众只需拎包便可实现入住。

狮泉河镇是阿里地区行署和噶尔县政府所在地,这里建设面积超过500亩的康乐新居有994套独栋独院住房,外来的人想不到这么豪华的配置,竟然是阿里地区搬迁群众的一处集中安置区。

康乐新居是阿里地区易地扶贫搬迁点的样板工程、精品工程、阳光工程、廉政工程。该搬迁安置区项目分三期建设实施,按照人均不超过25平方米的标准,能安置4006人。其中一期修建500套、安置2061人，总投资2.47亿元，配套规划社区服务中心、幼儿园、卫生服务站等公共服务设施，集中规划水、电、路、讯、暖、庭院绿化、小区硬化等基础设施，按照普兰、札达、日土和藏式民房风格分为4个小区，分别以阿里的四条河流命名，充分体现地区和民族特色。

在项目建设中，阿里地区坚持把硬件建设与搬迁后的帮扶措施有机结合起来，为加快推进群众增收致富步伐，实现"搬得出、稳得住、有事做、能致富"的目标，地委、行署牢牢抓住"建房、搬迁、就业、保障、配套、退出"关键环节，投资4.5亿元，大力发展设施农牧业、优势种养业、旅游服务业、仓储物流业等重点产业，以此作为安置点支撑产业，覆盖全部群众；地区扶贫开发投资有限公司统一管理、出租出借国有资产商铺，将房屋租金中的50%专门用于培育壮大"康乐新居"经济合作社；大力开发保安员、出租车驾驶员、酒店宾馆服务员、停车场收费员等就业岗位500余个，实现了家家有产业、就业有门路、增收有渠道、致富有保障的目标。

通过搬迁到"康乐新居"，一大批贫困群众告别了那种延续数千年效益低下、粗犷落后的传统农牧业生产生活方式，搬进了城市居住，开启了全新的就业、创业模式。

……

自2016年以来，阿里地区在脱贫攻坚工作中，紧紧围绕地委、行署提出的6类宜居区域，采取集中与分散相结合的安置方式，落实易地扶贫搬迁金融贷款4.7亿元、自治区补助2000万元、地县配套4060万元，自2016年至2018年的两年时间之内，累计启动了 30 个易地扶贫搬迁安置点建设，实施易地扶贫搬迁 2225 户、8175 人。开展了涉及噶尔、普兰、日土、札达 4 个县 37 个边境小康村建设项目，其中边境一线村 32 个、边境二线村 5 个，项目总投资 21.4 亿元，覆盖 5795 户、21353 人。

而林芝市察隅县、山南市错那县，则采用的是将扶贫搬迁和戍边固边有机地结合在一起的方法，使贫困群众向边境一线搬迁。

自 2016 年以来，林芝坚持屯兵与安民并举、固边与兴边并重，积极走军民融合发展之路，在不断健全完善政策、智力、项目拥军等长效机制的同时，把边境小康村建设作为稳边固边、兴边富民等各项工作的突破口，坚持"一村一规划、一村一特色"，在全区率先实施 141 个边境小康村建设，把固边兴边与精准扶贫、边民增收相结合，到 2017 年底，累计投资 6 亿元，实施产业扶贫项目 68 个。

通过实施边境小康村建设、易地扶贫搬迁等一系列实实在在的新举措，不仅让生活在边境线上的广大人民过上了幸福的生活，还进一步增强了他们对祖国的自豪感、荣誉感和守边固边的积极性、主动性，并因此涌现出了许多爱国固边的先进典型。

目前，西藏建设易地扶贫搬迁安置点 860 个，已搬迁入住 2.78 万户 11.7 万人。针对居住在 4800 米以上高海拔地区的群众，以生态修复治理和脱贫攻坚双赢为目标，13 万人的搬迁规划已经完成。

故土难离，要说服贫困群众搬迁，真非易事。

好在榜样的力量是无穷的，毕竟水往低处流，人往高处走。

昌都市芒康县戈波乡支巴村村民白玛一家，是西藏自治区易地搬迁贫困户首批名单中的一员。当初听到搬迁建议的时候，虽然家徒四壁，但舍不得背井离乡的白玛心里却十分犹豫。

"我们家现在是挺穷的，可是搬迁之后就能富裕起来吗？万一没有变富裕，依然贫穷，甚至比现在更贫穷怎么办？那个时候我们真是进退两难：留在异地，我们难以生存，要想回到老家，老家的房子又没有了，又回不去，那不是喊天天不应，叫地地不灵吗？"

这是一个艰难的决定，是一种未知的取舍。

其实，跟白玛有相同顾虑的人还有很多。

后来白玛得知搬迁后有产业支撑，有好房子可住，最关键的是变成拉萨城里人，可以去拉萨打工之时，便动了心。

搬迁时，当她怀着忐忑的心来到拉萨市柳梧新区的新居时，一下子呆住了！

怎么这么好啊！

整洁的街道，气派的洋房，分给自己的房子不仅客厅里摆放了全新的藏式家具、现代家电，厨房里有崭新的天然气灶，有抽油烟机，还有独立的卫生间……

真是太好了！好得连做梦也想不到！

但她心里还是有些不踏实。

对呀，问题来了：易地扶贫搬迁的群众在搬迁之后有了新房子，有了新的工作，开展了新的生活，那么他们原居住地的住宅、草场、耕地等，在政策上有哪些处置的方法呢？

对于搬迁后的生产资料处置，西藏自治区于2017年3月印发了《西藏自治区加快推进易地扶贫搬迁工作的指导意见》，意见明确规定：

第一，对搬迁贫困户迁出地的老房屋，采取由当地政府统一收购、及时拆除的办法；对搬迁贫困户原有的宅基地，由当地政府组织复垦，交由专业合作社等机构组织统一经营，其收益归原有贫困户所有。

第二，搬迁贫困户原承包的耕地、草场、山林要逐步收回，交由专业大户、农民专业合作社、龙头企业等统一经营，搬迁贫困户继续享受定向用于农牧区的各项惠农补贴。考虑到贫困群众搬迁到新的地方后，产业发展、条件改善和就业保证都有一个过程，需要一定的过渡期，因此短期内应维持原承包关系不变。统一经营收入的大部分按照搬迁贫困户原有面积数所占比例进行分红，其余部分用于发展集体经济，为一定时间之后扶贫资金的一个新来源。

第三，贫困户的牲畜属于私人物权，由贫困户根据家庭情况采取变卖、赠予或者迁到新址、委托放牧等不同的方式进行处置；需要继续在原居住地进行放牧的，实行联户管理、轮流放牧的办法。

由于农村改革一直在路上，西藏自治区脱贫攻坚指挥部将进行持续的关注和跟进研究，始终坚持问题导向其解决方法，无论相应政策是否修缮，宗旨只有一个，那就是全面适应经济社会发展的要求和群众生产生活的需要。

搬出穷山窝，当起城里人后，白玛把芒康县的耕地、草地、牲畜都流转给了合作社，每年都能从合作社拿到分红，自己又在柳梧新区找到了工作。

这下，她彻底放心了。

而在大众创业、万众创新的大环境里，包括易地搬迁的建档立卡贫困户在内的人群想要创业，在政策上会不会有相应的扶持呢？

当然有！

穷应思变。虽然自力更生，用勤劳的双手来创造自己的幸福生活是脱贫攻坚一个最为重要的原动力，只要贫困群众自力更生，其生活无疑就会有明显的改善。但是西藏自治区对建档立卡贫困户的创业扶贫，仍先后出台了多个文件给予支持。

这些文件包括《西藏自治区人民政府关于贯彻落实国务院关于进一步做好新形势下就业创业工作意见的实施意见》《关于切实加强就业扶贫工作的意见》等。文件内容明确规定，对符合条件的创业人员，可以享受以下扶持政策：

一、可以享受创业担保贷款。把有创业意愿并且具备一定创业能力的各类人员作为创业扶持对象，贷款最高额度为10万元，对劳动密集型企业吸纳符合条件人员给予贷款支持，贷款额度按照吸纳人数可以累加，最高不超过200万元。

二、可以享受社会保险补贴。对创业者创办的企业，吸纳西藏自治区户籍人员达到企业员工30%以上并依法签订劳动合同、缴纳社会保险的，可按照规定申请不超过3年的社会保障补贴。其中第一年给予100%的补贴，第二年给予50%的补贴，第三年给予30%的补贴。个人应缴纳的部分仍由个人负担。创业者从事个体经营而未吸纳其他人员就业的，按灵活就业人员参加各项社会保险，并按个人实际缴纳各项社会保险的 50%给予补贴，补贴期限最高不超过 3 年。

三、可以享受创业奖励扶持。贫困人员自领取《营业执照》以后，按照正常经营 1 年、2 年、3 年，且吸纳西藏户籍人员占企业员工人数比例达 30%、40%、50%的，分别给予 2 万元、3 万元、5 万元的创业奖励资金，达到上一级创业奖励标准的，在扣减原奖励额度后，兑现剩余奖励资金。

四、可以享受水电、房租补贴。对租赁非政府投资建设场所的，自主创业并稳定经营 6 个月以上的贫困人口，给予每年最高不超过 1.2 万元的经营场地租金和水电费补贴，补贴期限不超过 3 年。

如今，拉萨市柳梧新区、城关区恩惠苑、曲水县"三有村""四季吉祥村"、羊八井风湿患者集中搬迁点等一批易地扶贫搬迁点人们的幸福生活，正在西藏自治区贫困农牧民人群中口口相传。有这么好的福利，有这么好的政策，越来越多的农牧民向往搬入新居。

谁都知道，搬出穷山窝，不仅能让自己过上好日子，子孙后代也会因此受享福泽。

"之前想去趟县里都很困难，现在出门就是市区，以后孩子上学、老人看病都方便，穷苦日子一去不返了。"

这是原籍昌都市芒康县戈波乡支巴村搬迁居民白玛发的肺腑之言。

山南市错那镇吉松社区，也是一座新建的搬迁居民点。

山南市错那县位于西藏南部，喜马拉雅山脉东南，是西藏典型的边境高寒县。全县辖 9 乡 1 镇，其中门巴民族乡 4 个，分别为麻麻门巴民族乡、勒门巴民族乡、贡日门巴民族乡和吉巴门巴民族乡。

错那县错那镇吉松村海拔超过4800米,属于纯牧区,环境恶劣、冻害频发、居住条件差、公共设施欠缺,村民的日子过得十分艰难。"穷"和"苦"一直是吉松村的代名词。

为了彻底解决"一方水土养不活一方人"的问题,脱贫攻坚战打响以后,错那县深入吉松村调研,在了解村民所思所想后,决定通过实施生产地与生活地适度分离、牧区牲畜专人饲养和解放劳动力投入第三产业等举措,启动吉松村一期高海拔生态搬迁项目。

该项目总投资7280万元,着力打造一个交通便利、环境良好、设施齐全的现代化边境小康村,让吉松村村民"挪穷窝""换新业",真正实现脱贫致富、安居乐业。

就这样,在错那县城附近,修建了由三个村组构建而成的吉松边境小康村。

吉松边境小康村的规格挺高,一幢幢红瓦白墙、风格统一的二层藏式民居整齐排列,在蓝天白云下,显得非常漂亮。

相应配套的有商业街、村民服务中心、文体广场……简直像江南小镇。

令搬迁村民惊喜的是,吉松小康村的居所不仅宽敞舒适、家具家电配套齐全,每家每户还铺设了地热供暖设施……和以前的老房子相比,简直是一个在天上,一个在地下。这么好的生活条件,村民以前见都没见过,做梦也没想到。

村民再也不用忍受冬寒之苦,生活条件实现了质的飞跃。

吉松村 101 户 282 名村民住进这样的房子之后，大家不约而同做的第一件事便是在自家的房顶上插上崭新的五星红旗……

是的，我爱我的祖国！

神仙秘境

信仰用行动诠释，成功靠跋涉奋进。

山岗神闲，蓝天气定，被贫困压得气喘吁吁的群众，只有用心才能扶起。

吉松小康村是错那县第一个高海拔生态集中搬迁安置点，但却是该县第六个边境小康村。

随着脱贫攻坚步入决战决胜阶段，山南市错那县把打造边境小康村作为打赢脱贫攻坚战的主阵地，坚持固边与兴边并重，先后制定了相应的工作思路和基本原则，通过资金整合、群众动员"两手抓、同步推"的工作方法，先后投入1.3亿元进行小康村建设。

从错那县城出发，往西南方向行十多公里，便会遇到一座高耸的大山，这便是波拉山。翻过海拔4550米的波拉山口，沿山而下，有一句顺口溜是这样的："南去勒布沟，弯道数不清，一山有四季，十里不同天。"

虽然道路崎岖，但风光无限。极目远望，一座高过一座的雪山如尊尊神像，在太阳下熠熠生辉，庄严肃穆令人敬畏；路边凝视，崖壁上晶莹剔透的无数冰柱，既如一柄柄利剑闪着寒光，又如水晶宫一般充满奇幻。

而翻越波拉山口时，则是另一番景象：来自印度洋的暖湿气流碰撞在海拔4000多米的山体上，产生了大量的雾气，使波拉山口一侧常年云雾缭绕，仿佛神仙秘境。

站在波拉山口，可以远眺西藏历史上著名的诗人仓央嘉措的故乡达旺。

当下至海拔3000米的时候，就到了一处风景独美的地方，这儿便是勒布沟。

勒布沟在喜马拉雅山脉南麓，沟里流溪潺潺、植被葱郁，鸟语花香、林木参天，如同一个美丽的女子，满身都是悦人的春色。又似世外桃源，质朴真挚，纤尘不染。

而在桃源深处，则有一座现代化的小镇，这里就是麻麻门巴民族乡麻麻村。

麻麻村是错那县最先发展起来的边境小康村。该村濒水而建，水泥道路蜿蜒曲折，极具门巴族特色的二层居民楼鳞次栉比，商店、宾馆、学校一应俱全。

小康村的房子、道路、绿化都是统一规划所建，"饮水入户、厕所进家、网络密布、道路通达、人畜分家"，人居环境如同城市。

贫困户脱贫，建立长效增收机制是重点。麻麻村因地制宜，通过开办农家乐、成立合作社等形式拓宽了群众增收的路子。

我问佛：

为何不给所有女子
羞花闭月的容颜
佛曰：
那只是昙花的一现
用来蒙蔽世俗的眼
没有什么美可以抵过
一颗纯净仁爱的心
我把它赐给每一个女子
可有人让它蒙上了灰

多富有哲理的诗。

众所周知，著名藏族诗人仓央嘉措是门巴族人，勒布沟是错那的门巴族主要聚居地。森林密布，宛若仙景的勒布沟，流传着关于仓央嘉措的不少故事，这些故事与传说，也成为游人前来观光旅游的吸引力。尤其是仓央嘉措的诗被世人追捧之后，更是如此。

因而麻麻村的村民家家户户都搞农家乐，发展旅游业，旺季时房间都不够住，村民们的生活由此变得相当富足。

2016年第一次贫困户识别时，索朗曲珍一家被纳入了建档立卡贫困户范围，之前，索朗曲珍家的收入来源主要是女儿偶尔务工的工钱以及国家的相关政策补贴。

建档立卡之后，索朗曲珍一家搬迁到了麻麻门巴民族乡边境小康示范村，不仅住上了宽敞明亮的新房，她也在村里找了一份做保洁员的工作。女儿次仁曲珍则成了麻麻门巴民族乡幼儿园临时工教师，收入增加了，家里的经济条件得到了大大改善。

建档立卡户索朗卓玛搬进新居后，开了一家便民百货店，她不仅学会了做生意，丈夫外出务工挣钱之后，还买了辆大型货车跑运输，并靠一家人的双手实现了脱贫致富。

山南市错那县勒乡勒村天然的气候条件适合种植有机成分高、无污染的高山茶叶，这里也有茶叶种植、清茶加工、嫩茶加工以及茶叶销售的传统，但由于加工与销售都既简单粗暴，又单打独斗各自为政，所以一直未成气候，村民们的生活也因此一直很清贫。

精准扶贫战打响以后，勒乡勒村村委会主任罗布次仁深深地认识到，要带领群众致富，就必须先转变群众的发展观念，因而2011年他倡导成立了"勒门巴民族乡茶叶农牧民专业合作社"，并自任理事长。

合作社以"公司+基地+农户"的运行模式，大力实施"能人带动"工程，规范管理运作，先后将一批懂经营、善管理的能人吸收进合作社，成为发展经济的"智囊团"和"领头雁"，构建起一个运作有序的团队。

为了把控风险，统一质量，罗布次仁认真制定规章制度，促使合作社的运作做到统一引进优良茶种、统一防疫程序、统一科学管理标准、统一产品销售、统一聘请专业技术人员的"五统一"。

成立之初，合作社倡导村民们将自己的土地进行流转，但由于这个玩意儿是新生事物，多少人很是犹豫，想摸着石头过河。

该乡勒村村民地姆，因膝下无儿无女，还患有严重的风湿性关节炎,基本无法下地劳作,生活过得相当艰难,是建档立卡的贫困户。后来村里倡导村民以土地流转的方式加入新成立的"公司+基地+农户"的茶叶合作社,就在其他村民还在犹豫的时候,身有重疾的她想也没想,便把自家的0.4亩茶田流转给了合作社。

这下,她可省大事了,嫩芽飞絮春秋轮回,一年后,她不仅得到了3150元租赁费,年底还有茶田分红,她也因此而顺利脱贫摘帽。

竟然有这等好事?其他村民不再犹豫了,纷纷把自己的土地流转给合作社,并因此也大享红利。

于是合作社社员由最初的10人扩展到97人,茶场种植面积由144亩扩大到818.15亩,2016年实现利润115万元,每名社员每年平均分红达到6000余元。

勒村村民多杰对此也深有感慨,他说合作社建成后,他不仅在家门口就能就业了,而且他家的土地在进行流转加入合作社后,每亩茶田每年还有5000元的租赁费,还有年底分红,一年家里收入加起来能达4万元,比过去外出打工强多了。

罗布次仁在带领全乡132人脱贫致富的同时,还不忘回馈社会,承担社会责任。

他制定资助方案,建立联系台账,重点资助勒乡家境困难、品学兼优的大学生,并帮助大学生完成学业,实现就业:每年从合作社盈利和自己的收入中划出30000元,作为帮扶学生资金,定期组织员工深入学生家庭了解家庭情况,为孩子们送去学习用品,为品学兼优的学生颁发奖学金。

勒村村民达瓦患了肝癌，丧失劳动能力，两个正在上学的孩子，因为家里困难而很有可能辍学。得知情况后，罗布次仁立即前往达瓦家中，安慰达瓦："你就安心养病，我会资助孩子们完成学业的。"说完便掏出 10000 元，交到达瓦手中。

在精准扶贫及脱贫攻坚战役中，山南市错那县按照"一个村居、一本蓝图、一绘到底"的原则，重点围绕总体规划、产业发展、配套设施、土地利用等"高起点、高标准"科学规划，保障 30 年不落后，2017 年完成全县所有乡村的规划，为全面打造小康村提供了范例。

与此同时，错那县坚持精准布局、精准设计、精准推动，按照"统筹城乡、节约土地、综合配套、持续发展"的原则，坚持"靠近边境、靠近县城、靠近景区"的思路，合理布局用地空间和建设规模，采取集中搬迁、原址新建、就地改造、插花安置四种方式，最大限度按照群众意愿、需求和自筹资金能力，合理确定建设标准，注重统筹建筑风格、景观风貌，体现地域特征和民族特色，强化配套产业和商业功能，最终实现"方便群众交通、就医、就学、就业"的目标，让边境群众居住舒适、心里踏实。

2014 年以来，错那县统筹各类资金 0.53 亿元，实施 22 个村居活动场所标准化建设项目，2016 年安排县本级财政资金 0.38 亿元，对 27 个村庄实施人居环境整治工程，城乡基础设施得到显著改善，面貌焕然一新。

在交通基础设施改善方面，错那县进一步加大通乡通村交通基础设施建设力度，近两年来，先后开工建设勒至杜让尚、库局等5条农村公路，2017年实现全县10个乡镇、24个行政村通柏油路率100%的目标。

在重点项目推动上，山南市国道560线正在加速建设中，国道219线也即将实施，一批通边抵边公路项目正在抓紧前期工作，县城集中供暖、供氧项目正在实施中，县城供水管网改造、110千伏输变电工程推进顺利，项目建成后将有效破解错那县基础设施发展瓶颈。

边境小康村建设的根本目的是让群众过上小康生活。只有富了口袋，群众才能真正安家、安心、安乐。因而错那县始终坚持小康村建设与产业配套相结合，在解决好"搬得出"基础上，着力解决"稳得住、能致富"问题。

依托各村资源禀赋和发展实际，错那县大力发展特色产业，先后投资6.9亿元实施23个产业项目，包括在勒布沟四个乡实施百亩茶田、百亩藏药材、百亩荞麦种植；在曲卓木乡实施千只绵羊、千头牦牛短期育肥；在觉拉乡实施万只藏鸡原种养殖等项目。

目前，勒门巴民族乡高山茶场面积已扩大至800亩，厂房实现升级改造，茶叶品牌、包装也在进行重新定位后，使户均增收达1万元以上。曲卓木塔嘎农畜产品加工合作社已存栏牛羊1045头（只），安置群众就业24人，人均年增收2万余元。

与此同时，为鼓励群众通过培训自主就近创业，确保就业有出路、创业有门路，错那县仅2017年就安排120万元用于群众创业就业，并在县城产业扶贫一条街实施首批13家微小创业示范工程，在各小康村配套布局商业街项目，重点实施群众日常生活所需的微型商店建设。以麻麻门巴民族乡小康村为例，因为森木扎景区一到夏天游客甚众，需要吃，需要住，于是有52户村民开办了家庭旅馆，开家庭旅馆的户数占到总户数的83.8%，旅游从业人数120人，占到全乡人口的74%……仅靠旅游一项，每户增收就高达5万元以上。

除此以外，村里的高山茶场效益也很好，茶叶供不应求，各项收入加起来，能实现户均10万元。

在决战决胜脱贫攻坚战进程中，错那县短长结合统筹谋划产业发展，帮助群众打开了脱贫致富的大门，2018年底全县建档立卡贫困人口1433户3244人实现脱贫摘帽。

用一朵莲花规划自己的未来，再用一生的时间虔诚祷告。这是身处贫困的藏地百姓美好的祈福方式。众生膜拜，梵心净澈。然而现实与极乐之间却始终隔着千古冰寒。

可喜的是，四季轮回，这种不变的格局正在猛烈的精准扶贫脱贫攻坚战中蝶变，顿挫跌宕的心愿，正穿过历史，阔步走来，书写和美的华章。

十四、和美的华章

　　高原雪山,森林碧水。
　　大美风景,大美财富。
　　扶贫既要扶心,也要扶志,更要扶智。
　　只有有心、有志、有智,方能拔掉穷根,识得并拥有宝藏。

擎攻坚之帜

浩瀚的海洋经过上亿年的变化,才堆积起了青藏高原,才耸立起了喜马拉雅山,依我辈生命短短几十年,如何改变高原的生态?

自然环境无法改变,西藏产业发展必须走高质量、高效益的发展之路,而且必须选择契合西藏的地方特色,借助西藏的本地优势、适合贫困群众参与和从事的产业才行。

难!太难了!

在"以发展生产脱贫一批"政策的实施方面,难度尤其大。

脱贫攻坚关键靠什么?

是否给贫困户一些钱物,一些粮油,就使其脱贫致富了?

非也!

脱贫攻坚的关键是要靠发展,只有发展才是真正的改变,只有发展才是"授人渔",才是源源不断的泉水。否则,你即使给贫困户再多的钱物,粮油,也有用完的一天。再说,所谓的"再多",又是多少?你又能给得了多少呢?

然而,在离天最近,天空最蓝,山峰最为巍峨的西藏要发展产业，困难比低海拔地区要多得多。这里由于空气稀薄、资源匮乏、地域广阔，相应产业的配套系统不充分、建设成本高、施工难度大。在位置偏远、地广人稀的农牧区尤其如此。

在全国省级行政区里，西藏有着占比最高的农牧区、农牧民和农牧业，120万平方公里的面积中90%是农牧区，在300多万人口里70%以上是农牧民，逐水、草而居的游牧和"二牛抬杠"的农耕模式，在相当长一段时间里占据主导。

由于农牧区发展二、三产业欠基础、少条件、没项目，故而在全国农牧业发展水平的版图中，西藏是一片深深的洼地。

由此可见，西藏脱贫攻坚的主战场，就在偏远、落后的农牧区，只有农牧区第一产业的水平上去了，农牧民脱离贫困才有可能，且不再返贫才有坚实的基础。

高寒缺氧擎攻坚之帜，势之披靡扶脱贫之气。

在推动产业发展上，西藏自治区有着清晰明确的战略。

2016年以来，采取了一系列行之有效的举措，凝心聚力、统筹推进，扎实有序推进产业脱贫。这主要体现以如下几个方面：

一是高位推动，组建了产业扶贫工作专班，专抓产业扶贫工作。

二是顶层设计，制定出台了《西藏自治区"十三五"时期产业精准扶贫规划》《西藏自治区产业扶贫工作指导意见》《西藏自治区脱贫致富产业发展资金管理暂行办法》《中国人民银行拉萨中心支行关于金融支持西藏自治区深度贫困地区脱贫攻坚实施的意见》等规划和政策，为扶贫产业发展提供了政策保障。

三是加大投入，两年多来投入产业扶贫的自治区财政涉农资金达到了140多亿，提供了强有力的资金保障。

四是部门协同发力，自治区脱贫攻坚指挥部各成员单位积极配合，群策群力，形成了合力。

五是市县齐抓共管，全面落实地市直管、县抓落实的工作机制，县市主动作为、靠前工作，不断推进产业扶贫进程。

六是社会持续助力，鼓励引导社会各界参与产业扶贫，形成了社会、行业、援藏、金融等共同参与产业扶贫的强大合力。

七是群众积极参与，积极探索建立产业扶贫项目与贫困群众的利益链接机制，建立股份分红、资产收益、就业增收等多种形式的利益联结机制，极大提高了贫困群众参与产业扶贫的积极性和主动性。

第一产业在西藏有着特殊重要的意义。

过去，西藏农牧民作物品种单一，主要以青稞、玉米、小麦等粮食作物，以及土豆、萝卜、白菜"老三样"蔬菜为主；且耕作技术落后、放牧方式粗放，整体效益水平很低。为了改变这种格局，自精准扶贫以及脱贫攻坚工作开展以后，自治区便大力推广优质良种、先进技术，依托地区禀赋和特色，挖掘资源潜力，使西藏农牧产品产量、质量、效益都有了很大的提升，有效促进了农牧民的增收。

阿里地区札达县总面积24601.59平方千米，面积几乎是管辖顺庆区、高坪区、嘉陵区、营山县、西充县、南部县、蓬安县、仪陇县、代管阆中市的四川南充市面积的2倍，南充市户籍人口750万左右，而札达县总人口却不足1万人。

札达县是全国人口最少的县。

为什么如此？不仅仅因为这里海拔 3700 米，还因为这里气候条件恶劣，自然环境很差，是国家级贫困县。

仅以县城所在区域为例，无处不是干旱和贫瘠，但实施脱贫攻坚政策之后，县城边上却格外显眼地出现了近百座现代农业大棚，这是通过技术手段改造农业生产条件的尝试，这是在西藏的自然气候条件下，农业增收致富的有效办法之一。

札达，原为扎布让宗和达巴宗属地，1956 年 10 月两宗合并，设立札达宗办事处。1960 年 5 月建立札达县，境内有全国重点文物保护单位、著名的古格王朝遗址，因而这里的旅游开发也是一条致富之路。

扎达的条件不适合种蔬菜、水果，外运路途又遥远、价格很高。当旅游业发展起来后，旺季游客人数比本地人还多，菜、果需求量就更大，现代农业大棚的诞生，便带来了财富。你可能想不到，一个蔬菜大棚所产的黄色圣女果可以收入五六万元。

县政府看准这一点，通过与企业共同出资，农民合作社以土地、大棚入股的方式成立了园区，企业出技术、做营销，吸纳贫困户就业脱贫。

由于扶贫效果好，这个方法也正向全县其他乡镇推广。

日喀则，良田沃野、阡陌纵横，有"西藏粮仓"美誉，而位于年楚河谷的江孜县，更是粮仓的中心。

然而，丰收酬勤却难富民，作为国家级贫困县，如何打赢贫困歼灭战，江孜县确定了"现代农业立县"的战略方向，从特色优势着手，与对口援藏地市联手，打出了发展特色农业产业的组合拳。

该县利用上海的资源,建立了占地203亩、辐射周边6万亩的红河谷现代农业科技示范区,园区内有智能电脑温室、自动水肥设备、集装箱植物工厂、农业技能培训中心、现代农业科普基地……发达程度不输内地现代农业产业园。

令人感叹的是,全西藏最大的藏红花产业就在这里,园区内引进的上海企业负责种苗、技术、营销,亩产可达400—500克,产量是藏红花原产地伊朗的1.5倍,每克售价600元,每亩产值能达20多万元。

园区通过藏红花、食用菌、藏蜂蜜、高原菜等高效益产业,带动了397名贫困人口脱贫。目前正在扩大规模、新建基地,以带动更多农牧民走上增收致富路。

宝 藏

上天所赐优美无双的自然风景，无异于令人垂涎的银行，是绿色的、持续不断的财富，而风景所在区域的人们，无异于风景银行的永久员工。

借助天然景点，促进旅游脱贫，以景区带动村民就业，是西藏自治区脱贫攻坚工作因地制宜扶贫政策的又一亮点，也是相当成熟的经验。

而历史文化同样也是风景，这是人文风景，挖掘及保护得好，也是取之不尽的财富宝藏。

高原雪山，森林碧水，完美风景，完美财富。

人文历史，故事传说，大美其美，大美大同。

虽然年代久远，风云激荡，但故事及内核依然鲜活动人。美丽的传说不仅存在于平面的壁画之中，有时候也以立体实物的形式呈现。

在西藏，松赞干布与文成公主的故事尽人皆知，且如史诗般被人咏叹、传颂并叩拜。

文成公主，这位1300多年前来自中原的首位"援藏干部"，带给吐蕃先进的生产生活方式，像阳光一样照进西藏，也像阳光一样照亮西藏。

而且，这仅是一个开始。

自此，中原的物质文明和精神文明，便像河水一样源源不断地流入吐蕃，医学、历算、耕种、庖厨、纺织……

穿唐装，赏唐舞，饮唐茶，渐成风气，并代代沿袭。

唐风藏渐，极大地推动了吐蕃王朝的发展与繁荣。

此番胜景，唐人陈陶有《陇西行》诗云："自从贵主和亲后，一半胡风似汉家。"

由此可证，文成公主对吐蕃吸收汉族文化有非常大的影响。

风雨岁月不知不觉间就过去了1300多年，但时至今日，文成公主和这些抛家别口从中原到吐蕃"援藏"的友好使者，仍被西藏人民视为神明！

踌厉奋发威名传扬的松赞干布为文成公主所筑布达拉宫，是西藏现存最辉煌的吐蕃时期的建筑，也是西藏最早的土木结构建筑之一。在布达拉宫中，保存有大量内容丰富的壁画，其中有唐太宗五难吐蕃婚使噶尔禄东赞的故事，有文成公主进藏一路遇到艰难险阻的故事，有文成公主抵达拉萨时受到热烈欢迎的故事。

这些定格时代的壁画构图精巧雅致，人物栩栩如生，色彩鲜艳饱满。

布达拉宫的吐蕃遗址后面，还有松赞干布当年修身静坐之室，其四壁也陈列着松赞干布、文成公主、禄东赞的彩色塑像。

也许，汉族人记得文成公主的人有不少，但关于文成公主艰难进藏，如何向藏族兄弟传递先进的中原文化等内容，却知之者不多。

远去的历史无法挽留，但曾经的文化则可发掘。

为了再现这一流传至今且感人肺腑的汉藏友谊壮歌，由拉萨市委、市政府与域上和美文化投资集团合作，斥资7.5亿元人民币，将流传千年被传颂至今的文成公主可歌可泣的故事，打造成了一场名为《文成公主》的藏文化实景剧。壮观、精美，如同藏地阳光，吸引着一批批游客前往观看。

《文成公主》实景剧于2012年底正式启动，到2013年8月1日正式首演，只用8个月完成了实景剧场的建设和演出的创作排练。该剧由汉族和藏族文艺骨干组成主创团队，精心创作、共同打造。

实景剧分为《大唐之韵》《天地梵音》《藏舞大美》《高原之神》及《藏汉和美》共五幕。全剧以壮丽的场面、恢宏的气势、跌宕的情节震撼人心；以美妙的音乐、动人的故事、婉约的情感扣人心弦，把中国实景剧带到了一个崭新的水平。作品深入汉藏历史文化、民族风俗、自然景观中发掘资源，以人工舞台结合自然山川，以高科技手段呈现非物质文化遗产，把戏剧、音乐、舞蹈和现代舞美手段熔为一炉，构成华美乐章。

在高原圣域的璀璨星空下，综合运用大唐歌舞和西藏地区流传久远的藏舞、藏戏等艺术形式，配合人工舞台和高科技视听技术，将戏剧、音乐、舞蹈熔为一炉；循着公主的足迹，叩响历史的回音，把时光回溯到1300多年前，还原大唐文成公主与吐蕃王松赞干布和亲的历史画面，再现文成公主历经艰险的漫漫征途和曲折起伏的心路历程，演绎出大唐盛世的爱情传奇，传唱汉藏和美的动人史诗。

金石同坚，永不离弃。

这是何其壮美之事！

> 莫叫乡愁锁红颜，
> 千山万水一肩担。
> 朔风微动心意暖，
> 回眸一笑望长安。

星空为幕，山川为景，大气厚重，震撼心灵，可谓藏文化经典史诗巨作。

受制于拉萨地理条件和其他客观因素，《文成公主》实景剧的剧场建设和推出与内地实景剧相比都存在着难以想象的困难，但所取得的效果却令人惊艳。

每场演毕，观众鼎沸，久久不愿离开，令谢幕之仪反复二三。

《文成公主》是国内目前海拔最高、投资最高、规模最大、场面最震撼、气势最恢宏、设备第一流、音效最壮观的实景演出剧目，也是世界首例藏地星空奇观实景剧。

演出的时候，随着剧情的发展，金碧辉煌的唐朝长安皇宫，峻拔雄险的吐蕃布达拉宫等巨型背景会缓缓地呈现在观众眼前，远处的山也会装饰上皑皑白雪和茵茵绿草，展示出春夏秋冬交替变换的效果，还有正在活动的牦牛、羊群等，视觉效果令人无比震撼。

尽管演出场馆总建筑面积达24611.8平方米，可同时容纳

4000余人观看表演，但该实景剧自推出后，几乎场场爆满，获得了西藏自治区乃至全国观众的广泛赞誉。

有关专家高度评价说：《文成公主》大型实景剧的演出无可挑剔，近乎完美。它的美表现在题材很美，故事很美，编排很美，舞台很美，演员很美，服装很美，音乐很美，灯光很美等诸多方面。

江山留胜迹，往事越千年。

《文成公主》实景剧，让那被汉藏同胞千年歌颂、顶礼膜拜的爱穿越时空，感染在我们身上，浸润进我们心田。

南来北往的游客来到拉萨，白天可以参观布达拉宫、大昭寺、八廓街等著名景点，到了晚上则可欣赏《文成公主》实景剧，这应该算得上是非常完美的拉萨之旅了。

内地的很多实景剧不过是在演绎一个虚构的传说，再华美也是无根之木。《文成公主》却是真实的历史故事，真实的故事最感人，这就是《文成公主》实景剧大受欢迎的原因。

历史，纵然过去，但总会以某种方式存在于今天。

实景剧场位于拉萨河畔慈觉林（原次角林村）村，与布达拉宫隔河相望。

选择这个地方并非随意而为，而是大有讲究：当年文成公主进藏时，曾经在此扎营。

慈觉林村所在，是现在的拉萨市文化创意园区，也几乎是一座没有污染的印钞机。

而在几年前，它不过是座普通得不能再普通的小村庄，是文化内涵及历史踪迹让这里改变了模样，改变了这里的贫困群众的生活质量。

因为《文成公主》实景剧演员完全阵容近800人中，99%都是当地藏族农牧民，手工业生产者，或者打工仔打工妹，专业演员不到10人。

这部实景剧中很多表演内容都取自藏族民间舞蹈，如打阿嘎、卓舞、锅庄舞等。

这些舞蹈其实都是当地群众从小到大经常跳着的舞，也是他们日常生活中必不可少的内容之一。

得益于得天独厚的舞感，尽管他们是农牧民，或者手工业生产者，但只需对其进行一些舞台上的专业指导和适当的团队训练，就能很快把握表演要领，达到很好的表演效果。

白天是打工仔打工妹在城里打工，或者在自己的田里劳作，晚上则身着华服，在辉煌的灯光下载歌载舞表演千年佳话，《文成公主》实景剧不仅给了喜爱表演的这些群众以舞台，而且还能让他们白天黑夜挣双份工资，使家庭综合收入显著提高。

刚过25岁的卓玛，是众多舞蹈演员中普通的一个，她每天晚上七点左右去剧场排练《文成公主》实景剧，九点开始演出，白天的时间她则在一家房产中介公司上班。

有意思的是，卓玛在演出《文成公主》实景剧期间，还认识并爱上了同样是该剧演员之一、白天在一家公司送快递的青年旺堆，并由恋人到走入婚姻殿堂。

如今情比金坚的卓玛和旺堆已经有了一个一岁多的儿子，生活过得幸福美满。通过演出，两人每月能拿到8000多元工资，和以前相比，极大地改善了生活条件。

不仅当地群众在《文成公主》实景剧中表演有工资,村民的牛羊马当"演员"也有工资。

……

花开花落的美好,只有蜜蜂能够感知和品尝。

粗犷与秀美,苍凉与煦暖,峻拔与和顺,雄壮与温婉,荒芜与葳蕤……西藏,从来不缺美的天赋。

美,于天于地,于人于物,都是财富。

大美风景所在,相继催生了林芝家庭旅馆、阿里星空旅游、拉萨净土健康产业等扶贫名片,贫困地区的"造血"功能、自我发展能力逐步提高。

林芝市米林县派镇吞白村德吉旺姆的公尊德姆农庄,以及林芝市巴宜区百巴乡索朗多布杰的章巴村藏家乐农牧民专业合作社,所进行的旅游接待,以及民风民俗、歌舞表演,就是将高原之美、西藏之美、江山之美转换为财富的事业。

有关数据表明,林芝市直接参与旅游服务经营的农牧民近万人,乡村旅游实现收入上亿元,直接从事旅游经营的农牧民群众人均纯收入过万元。

旅游产业具有广阔的吸纳贫困人口就业的空间。在长期的探索中,西藏积累了丰富的生态旅游扶贫工作经验。旅游是精准扶贫的五大产业之一,已成名副其实的脱贫致富金路。

美丽风景在岁月的季节里独自馥郁,一再错过,直到今天,寂寞才破。

荒兮,其未央哉!

寂寂一破,众人熙熙,如享太牢,如春登台。

拔穷根

繁花错落，梦深情浅。

愿望挤满天空，不如脚踏实地去做。

西藏自治区在对贫困群众进行"以社会保障兜底一批"政策的实施方面，积极引入"外援"提升保障能力，在教育、医疗等多方面加强保障力度，构建政府主导、免费基础的社会保障服务体系，有效阻断贫困代际传递、防范返贫风险。

西藏是全国人均寿命最低的省区，远低于全国平均水平，其中既受高原生存环境的影响，也与医疗卫生服务发展水平滞后有关。

一个顽疾，能遮住一生的艳阳天。在西藏，因病致贫者不少，因而脱贫必须注重医疗。

相关普查数据显示，截至2017年底，西藏自治区共检查出包虫病患者26846人、大骨节病11911例。

包虫病，又称棘球蚴病，是细粒棘球绦虫的幼虫感染人体所致的疾病。该病为人畜共患病。狗为终宿主，羊、牛是中间宿主；这种病往往来自生食肉类的盛宴，人因误食虫卵成为中间宿主而患病。

大骨节病则病因未明，有人说这是由患者摄入带有败病真菌寄生的小麦和玉米制的面粉引起的，是一种慢性食物中毒。经动物实验，真菌中有毒的镰刀菌能使动物发生类似的病变。同时，可以发现，疾病高发区域的小麦和玉米，受到镰刀菌污染的情况较为严重。这种病菌感染人体之后所产生的毒素，会抑制 DNA 中核糖核酸和蛋白质的合成，导致细胞坏死，破坏细胞膜的完整性甚至可以导致红细胞变形及溶解。

大骨节病是一种地方性、变形性骨关节病，国内又叫矮人病、算盘珠病等。大骨节病在国外主要分布于西伯利亚东部和朝鲜北部，在我国分布范围大，从东北到西南的广大地区均有发病，主要发生于黑、吉、辽、陕、晋等省，多分布于山区和半山区，平原少见。各个年龄组都可发病，以儿童和青少年多发，成人很少发病，性别无明显差异。

包虫病和大骨节病都是典型的"穷困病"——会给患者在生理上和心理上造成极大痛苦，导致患者逐渐丧失劳动能力，带来沉重的医疗费用负担，很多家庭因此致贫、返贫。

曾经的岁月，处处是雪，谁说苦寒是梅花绽放的必然？

如霜楚楚的容貌下，是太多的血与泪。

为了高原人民的健康，为了农牧民家庭的幸福，西藏自治区连续多年与援藏医疗队联合，以控制传染源、早期预防为主，积极实施健康教育、中间宿主防控、整体搬迁相结合的综合性防治措施。

进入脱贫攻坚决胜时期，巩固脱贫成果，建强自治区的医疗卫生队伍，建立适合自治区实际的医疗卫生服务体系更是刻不容缓。

一部蜿蜒曲折的历史，布满了一处处苦水的坑洼。为了进一步从制度层面确保农牧民基本医疗，不让疾病的恶死灰复燃，2016年自治区政府印发了《西藏自治区开展城乡居民大病保险工作实施方案》。如今，以政府为主导、免费医疗为基础，政府、集体、个人和社会多渠道筹集资金的基本医疗保险制度已经实现全覆盖，做到了大病统筹、门诊家庭账户和医疗风险基金相结合，而且住院可以先诊疗后付费……

好似护身铠甲，这些措施不仅保障了健康的地位，也极大地减轻了贫困群众的就医负担。

对于医护力量不足、医疗水平不高等难题，西藏积极引入"外援"，使7省市65家医院对口帮扶西藏各地市医院。

大量高精专医疗人才的注入，宛如莲花绽开，满世界都是菩萨的微笑。他们的到来，为西藏填补了398项医疗技术空白，使130多种高原病、地方病得到治疗解决，帮带培养本地医疗人才700多人……

肆虐的疼痛，被科技治愈，漫天的凄凉，被温暖驱散。

阿里地区人民医院在这种大力度的帮扶下，成为二级甲等医院，结束了全国最后一个地级城市没有评级医院的历史。

疾病被拦截于身体之外，也便是伤悲被拦截于心灵之外。目前，西藏自治区已基本实现"大病不出自治区、中病不出地市、小病不出县"的医疗服务目标，整体医疗服务水平正在朝向新的高度迈进。

一生都享用不完的山水，该由谁来参悟？

教育！

教育是圣手，能给人一双洞悉美好的慧眼。

教育是国之根本。教育扶贫对脱贫攻坚来说，有着非常重要的意义。

伟岸高蹈的大地，哪堪贫困渐厚，幸福菲薄？

在"以发展教育脱贫一批"政策的实施方面，西藏自治区做到了及时性与绵延性。

扶贫先扶志，扶贫必扶智。

如果说医疗是防止致贫、返贫的护栏，教育则是阻断贫困代际传递的重要手段。

改变西藏面貌，根本要靠教育。

否则，即便富庶的大地，也难免悲伤蔓延。

纵然生活中到处都是阳光的灿烂和温暖的爱，如果没有相应的感知能力，心中的世界也是阴郁和冷漠的。

因而，要使建档立卡的贫困群众脱贫，就必须解决其"内生动力不足"的问题。而"内生动力不足"的问题，最根本的就是一个智识问题。如果建档立卡的贫困群众对生活品质的认知，对财富的认知，对人的生存未来理想的认知不足，则很难实现真正的脱贫。

先贤梁启超曾提出"天下大同"的理念。"大同"何同？其实"大同"的基础就是均等教育、共同富裕，建立命运共同体。

建档立卡的贫困群众在识字明理之外，也需要改变生活习惯，改变传统的生产组织方式，改进生产技术，并学会合作共赢。

世上再远的距离，也远不过爱的牵挂；世界上再近的距离，也近不过心心相印。

西藏自治区每年吸纳800名教师进藏支教，配合实施教育人才组团式援藏工作。这800名教师是800颗至诚的心，是800颗心散发出的如阳光般的爱。

心与心相撞，是爱的撞击，也是理念的传递与交融。谆谆之言，如春霖辞旧，阆苑迎新。目前，西藏已成为唯一在全国率先实现学前教育、城乡教育，以及高中阶段教育15年义务教育的省级单位。

教育组团援藏深入西藏自治区各基层中小学校，以有求必应、供需对应的订单式援派，精准解决西藏数理化教师严重短缺难题，每年援藏教师中数理化教师超过一半，为西藏现代教育水平的提升注入了新鲜血液。

由于本土教师是西藏教育长期稳定向上发展的中坚力量，故而自治区每年都会组织、选派400名教师出藏培训，以此促进师资队伍素质和能力水平的提升。

他们如同种子，将知识与理念撒播到涸竭的心田。

为切实减轻贫困家庭供应子女上大学的经济负担，西藏自治区也出台了一系列学生资助政策，归纳起来体现在三个方面：

一是针对来自贫困家庭的学生的资助政策。

为家庭经济贫困的学生入学开辟了"绿色通道"。被录取的贫困大学生，可先办理入学手续，然后再根据核实的情况，采取不同办法给予资助；也可以如实填写《高等学校学生及家庭情况调查表》，到家庭所在地乡、镇或街道民政部门加盖公章，通过学校"绿色通道"报到入学。

对来自建档立卡家庭的大学生实行免费教育补助政策。这个政策自 2016 年的秋季学期开始，来自建档立卡家庭的大学生在校期间享受免费教育政策，即免除学杂费、住宿费、书本费，并补助生活费。所免费用由自治区、地（市）、县三级财政共同承担。

实行国家助学贷款政策。学生可通过学校向金融机构申请助学贷款。本专科学生每人每年最高不超过 8000 元，研究生每人每年最高不超过 12000 元。

实行国家助学金政策。主要是用于资助家庭经济困难的全日制普通本专科生。标准为每生每年 3000 元，国家助学金每学年评定一次。每年 9 月 30 日之前，学生根据国家助学金的基本申请条件及其他有关规定，向学校提出申请，并递交《西藏自治区国家助学金申请表》。学校按月将助学金发放到受助学生的手中。

二是针对就读师范等专业学生的资助政策。

在西藏自治区内外高校就读师范及农牧林水地矿类专业的本专科学生，实行免费教育补助政策：每个学生每学年补助学费 2800 元、住宿费 800 元、生活费 3000 元。

考入西藏自治区内高校免费专业的学生，在校期间可自行享受，不需申请。

考入北京师范大学、华东师范大学、东北师范大学、华中师范大学和陕西师范大学、西南大学这六所教育部直属师范大学的公费师范生，在学校期间不仅不用缴纳学费、住宿费，还可获得生活补助。

有志从事教育行业并符合条件的非师范专业的优秀学生,在入学两年内,可按规定转入师范专业,高校返还学费、住宿费并补发生活补助费。

录取为不属师范大学公费师范生的学生,入学前与学校生源所在地省级教育行政部门签订协议,承诺毕业以后从事中小学教育十年以上。新招收的有志从事教育职业并符合条件的非师范专业优秀学生,在入学两年之内,也可在教育部和学校核定的计划内转入师范专业,并由学校按标准返还学费、住宿费,补发生活费等。

三是奖励政策。

主要是国家奖学金和国家励志奖学金。以奖励那些品学兼优的学生完成学业。

可喜的是,在西藏农村,农牧民对于教育重要性的认识也已发生了变化,也有越来越多的农牧民孩子考上大学,靠知识改变命运。

"依松涧,结草庐,读书声翠微深处。人间自晴还自雨,恋青山白云不去。"

西藏自治区学风渐盛,入学率、巩固率连年上升,已呈莘莘之态。

而技能培训也是"以发展教育脱贫一批"政策的重要组成部分。

拉萨市堆龙德庆县古荣乡嘎冲村有藏鸡养殖专业合作社,仓觉是该村村民,因为家中仅有3口人,劳动力不足导致家庭贫困。2013年,经县里扶贫办牵线,她成了嘎冲村藏鸡养殖专业合作社的帮扶对象，合作社每年为她提供免费鸡苗，并负责收购藏鸡蛋，不仅实现了超过5000元的年收入，年底还能从合作社分红1800元。

拉萨市堆龙德庆县古荣乡嘎冲村利用现代养殖业，充分发挥了贫困户的主观能动性，以实现生活改观。相比，日喀则市康马县南尼乡精准扶贫工作的特色，则是利用贫困户的传统技能，及对贫困户进行传统技能培训，以技能入职，用技能赚钱。

扎西次仁是日喀则市康马县南尼乡的贫困户，自打村里建起了藏式家具加工专业合作社后，他便看到了脱贫致富的希望。凭着自己传统藏式绘画雕刻手艺，自加入该合作社之后，他家每年的收入能有8万多元。因为该合作社生产的藏式家具做工精致，雕工精湛，在市场上供不应求。

这家藏式家具加工专业合作社是在强巴洛桑的家具加工厂的基础上建立起来的。之前，致富能人强巴洛桑，在扶贫项目投资27.95万元的基础上，自筹资金建起了藏式家具加工厂，之后改为藏式家具加工专业合作社。

工厂采用"合作社+贫困户"的生产经营管理模式，采用现代化雕刻、绘画、加工等机械，加大生产质量、提高生产效率，培养新型能人，使一批懂技术、会经营的致富能手得到就业，且将自己的特长用来挣钱。

该家具厂让本村20名贫困人口实现了就业，每年组织20多名贫困家庭子女学习家具制作及雕刻技能，同时扶持带动邻近村子贫困户10户、86人就业。该厂的存在，不仅使在该厂上班的人员能实现5000多元月薪，也使其家庭实现年户均增收达6—7万元。

堆龙德庆县古荣乡嘎冲村和康马县南尼乡的扶贫方式，都是对贫困家庭变"输血"为"造血"的很好实践。

实践证明，利用"能人"的能量扶贫不失为一个很好的措施。"能人"们有经验、有技术、有头脑，具备带动贫困户脱贫的能力，通过扶持贫困户经营一批项目，既能让贫困家庭有工资性收入，又有分红等硬性保障收入，扶贫效果十分明显。

实际上，林芝市米林县派镇吞白村公尊德姆农庄的德吉旺姆，以及林芝市巴宜区百巴镇章巴村藏家乐农牧民专业合作社的索朗多布杰，还有拉萨市达孜区唐嘎乡琼达村达孜区麦之穗农业种植农民专业合作社的次仁曲珍与高永乾夫妻，都是这样的"能人"。

在西藏自治区，这样的能人还有很多，他们不过是满天星斗中的三颗。

在实施精准扶贫脱贫攻坚政策的过程中，西藏自治区还立足西藏本地产业特色和品质优势，深入推进一二三产业的相互融合和农业高质量发展，打通脱贫致富经济发展的任督二脉，构建紧密利益联结机制，不断提升产业扶贫效益，夯实贫困群众脱贫的产业基础。

昌都市卡若区如意乡桑多村，精准扶贫因地制宜，因为离城区近，故而该区于2015年投入扶贫资金253万元，修建了如意生态游乐园，这是昌都首座中小型游乐园，也是当地首家城郊农家乐。

随着如意生态游乐园的建成与运营，如意生态游乐园合作社也随之成立，合作社以"基地+农户"的经营模式，带动村集体经济和贫困户收入双增收，因为游乐园不仅满足了城区居民的休闲娱乐需求，也使贫困户的腰包鼓了起来。仅2015年5—10月的营业期，纯收入就达 17 万元，使该村 25 户贫困户实现人均纯收入 6500 元。桑多村也因此改变了贫困面貌。

昌都市根据扶贫实际情况，落实市政府提出的"六个一批"扶持原则，以贫困村、贫困户、贫困人口为工作对象，以增加贫困农牧户的收入和改善贫困村发展环境为目的，调动全社会的力量，实施扶贫开发"规划到户、责任到人"工作责任制，在 2015 年 9 月前，对全市 11 个县（区）、138 个乡镇、1142 个村、20.2 万贫困人口建档立卡，全面实行精准扶贫、精准脱贫方略，仅 2015 便投入扶贫资金 22500 万元，城乡推进项目 180 个；涵盖蔬菜种植、经济林种植、藏猪藏鸡养殖、奶牛养殖、灌溉水渠、乡村公路等面上扶贫项目 77 个；2011 年至 2013 年建设贫困户安居工程 3200 户。

产业脱贫是持续增收稳定扶贫的一个主要的举措，仅到 2017 年底，西藏自治区各级各部门累计投入产业扶贫资金便达到了 294.2 个亿，实施项目 2344 个，带动产业扶贫 16.7 万人，受益群众 24 万多人。

　　　　谁，执我之手，敛我半世癫狂？
　　　　谁，吻我之眸，遮我半世流离？
　　　　谁，抚我之面，慰我半世哀伤？
　　　　谁，携我之心，融我半世冰霜？
　　　　谁，扶我之肩，驱我一世沉寂？

是层层叠叠的想象？是层层叠叠的祈祷？
伊，是云上光辉。

十五、云上光辉

阳春白雪虽然诗意，它一定来自苦寒。

春天的芳香，已在藏地高原绽放。

这一片曾经苦寒的云上人间，正焕发出令人惊艳的绚丽光辉。

灵魂的激荡

一花一世界，一叶一如来。

要有花有叶，得有根有枝才行。

脱贫攻坚的温暖像阳光一样炽烈，脱贫攻坚的爱又像海拔一样高。

西藏自治区脱贫攻坚的短板，就在于产业脱贫、产业扶贫、基础设施和公共服务，为此在贫困地区进行了"十项提升"工程。

"十项提升"工程，归纳起来，就十个字："水电路讯网、教科文卫保。"

幅员辽阔的西藏，基础设施和公共服务的滞后是脱贫攻坚的难点和重点。为补齐这一短板，逐步消除"水桶效应"，2017年8月，西藏自治区脱贫攻坚指挥部印发了《西藏自治区"十三五"时期脱贫攻坚基础设施建设规划》，提出到2020年贫困地区的交通、能源、水利、城镇、通信等基础设施条件显著改善，教育、科技、卫生、文化等公共服务水平大幅提升，广大农牧民群众出行、用电、饮水、就医、就学、文化娱乐等活动得到充分的保障，农牧业生产生活能力得到显著增强。这个《规划》总投资2300亿，计划实施74类脱贫攻坚基础设施类项目。通过三年多的努力，许多区域的基础设施和公共服务得到了大幅度提升，制约贫困地区发展"最后一公里"的问题大为改善。

在自上而下的共同努力下，西藏自治区脱贫攻坚取得了可喜成绩：建档立卡贫困人口从2015年的58.9万减少到2017年底的33.1万，贫困发生率也从25.2%下降到12.4%。5个县（区）实现脱贫摘帽，累计有2713个贫困村（居）退出，贫困人口人均可支配收入连续两年增幅达到16%以上。

2018年，西藏自治区有25个深度贫困县达到脱贫摘帽条件，2100个贫困村退出，18.1万人实现脱贫，贫困发生率降至6%以下。

2019年6月，西藏贫困人口已从58.9万人减少到15万人；贫困县（区）数量从74个减少到19个，贫困摘帽总数居全国首位；贫困发生率从25.2%下降到5.6%。最令人欣慰的是，2019年12月23日，西藏已基本消除绝对贫困，全域实现整体脱贫。

西藏海拔高，但扶贫人的精神斗志更高；西藏氧气少，但脱贫攻坚的办法和经验并不少；西藏自然条件差，但脱贫攻坚的成绩不差。

经过四年来的脱贫攻坚，西藏脱贫工作的形势和任务已发生了重大变化，贫困分布、贫困结构、攻坚的进程、帮扶的能力都步入了全新的阶段。西藏的脱贫攻坚也从注重减贫进度向更加注重脱贫质量转变，从注重全面推进帮扶向更加注重深度贫困地区的攻坚转变，从开发式扶贫为主向开发式扶贫与保障性扶贫并重转变。

用想象中的粮食度日是诗人的事。在脱贫攻坚战役中，用行动做事最有效，用细节说话最真实，用故事讲述最动人。西藏自治区的扶贫成果，得到了国家相关部门的肯定，其中还发生了一些有意思的插曲。

2018年7月12日，完成了对山南市错那县卡达乡卡达村脱贫攻坚的入户调查，准备返回县城的彭蕾，没想到路途中会遭遇藏族同胞拦车。

彭蕾是国务院扶贫办对西藏自治区贫困县退出情况第三方评估抽查组的调查员。

见道路上突然出现那么多人，且有拦车的举动，她的心里很紧张。

越来越近了，人群更清晰了。

彭蕾注意到，这些藏族同胞竟然都穿戴整齐，甚至身着盛装。

这些美丽的藏族服饰在灿烂阳光的照耀下的明媚，令人惊艳。

而且他们的年龄层次差别也挺大，有老奶奶，也有少年儿童。

她奇怪了，今天是藏族同胞的什么节日吗？她问司机。

"好像不是呀！"司机说，"难道是我自己不清楚？"

司机是藏族同胞。

"这是藏族同胞婚嫁的场景？喜诞的场景？贺寿的场景？"

"也不清楚。"

那这到底是什么呢？

这样想着的时候，彭蕾心中先前的紧张情绪缓解了许多，他们不是来给自己找麻烦的，因为如果自己无意间在什么地方冒犯了他们的话，他们怎么会穿节日盛装呢？

车，被这群人给拦了下来。

人群中一位藏族阿妈，走到司机面前，对司机说了一句藏语，司机紧张的面部表情顿时变成了微笑。

然后，司机转过身来对坐在后排的彭蕾说："彭老师，刚才那位大妈说，他们要送礼物给您。"

"送礼物给我？"

"是的。"

送我什么礼物呢？为什么要送我礼物呢？

正在彭蕾思考着这个问题的时候，先前跟司机说话的那位藏族阿妈，走到了彭蕾所在的后车窗位置，躬着腰，朝她看，被岁月的风雨耕出皱褶的脸上挂着微笑。

彭蕾连忙摇下车窗玻璃，也连忙在一股扑面而来的酥油的芳香熏染中，向这位藏族老阿妈回报以微笑。

犹如春天写在脸上的藏族老阿妈，一边双手合十地做着祈祷的礼节动作，一边叽里咕噜地说着话。继而，她又伸手拉开了轿车的车门，对彭蕾做出了请下车的动作。

彭蕾下车了。

无论怎样，她都要下车。

但刚下车站定的她，就被一件意外发生的事震惊了：这位藏族阿妈从怀里掏出一件雪白的东西，朝她举着！

这件雪白的东西是哈达!

这位藏族阿妈用双手托着哈达,庄重地献给了她。

将其挂在她脖子上后,又双手合十地朝她鞠躬,口中也随之念叨:"扎西德勒!"

"扎西德勒!扎西德勒!"

她连忙回应祝福。

这时,司机也下车了。

紧接着,路边的人都纷纷走了过来,向彭蕾以及司机献起了哈达,使得他们一个人脖子上挂了好多条洁白的哈达。

他们为什么要给我献礼?

"我们有的在县城打工,有的在本村打工,都住上了好房子,过上了好生活。我则是特地从拉萨赶回来的,我们专门在这里等着,就是想见见你们,表达深深的感谢……"

最先给彭蕾献哈达的藏族阿妈说。

这位藏族阿妈名叫美朵群宗,生于1959年6月27日,是西藏自治区山南市错那县错那镇吉松社区居委会娘卓小组的一名普通农牧民。美朵群宗平常在拉萨与儿子次珠加措一家共同生活,每逢藏历新年或者其他重要节日,才回到错那同父老乡亲一同相聚。

美朵群宗说,国家的脱贫攻坚政策让她家所在的村子发生了天翻地覆的变化:现在村子里不仅有地毯厂、丝绸厂、种子基地、蓄电池厂、包装制品厂、硅石英砂厂等工厂,农产品也很丰富,有红椒、透明包菜、火龙果、生姜、蕹菜等。自己家里的生活也今非昔比:以前房屋破烂,吃不饱饭,现在有由政府统一修建的漂亮坚实的房子,及一应俱全的家具家电。种地有国家补贴,打工还有不错的工资收入……真是太幸福了!

"我们家只有老两口还是吉松社区的村民,这里其他人都是我们家的亲戚或邻居。"

美朵群宗很激动:"虽然我家并不是建档立卡户,但看到乡亲们,尤其是亲戚们都在国家精准扶贫及脱贫攻坚政策的实施下,生活发生了巨大变化,内心非常感动的我便特别想带领村民们,感谢政府对我们的关怀。"

2018年7月,她听说国务院扶贫办派了检查工作的评估工作组,到错那镇评估考核脱贫攻坚的成效,而且检查完工作之后就要返回北京,因而特地从360多公里外的拉萨赶回错那故乡,组织亲戚和乡亲,前来表达感谢,并希望将这份感谢带给中央首长,带向全国。

看着老人激动地述说,听了司机的及时翻译,脸上洒满阳光的彭蕾很感动,她用手摩挲着哈达,心潮澎湃,却又不知道说什么才好。

这时,美朵群宗一把抓住彭蕾的手说:"我们还有一个请求,那就是请你们到我家里去看看,感受一下幸福的滋味。"

盛情难却,彭蕾决定去美朵群宗的家看看,以遂老人的心愿。

到美朵群宗家里以后,老人为工作组盛上了热气腾腾的酥油茶,并向工作组讲述了国家的惠民政策给藏家带来的巨大变化。

盛世光华

让黯淡苦涩的生活远离，让现在和未来的幸福热烈明洁。

事实上，在代表国务院扶贫办对西藏自治区贫困县退出情况进行第三方评估抽查的过程中，彭蕾每天都在被感动。

工作第一天，稀薄的空气，崎岖的山路，徒步调查，写完报告已经12点过了。

说不累是假话，可人生总有那么多遇见改变着自己，当我做完第一户——那位住在山上的89岁失明老奶奶和她50多岁儿子——调查之后要离开的时候，老奶奶拉着我的手饱含热泪地说了一大堆话。我虽然听不懂却能感受到她激动的心情。

后经翻译转诉，老奶奶说的大概意思全是感激，感激国家，感激政府，感激扶贫干部……

听完这些话我挺感动的，瞬间觉得自己的工作很有意义，也真正明白援藏工作和脱贫攻坚工作在藏族群众心目中的地位和分量。

想想那些把青春和一生都奉献在这片土地的人们，也许生命的意义不在于拥有多少财富，享受多少荣华，而是在有限的生命里能为国家的发展和建设做多少贡献，用自己的力量去帮助人民改变生活，让国家变得更强大，让一切变得更美好！

2018年6月26日，是彭蕾进藏工作的第一天，这天她去的是西藏自治区山南市曲松县曲松乡措堆村，当天的工作结束之后，她在微信朋友圈发了如上这条微信。

共康村位于西藏山南市加查县东南部、冷达乡雅鲁藏布江畔莫热坝，距山南市区110公里，距加查县城15公里。

2016年9月，该地易地扶贫搬迁工程开工建设，配套实施民居、村委会、幼儿园、卫生室、电商点、垃圾中转站、商业区等设施，占地面积708亩，总建筑面积为36343平方米，总投资2.1亿元。

共康村于2016年、2017年两年时间之内，由加查县内洛林、冷达、崔久、安绕、拉绥、坝乡等6个乡，以及曲松、措美、隆子3县的群众搬迁组成。其中加查县搬迁户333户1121人，曲松县搬迁户25户102人，措美县搬迁户11户46人。

加查县成功申报"全国2017年度电子商务进农村综合示范县"后，共康村成为西藏的第一个村邮点。

这个新诞生的村子，"造血"功能了得，建档立卡贫困户刚搬入的2017年，便实现了全村贫困人口的脱贫摘帽。2018年，又实现全村人均收入7016元，贫困发生率降为零。

2018年7月3日,彭蕾去共康村抽查时,也是自始至终被村民们的感激簇拥,当天,她也在自己的微信朋友圈写下了见闻:

今天去的是易地扶贫搬迁后的一个新村——共康村。

在这个村子里,我听得最多的话就是"感谢!""感谢国家!""感谢政府!"……

藏族群众发自肺腑的感激之情溢于言表。

有位姐姐拉着我的手放在她的额头,不停地说着感谢。

86岁的老奶奶在我为她献上哈达后热泪盈眶,谢字说不完。

淳朴、满足和感恩在这里处处可见。

他们的人生如此简单,如此幸福,我很喜欢这样的感觉。

2019年,共康村学生享受西藏自治区义务教育阶段及高中阶段农牧民子女在校补助包吃、包住、包基本学习费用的"三包"政策;全村在校大学生全面享受自治区大学生资助政策,全村适龄儿童入学率100%。

2018年7月7日,彭蕾走进山南市错那县麻麻门巴民族乡小学抽查之时,也深感扶贫干部脱贫攻坚工作的成效:

今天走进麻麻门巴民族乡小学,感叹乡镇小学有如此良好的硬件设施,更感叹这里不仅延续着门巴民族的传统文化,爱国主义教育更是深入孩子们的心灵。

国防教育从小抓起,守土固边需要群众的支持,这样的教育很有必要。

边疆干部们真是费了不少心思,辛苦呀!

在错那县觉拉乡觉拉村检查之后,彭蕾也发了微信:

可爱的小孩,听说调查组要来,专门跑到路口等我们,然后高兴地牵着我的手去她家,还把帽子戴起,摆各种姿势拍照。

有个老人不仅一直在自己的屋外等我们访谈,而且调查结束后,还激动地对我说:"感谢政府,你们辛苦了!"

淳朴善良的人们让人心生感动。虽然每天要走很多路,爬坡上坎把人累得不行,但一切都是值得的……

爱,不是施予者喊出来的口号,因为施予者有可能夸张爱的浓度与深度。

爱,应是接受者感受到的心跳,但接受者的感恩,免不了激动的成分。

精准扶贫脱贫攻坚与之相比,同,也不同。

脱贫攻坚精准扶贫的过程不是施舍与接受,是心与心的偎依,是情与情的交融。

脱贫攻坚的成果也不是抽象的爱,不是用华丽的形容词来表达的内心的美好,不是高悬天空来去飘忽的浮云,更不是停留在传说中看不见摸不着的神秘向往。

无须用望远镜隔山隔水地打量蜃景般的轮廓,也不必在心情的春风里摇头晃脑陶醉地吟哦。这有相应的标准、度量的尺码,以及检查评估的部门和组织。

西藏自治区脱贫攻坚在付出艰苦努力之后所取得的成果,得到了有关部门和组织的认可。

以下仅摘录国务院扶贫开发领导小组办公室国开办函〔2019〕147号《国务院扶贫办关于反馈2018年西藏自治区贫困县退出抽查第三方评估有关情况的函》,予以证明西藏自治区的脱贫攻坚效果:

> 2018年,西藏自治区共有25个贫困县通过西藏自治区组织的专项评估检查,符合退出条件,宣布脱贫摘帽,分别为昌都市江达县、洛隆县、边坝县,山南市隆子县、浪卡子县、扎囊县、贡嘎县、措美县,日喀则市定日县、桑珠孜区、昂仁县、岗巴县、仁布县、仲巴县,那曲市嘉黎县、索县、安多县、聂荣县、班戈县,阿里地区日土县、札达县、普兰县,林芝市朗县、墨脱县、察隅县。
>
> 根据《中共中央国务院关于打赢脱贫攻坚战三年行动的指导意见》和《中共中央办公厅、国务院办公厅关于建立贫困退出机制的意见》,按照国务院扶贫开发领导小组2018年贫困县退出抽查部署安排,2019年7月至8月,受国务院扶贫办委托,成都理工大学牵头组织对西藏自治区2018年贫困县退出情况开展第三方评估,并按照20%比例,对昌都市洛隆县、山南市措美县、日喀则市仲巴县、那曲市索县和阿里地区日土县5个脱贫摘帽县进行实地抽查。评估结果显

示,西藏自治区 2018 年贫困县退出程序总体规范,标准较为准确,结果符合实际,5 县实地抽查结果与西藏自治区专项评估检查结果基本吻合,均符合脱贫摘帽条件……

为了使全民小康这一天早日到来,有多少干部群众,以火样的热情,投身到了精准扶贫脱贫攻坚这一宏伟的事业当中,攻坚克难,付出了巨大的努力,做出了巨大的贡献。

真正的美好不是点缀,而是幸福的全部。

真正的美好是你心里装着幸福的时候,幸福的心里也装着你。

通过脱贫攻坚战,西藏自治区积累了扶贫行动的宝贵经验,这些宝贵经验主要体现为:一是深入贯彻落实中央扶贫政策,在理论上有了遵循;二是在全国省级单位首创脱贫攻坚指挥部,使组织上有了保障;三是坚持精准扶贫精准脱贫方略,抓底线盯标准,着力解决"扶持谁、谁来扶、怎么扶、如何退"等重大问题;四是层层签订责任书,层层传递压力,以脱贫摘帽为己任,真抓、真投、真帮、真脱;五是坚持扶贫扶智相结合,十分注重精神扶贫,想方设法切实调动贫困群众参与脱贫攻坚的内生动力,使贫困群众成为脱贫攻坚的参与者、建设者和受益者。

西藏自治区脱贫攻坚取得的显著成效,连续四年在省级党委政府扶贫开发成效考核中,被中央确定为"综合评价好"的省市之一。

崇山峻岭的荒野,在一千年又一千年的岁月里,走落了一个又一个日头,走残了一弯又一弯月亮。走不完的戈壁雪夜,走不完的地老天荒。

而今天的西藏,是最美的天上人间。

十六、天上人间

千年不变的贫困阴霾,已然被奋进及智慧驱散。

幸福的生活不是偶尔的膏腴和隐约的花香,而是日日节庆和百花的合唱。

千秋愁绪一朝除，虽然成绩可嘉，但扶贫事业是一项必须坚持的事业。它不是烟花，华美地一闪而过之后，便归于暗淡；它不是彩虹，只在雨后出现，然后一阵风起便会烟消云散。

幸福的生活不是偶尔的膏腴和隐约的花香，而是日日节庆和百花的合唱。因而脱贫是基础，小康是起点，致富才是目的。为了防止脱贫家庭又重新返贫，西藏自治区的扶贫干部们始终不敢松懈，依然在继续努力。

这世界有一种付出，是不需要任何回报的，它就是阳光。虽然已经抵达了一对一帮扶脱贫的彼岸，拉萨市达孜区民政局职工周伟依然在情感之海里航行。2019年，他又为与他结对子的曾经的贫困户、现已脱贫致富的朗嘎一家，申请了2万元残疾人创业补助金，把"精准扶贫幸福茶馆"装修了一下，地上铺上强化木地板，墙面贴上墙纸，使茶馆看上去更上档次，以使生意能够更好一些，把财富之路无限延伸。

这一年，好日子的美满以递增的速度陪伴着朗嘎与洛松益西一家的同时，病痛也给他们两人制造了一些小麻烦——他们先后到达孜区人民医院，各做了一个小手术，然后在医院住了一段时间。

不过，这也是验证今天幸福生活的试金石。这要放在以前，穷困潦倒的他们要是得了病只能忍着，要去医院住院？做手术？那可是想也不敢想的事情！但今天，因为他们家是建档立卡户，所以所有医疗费用都是免费的，这种福利如佛手拂过，莲花绽放。

更令他们感动的是，尽管已经有如此令人满意的福利了，但周伟还是像晚辈一样，用自己的工资给他们买了生活保健品以及水果，慰问他们。

也是这一年，朗嘎与洛松益西的二侄女德吉曲宗考上长沙民政职业技术学院时，达孜区民政局的干部群众又为德吉曲宗捐助了5000元钱。

本来，自2019年的秋季学期开始，来自西藏自治区建档立卡家庭的大学生在校期间享受免费的教育政策，但大家还是为她捐了钱，因为这是一种鼓励。

现在，朗嘎与洛松益西住的是达孜区民政局免费的房子，考虑到他们长期住宿的问题，周伟又向有关部门为他们申请易地搬迁的房子。易地搬迁的房子是统一修建的，有产权。

这些年与朗嘎一家结对子，周伟很不容易，经历了悲欢离合，但他却迎难而上，无怨无悔。秉直的阳光会在乎自己的付出吗？当然不会！阳光之所以是阳光，就在于它的内心永远是温暖的，它的容颜永远是灿烂的。

他尽心竭力帮助朗嘎一家实现脱贫，走上幸福道路的事迹，不仅体现了国家扶贫政策的务实、坚定与有力，还谱写了民族团结、藏汉一家亲的动人诗篇。

寒冷而又孤寂的夜的惊恐已成往事，昔年疼痛的伤口早已在爱的暖阳中愈合。曾经的贫困户，山南市琼结县下水乡措杰村支那组的支张央宗家，到2019年时已幸福地步入小康。

在免费教育的悉心栽培下，支张央宗的儿子白玛朗杰长大了，宽广的肩膀挑起了家庭的重担，不仅还掉了买农用车从银行所贷的6万元钱，还有了不少积余。想到妹妹逐渐长大，他又花6万多元，在原来房子的基础上增建了三间房，还将客厅进行了适当装修。

按理说，这笔钱是修不了三间屋的，但是因为屋顶用的是既隔热保温，还能防漏雨的铝皮板，比藏式传统房屋的屋顶要节约不少成本，同时，有一间屋是将原来的阳台加上三面墙壁扩建而成，所以用小钱办成了大事。

如今，白玛朗杰已经取得驾照，准备攒两年开挖掘机的钱买辆大货车搞货运。这些年西藏的建设项目很多，他相信以后自己除了能通过在工地上开挖掘机挣钱，还可以通过跑运输挣钱，也一定能挣更多钱。

支张央宗的身体也挺好，既能种田种地，也能养羊养牛，还能利用农闲打点零工挣钱，或利用自己的烧焊技能去一些工地挣钱。

她相信，曲珍和次仁央宗相继从大学毕业以后，找到一个满意的工作应该也不会有多大的问题。因而，她对自己家未来的日子充满了期待，也相信会越来越幸福。

高原很高，再高也高不过人。

贫困很难，再难也难不倒志。

在工作重点上，西藏自治区通过全面落实新增资金、新增项目、新增举措向深度贫困地区倾斜的要求，打赢了日喀则、昌都、那曲三大攻坚主战场和 44 个深度贫困县、315 个深度贫困乡镇、2440 个深度贫困村的脱贫攻坚战，以确保全面建成小康社会任务的完成。2019 年 12 月 23 日，西藏已基本消除绝对贫困，全域实现整体脱贫。

在未来的工作目标上，西藏自治区还将坚持"不愁吃、不愁穿，义务教育、基本医疗、住房安全有保障"的"两不愁、三保障"政策，在确保全域贫困人口全部脱贫、贫困村全部退出、贫困县全部摘帽成果的情况下，同时全力以赴防止脱贫后再返贫现象的发生。

正是每一家贫困户消除贫困的点滴改变，才写就我国精准扶贫的有力篇章，西藏脱贫攻坚取得的卓然成就，也是由每一位扶贫干部恪尽职守的付出叠加起来的。

也许，在脱贫攻坚的过程中，还存在着一些不足，或者个别地区在完成脱贫攻坚任务之时出现过一些问题，却丝毫不影响这项历史上最艰巨工程的伟大。

澄澈的心灵，与阳光同行。

炽诚的热血，令大地膏泽。

在无数个日日夜夜里，奋战在高天厚土上的扶贫干部职工呕心沥血，用福田般的美德，用修行般的虔诚，用阳光般的圣洁，用春风般的和煦，润物无声地传递着国家的伟大、政府的关怀、时代的幸福。

汗水与心血浇灌的成果是显著的，每一个建档立卡群众脱离贫困，对脱贫攻坚者来说，都如一枚徽章。每一个困难群众的赞扬，都是值得骄傲的奖赏。

他们像高洁莲花一样澡雪心神；他们和谐地谱写着高原绝唱。

他们的付出，是最美丽的藏地胜景；他们的奉献，是最动听的和美华章。

春天的芳香，已在高原绽放，这片曾经苦寒的云上土地，正焕发出绚丽的光辉。

千年的贫困阴霾，已然被奋进及智慧驱散。

历史，一定会记住这前无古人彪炳史册的国家壮举！

时间，必将会传颂这震惊世界荡气回肠的人间温暖！

2020年2月2日于成都市胜寒居